वारली
आदिवासी
विद्रोह

वारली आदिवासी विद्रोह

लड़ाई जारी है

अर्चना प्रसाद

अनुवाद : ठाकुर दास

वाम

अखिल भारतीय किसान सभा के सहयोग से

पहला संस्करण, जनवरी 2021

वाम प्रकाशन
2254/2ए, शादी खामपुर
न्यू रंजीत नगर
नई दिल्ली – 110008

अखिल भारतीय किसान सभा के सहयोग से

वाम प्रकाशन और लेफ़्टवर्ड बुक्स नया रास्ता पब्लिकेशंस प्रा. लि. की प्रकाशन शाखाएं हैं।

leftword.com

यह पुस्तक सर्वप्रथम अंग्रेजी में अक्टूबर 2017 में
'रेड फ्लैग ऑफ द वारलीज़ : हिस्ट्री ऑफ ऐन ऑनगोइंग स्ट्रगल' शीर्षक से प्रकाशित हुई।

ISBN 978 81 943579 3 3

मुद्रक : चमन इंटरप्राइज़ेज़, दिल्ली

Warli Adivasi Vidroh: Ladai Jaari Hai by Archana Prasad
Translated by Thakur Das

विषय सूची

आभार

इस पुस्तिका पर सात साल से काम चल रहा था और इस कार्य में मुझ जैसे अध्येताओं को ठाणे-पालघर ज़िला किसान सभा (एआईकेएस) और दूसरे सहयोगी संगठनों के साथियों ने सहयोग दिया है। हम एक सामूहिक इच्छा से प्रेरित थे। वारली संघर्षों के सबक आने वाली पीढ़ियों के लिए इतिहास में दर्ज रहें और इसके लंबे इतिहास की स्मृति कहीं ओझल न हो जाए, यही बात हमें प्रेरित कर रही थी।

और इस पुस्तिका को लिखने का विचार सात साल पहले उस समय आया जब मरियम और अशोक ढवले ने 2010 में 10 अक्टूबर की शहीद दिवस रैली में भाग लेने के लिए तलासरी में आमंत्रित किया। त्रिपुरा के मुख्यमंत्री कॉमरेड माणिक सरकार मुख्य वक्ता थे और मुझे पश्चिम बंगाल, केरल और त्रिपुरा के वामपंथी गढ़ों के बाहर होने वाली सबसे बड़ी रैलियों में से एक का हिस्सा होना था। उसी दिन तलासरी में नए सीपीआई (एम) ज़िला कार्यालय की नींव रखी जानी थी।

किंतु यह रैली केवल एक बार होने वाली रैली नहीं थी। बल्कि यह इस संघर्ष में शहीद हुए आदिवासी साथियों और कॉमरेड गोदावरी परुलेकर जिनका 1996 में उसी दिन तलासरी में अंतिम संस्कार किया गया था, को स्मरण करते हुए आयोजित की जाती है।

यह यात्रा मरियम और अशोक ढवले के योग्य मार्गदर्शन, मित्रता और सहायता से जारी रही। मैं 10 अक्टूबर 2010 के आयोजन से पांच दिन पहले पहुंच गई थी. मुझे कॉमरेड एल. बी. धनगर से परिचित कराया गया, जो 89 वर्ष के एक जीवंत इंसान थे. वह मुझे उस क्षेत्र से परिचित कराने के लिए एक यात्रा पर ले गए और उस संघर्ष के वृत्तांत सुनाए। कॉमरेड धनगर को यात्रा के दौरान इस शोध का मार्गदर्शन

करना था। रास्ते में मेरा कई कॉमरेडों से परिचय कराया गया, जिनमें से कुछ इस काम के दौरान दुनिया से विदा भी हो गए।

कॉमरेड धनगर के साथ-साथ कॉमरेडगण लहानू कोम, हेमलता कोम, कमल वानले, बारक्या मंगत और एडवार्ड वार्था मार्गदर्शन और सहयोग के लिए लगातार उपस्थित रहे और अक्सर मुझे तलासरी और डहाणू की यात्राओं के दौरान अपने घरों में ठहराया।

शुरुआती वर्षों में इस प्रोजेक्ट के लिए हमें कहीं से कोई फंड नहीं मिला था। एक लंबी अवधि के प्रोजेक्ट को पूरा करने के लिए मेरी, टीआईएसएस मुंबई से करन रावत और साकिब खान की मेहनत बेहद ज़रूरी थी। एसएफआई मुंबई से रवि मदने ने लिप्यांतरण भी किया।

जिले के युवा साथियों खासतौर से विनोद निकोले, लक्ष्मण डोंबरे, लाहानी दौडा, हीना वनगा, प्राची हातिवलेकर और अन्य (बहुत साथी हैं और सारे नाम गिनाना यहाँ संभव नहीं) ने स्वेच्छा से मदद की और उन लोगों की पहचान करने में सहायता की, जिनका साक्षात्कार लिया जाना था। इस पुस्तिका के लिए कई साथियों (अनेक वर्षों के दौरान कुल लगभग 70 साथियों) के साक्षात्कार लिए गए, हम उनके कीमती समय और प्रयासों के लिए उनका आभार व्यक्त करते हैं।

कालांतर में इस प्रोजेक्ट को जवाहरलाल नेहरू विश्वविद्यालय में यूपीइ-2 का ग्रांट भी प्राप्त हुआ। मेरे छात्रों सागरिका, मुकुन्द, सारिका, सूरज, सिमरन, अनन्या और मांगीलाल ने क्षेत्र का दौरा किया और एक आधारभूत सर्वेक्षण किया, जिसमें से कुछ को इस पुस्तिका में शामिल किया गया है। इस प्रोजेक्ट में सहयोग करने के लिए मैं विश्वविद्यालय प्रशासन का आभार प्रकट करती हूं।

इस पुस्तिका के कुछ हिस्से पिछले साल लेफ़्टवर्ड बुक्स द्वारा प्रकाशित कम्युनिस्ट हिस्ट्रीज़ वॉल्यूम-1 में प्रकाशित किए गए थे। मैं उस पुस्तक में लिखे गए आलेख के लिए महत्वपूर्ण टिप्पणियां प्रदान करने के लिए विजय प्रशाद की आभारी हूँ। इस पुस्तक को अशोक और मरियम ढवले ने भी पढ़ा और महत्वपूर्ण सुझाव दिए।

दिनेश अब्रोल, हन्नान मोल्ला, मालिनी भट्टाचार्य, सुधा सुन्दररमन, वीजू कृष्णन, विवेक मोन्टेरियो, आर. रामकुमार, सोन्या गुप्ता, वंदना प्रसाद, राजेन्द्र प्रसाद, राजेन्द्र शर्मा, प्रभात पटनायक और प्रवीण झा ने इस शोध के दौरान समय-समय पर मेरी

मदद की है और वामपंथी आंदोलन के इतिहास पर जीवंत चर्चाओं के माध्यम से मेरी समझ को समृद्ध बनाया है।

मैं जवाहरलाल नेहरू विश्वविद्यालय के सेंटर फॉर इन्फार्मल सेक्टर एंड लेबर स्टडीज की फैकल्टी और प्रशासनिक स्टाफ के सहयोग के लिए उनके प्रति अपना आभार व्यक्त करती हूँ।

इस पुस्तक को हिंदी में उपलब्ध कराने के लिए राजेन्द्र शर्मा और ठाकुर दास तथा इसके मराठी अनुवाद के लिए डॉ. माया पंडित और डॉ. उदय नारकर को धन्यवाद देती हूँ।

मैं लेफ़्टवर्ड और अखिल भारतीय किसान सभा को इस पुस्तक के अंग्रेजी और हिंदी तथा जनशक्ति को इसके मराठी प्रकाशन के लिए धन्यवाद देती हूं। विजय प्रशाद, सुधन्वा देशपांडे और अशोक ढवले ने इसके संपादन में बहुत मेहनत की है।

यह पुस्तक उन 60 साथियों की याद को समर्पित है जिन्होंने कई दशकों तक चले संघर्षों के माध्यम से वारली आंदोलन को जिंदा रखने के लिए अपने प्राण न्योछावर कर दिए। ये संघर्ष हमें इस कठिन समय में एक महान प्रेरणा और महत्वपूर्ण सबक प्रदान करते हैं।

अर्चना प्रसाद

भूमिका

महाराष्ट्र में किसान सभा की नवगठित इकाई की अगुआई में ठाणे ज़िले में 1945 से शुरू हुए वारली आदिवासी विद्रोह का ऐतिहासिक महत्व है। यह दूसरे विश्व युद्ध के बाद और स्वतंत्रता से पहले अखिल भारतीय किसान सभा की विभिन्न राज्य इकाइयों द्वारा देश भर में छेड़े गए व्यापक संघर्षों का हिस्सा था। इनमें बंगाल में तेभागा संघर्ष, केरल में पुन्नाप्रा वायलार संघर्ष, त्रिपुरा में गणमुक्ति परिषदनीत जनजाति आंदोलन, असम में सुरमा घाटी आंदोलन शामिल थे। आंध्र प्रदेश में गौरवशाली तेलंगाना किसान सशस्त्र विद्रोह में ये संघर्ष अपने चर्मोत्कर्ष पर पहुंचे।

इन सभी किसान संघर्षों में एक समान बात यह थी इन सब ने सामंतवाद और जमींदारी व्यवस्था के सभी कुख्यात रूपों के ख़िलाफ़ विद्रोह का झंडा बुलंद किया। 11 अप्रैल 1936 को लखनऊ में हुए अखिल भारतीय किसान सभा (एआईकेएस) के पहले राष्ट्रीय सम्मेलन में इसके गठन और उसके ब्रिटिश उपनिवेशवाद और भारतीय सामंतवाद, दोनों के ख़िलाफ़ संघर्ष के आह्वान ने पूरे देश में किसान संघर्षों को प्रोत्साहित किया। यह कोई अचानक हुई घटना नहीं है कि उसके गठन के एक दशक के भीतर ही ऐतिहासिक किसान संघर्ष फूट पड़े थे। इन संघर्षों ने किसान सभा के सांगठनिक आधार और वामपंथ के राजनीतिक प्रभाव को काफी मजबूत किया।

आज इन संघर्षों के सत्तर साल बाद नव उदारवादी पूंजीवाद ने सामंतवाद के साथ अपने गठजोड़ और उस पर अपने अध्यारोपण से हमारे देश और खास तौर से देश के किसानों को स्वतंत्रता के बाद के सबसे भयावह कृषि संकट में धकेल दिया है। नव उदारवाद के पिछले 25 सालों में कर्ज़ के बोझ से देश भर में 3.5 लाख किसानों को आत्महत्या करने के लिए बाध्य होना पड़ा है। किसानों की आत्महत्याओं की संख्या में पिछले तीन सालों में 40 प्रतिशत से अधिक की वृद्धि हुई है। इसी अवधि में

कुपोषण के कारण देश के विभिन्न भागों में लाखों आदिवासी बच्चों की मौत हुई है।

शासक वर्ग की नीतियाँ इन स्थितियों के लिए ज़िम्मेदार हैं इसलिए जनता की इन गंभीर समस्याओं से ध्यान हटाने के लिए शासक वर्ग निर्लज्जता के साथ सांप्रदायिकता और जातिवाद का सहारा ले रहा है। हाल ही में भयावह तरीक़े से गौरी लंकेश, एम. एम. कलबुर्गी, गोविंद पानसरे और नरेंद्र दाभोलकर की कायरतापूर्ण हत्या, साथ ही तथाकथित गो-रक्षकों द्वारा ग़रीब मुसलमानों और दलितों की हत्याएं फासीवादी ताकतों की असहनशील घृणा और हिंसक आतंकवाद के संकेत हैं।

मगर देश में इन निंदनीय कृत्यों और ऐसे कुकृत्यों के स्रोत यानी उस जहरीली विचारधारा के ख़िलाफ़ प्रतिरोध बढ़ रहा है। कर्ज़ माफी, लाभकारी मूल्य, फसल बीमा, भूमि अधिग्रहण, ग्रामीण रोजगार और मवेशी व्यापार पर प्रतिबंध पर सरकार की किसान विरोधी और पूंजीपति समर्थक नीतियों जैसे ज्वलंत मुद्दों के ख़िलाफ़ देश के विभिन्न हिस्सों में किसानों के व्यापक संघर्ष हो रहे हैं। किसान सभा इन सभी स्वतंत्र और संयुक्त संघर्षों की अगुआई कर रही है।

ऐसे समय में, किसान सभा द्वारा चलाए गए जबर्दस्त संघर्षों में से एक का खाका प्रस्तुत करने वाली यह पुस्तक किसानों और हमारे देश की बहादुर जनता के सभी वर्गों के लिए प्रेरणाश्रोत बनेगी। यह गर्व की बात है कि यह संघर्ष तमाम परेशानियों, रुकावटों और चुनौतियों का सामना करते हुए सात दशकों के बाद आज भी ठाणे-पालघर ज़िले में निरंतर जारी है।

मैं अखिल भारतीय किसान सभा की ओर से डॉ. अर्चना प्रसाद और उनकी टीम को इस पुस्तक के लिए किए गए उनके प्रशंसनीय प्रयत्नों के लिए बधाई देता हूँ। मैं महाराष्ट्र राज्य किसान सभा, ठाणे-पालघर किसान सभा, सभी दूसरे बिरादराना संगठनों और सबसे बढ़कर वरिष्ठ आदिवासी साथियों को, जिन्होंने अपनी स्मृतियों को टटोला, उनकी मूल्यवान सहायता के लिए बधाई देता हूं। उनके बग़ैर यह पुस्तक कभी नहीं लिखी गई होती। इस पुस्तक को अखिल भारतीय किसान सभा के साथ मिलकर प्रकाशित करने के लिए मैं वाम प्रकाशन को भी धन्यवाद देता हूँ।

हम उम्मीद करते हैं कि इस पुस्तक के साथ ही ऐसी और किताबों का एक सिलसिला शुरू होगा, जिन्हें अखिल भारतीय किसान सभा आने वाले वर्षों में किसान संघर्षों के अपने सामूहिक अनुभव के दस्तावेजीकरण के हिस्से के रूप में और भारत

की विशाल किसान आबादी को साथ लाने के मकसद से अपने विचारधारात्मक अभियान को तेज करने के लिए वर्तमान और ज्वलंत मुद्दों पर प्रकाशित करेगी।

नई दिल्ली | हन्नान मोल्ला
11 सितम्बर 2017 | महासचिव
अखिल भारतीय किसान सभा

1. प्रस्तावना

मेरे दिवंगत पति शामराव परुलेकर और मैंने अपने पार्टी संगठन के माध्यम से मज़दूरों, किसानों, आदिवासियों, महिलाओं और समाज के दूसरे शोषित तबकों के अधिकारों के लिए अपना पूरा काम किया। हम दोनों पूरी तरह पार्टी के लिए एकजान थे। स्वाभाविक रूप से हमारी पार्टी के हित और हमारे हित हमेशा एक थे। हमारा ऐसा कोई बौद्धिक, राजनैतिक या भावनात्मक जीवन नहीं था जो हमारी पार्टी से स्वतंत्र या अलग हो। मेरी इच्छा यह है कि जिस काम के लिए मेरे दिवंगत पति और मैंने अपना जीवन समर्पित किया, वह मेरी मौत के बाद जारी रहना चाहिए। और यह सिर्फ़ भारत की कम्युनिस्ट पार्टी (मार्क्सवादी) के माध्यम से ही हो सकता है। इसीलिए मैंने अपनी पूरी चल और अचल संपत्ति भारत की कम्युनिस्ट पार्टी (मार्क्सवादी) को देने का फैसला किया है।

कॉमरेड गोदावरी परुलेकर की अंतिम वसीयत,
16 जनवरी 1994 को दर्ज बयान

यह पुस्तक महाराष्ट्र के ठाणे ज़िले के तलासरी और डहाणू तालुकों में (जो अब विभाजन के बाद पालघर ज़िले में हैं) वारली आदिवासियों की अस्तित्व रक्षा और सम्मान के लिए संघर्षों के बारे में है। यह वरिष्ठ और समकालीन किसान सभा कार्यकर्ताओं के मौखिक इतिहास, साक्षात्कारों पर आधारित है जो यह बताते हैं कि किस तरह वारलियों (वारली इस क्षेत्र की प्रमुख आदिवासी जाति का नाम है) ने 1945-52 के पहले गौरवशाली प्रतिरोध से लेकर दमनकारी शासन और उसके सहयोगियों के ख़िलाफ़ अपने संघर्षों को कायम रखा है। यह उन वारली कार्यकर्ताओं की आवाज को अभिव्यक्त करती है जिन्होंने कई वर्षों तक संघर्षों में सक्रिय रूप से

भाग लिया और जिनके इतिहास को मुख्यधारा के इतिहासकारों ने मिटा दिया। चार साल से भी ज़्यादा समय के शोध को अपने में समेटे हुए यह पुस्तक कुछ महत्वपूर्ण संघर्षों को दर्ज करती है, जिन्होंने एक मजबूत वर्ग आधारित आदिवासी नेतृत्व के निर्माण को प्रभावित किया है।

इस पुस्तक का विचार एक महत्वपूर्ण प्रश्न से पैदा हुआ। वह क्या चीज है जिसने पिछले 70 सालों से किसान सभा के संघर्षरत साथियों को निरंतरता प्रदान की है? आज के समय में वामपंथी और जनतांत्रिक आंदोलन जो दमन झेल रहे हैं और जिन चुनौतियों का सामना किया जा रहा है, उन्हें देखते हुए यह खासतौर से प्रासंगिक है ताकि अतीत में जो हुआ उससे कुछ सबक लिए जा सकें।

यह सर्वविदित है कि इस क्षेत्र में किसान सभा का काम पिछली शताब्दी के चौथे दशक के मध्य में शुरू हुआ था, जब अखिल भारतीय किसान सभा के संयुक्त सचिव और महाराष्ट्र किसान सभा के संस्थापक महासचिव शामराव परुलेकर (1902-1965) और अखिल भारतीय किसान सभा की पहली और एकमात्र महिला अध्यक्ष गोदावरी परुलेकर (1907-1996) ने 1944 में ठाणे ज़िला के डहाणू और तलासरी तालुकों में अपना पहला कदम रखा। इसके बाद जो वारली आदिवासी विद्रोह हुआ, वह अपने जुझारूपन और अपनी उपलब्धि दोनों के लिए मशहूर हो गया।

गोदावरी परुलेकर की पुस्तक *आदिवासी रिवोल्ट : द स्टोरी ऑफ़ वारली पीजेंट्स इन स्ट्रगल* पहले पहल 1970 में मराठी में *जेव्हा मानूष जागा होतो* (जब इंसान जाग उठा) शीर्षक से प्रकाशित हुई थी जो वारली किसानों की चेतना में आए बदलाव का आख्यान पेश करती है और 'सीधे-सादे वारलियों को साहसी और दृढ़ योद्धाओं में बदल देने वाली उम्मीदों और भावनाओं' को समझाने की कोशिश करती है। वो यह प्रश्न पूछती है कि 'अज्ञानी, सीधे-सादे और भीरु आदिवासी इतने कम समय में कैसे बदल गए।' उनकी पुस्तक उस तरह के इकलौते दस्तावेजों में से एक है (दूसरी पुस्तक *रिवोल्ट ऑफ़ वारलीज* शामराव परुलेकर द्वारा 1947 में लिखी गई) जिसमें संघर्ष की प्रक्रिया द्वारा वारलियों की चेतना और नेतृत्व का विकास दिखाया गया है। लेकिन यह सिर्फ़ एक शुरुआत थी और वारली अपने अधिकारों के लिए लगातार और आज तक संघर्ष करते आ रहे हैं।

इस दस्तावेजीकरण में व्याख्यात्मक कार्यप्रणाली अपनाई गई है और इसमें अनेक

युवा विद्वानों, छात्रों और स्थानीय साथियों ने सहायता की है। इन्होंने इस अध्ययन के लिए सूचना देने वालों को खोजा है। गोदावरी परुलेकर के निकट सहयोगियों, साथी लक्ष्मण बापू धनगर और पूर्व सांसद/पूर्व विधायक साथी लहानू शिडवा कोम के दो प्रमुख साक्षात्कार 2012 में लिए गए थे। बाकी साक्षात्कार 2012 और 2015 के बीच लिए गए थे। जिन लोगों के साक्षात्कार लिए गए हैं उनमें से लगभग सभी उन परिवारों के सदस्य हैं जो कभी न कभी इन संघर्षों में शामिल हुए थे। पुरानी पीढ़ी के अनेक लोग 1945 के पहले संघर्ष के समय युवा थे। दूसरे वे लोग थे जिनके माता-पिता और दादा-बाबा गाँव-तालुक स्तर पर राजनीतिक संगठन के निर्माण में सक्रिय रहे थे। इस अर्थ में पुस्तक ठाणे-पालघर ज़िला किसान सभा के इतिहास का काम करती है। यह हमें इन तालुकों में बृहत् वाम और जनतांत्रिक आंदोलन की एक वंशावली भी प्रदान करती है। इस पुस्तक के लिए किसान सभा के स्थानीय तंत्र ने इस उम्मीद से मदद की है कि यह कुछ युवा शोधकर्ताओं और कार्यकर्ताओं को और अधिक दृढ़ता के साथ वर्ग संघर्ष का रास्ता अपनाने के लिए प्रेरित करेगी।

यह पुस्तक छह अध्यायों में विभाजित है। दूसरे अध्याय में वारलियों के बीच किसान सभा के काम का एक संक्षिप्त इतिहास दिया गया है। यह उन वस्तुनिष्ठ ढांचागत कारकों के संदर्भ में, विभिन्न आंदोलनों को नियत कालों में संयोजित करने की कोशिश करेगी, जिन्होंने इन आंदोलनों को प्रभावित किया। इसके अलावा यह विभिन्न आंदोलनों द्वारा अपनाए गए तरीकों और रणनीतियों और वारलियों के जीवन पर उनके प्रभाव का एक विश्लेषण प्रस्तुत करेगी। पुस्तक प्रत्येक चरण में चेतना की उस प्रकृति की जांच-पड़ताल करेगी जो वारली किसानों के राजनैतिक संगठन का चरित्र-चित्रण प्रस्तुत करती है। इसने वास्तव में आगे के संघर्षों और सांगठनिक विस्तार के आधार का निर्माण किया है।

कुल मिलाकर यह पुस्तक बताएगी कि पिछले आंदोलनों और उसके प्रभावों की रक्षा के लिए लगातार संघर्ष ज़रूरी है। इस पुस्तक का मुख्य उद्देश्य अतीत से सबक लेना और भविष्य के लिए चुनौतियों और रणनीतियों को रेखांकित करना है। अनुभवों को ध्यान में रखते हुए यह किताब एक पीढ़ीगत बदलाव को प्रदर्शित करती है और कुछ नए व अनुत्तरित प्रश्न हमारे सामने खड़े करती है।

2. गौरवशाली वारली आदिवासी आंदोलन, 1945-52

पिछली शताब्दी के चालीस के दशक के मध्य से लेकर पचास के दशक के आरंभिक वर्षों तक के काल को अक्सर कम्युनिस्ट आंदोलन के 'स्वर्णिम कालों' में गिना जाता है। समकालीन भारत में इस काल को कुछ प्रसिद्ध किसान संघर्षों द्वारा चिन्हित किया जाता है। तेलंगाना, तेभागा, पुन्नप्रा वयलार, गण मुक्ति परिषद, सुर्मा घाटी और वारली आदिवासी विद्रोह जैसे संघर्षों ने कम्युनिस्ट पार्टी के विचारधारात्मक प्रभुत्व और भौतिक विस्तार की नींव डाली।

ये संघर्ष अखिल भारतीय किसान सभा की स्थानीय इकाइयों द्वारा चलाए गए और किसानों और मज़दूरों को उनके सामाजिक-आर्थिक और राजनीतिक अधिकारों के लिए लामबंद किया गया। उन्हें सामाजिक और राजनीतिक परिवर्तन के प्रोजेक्ट के साथ जोड़ा गया जिसका सपना एक दमनमुक्त समतावादी समाज था। इससे जो आंदोलन हुए उनसे कुछ बुनियादी सांगठनिक ढांचे पैदा हुए, जो किसान सभा के वर्तमान हस्तक्षेपों की बुनियाद हैं।

ठाणे ज़िले का इतिहास ये बताता है कि अंग्रेजों के आने से पहले इस पर पुर्तगालियों, मुगलों और मराठों ने अलग-अलग भूमि राजस्व ढांचों के साथ राज किया था। भूमि राजस्व ढांचों की असमानता इन उत्तरोत्तर शासनों का परिणाम थी जिनकी अपनी भूमि-कर व्यवस्थाएं थीं। मोटे तौर से यह क्षेत्र दो भागों में विभाजित था : कुणबी और आगरी किसानों वाला तटीय क्षेत्र और वारली तथा दूसरे आदिवासियों वाले पहाड़ी क्षेत्र।

इस क्षेत्र में किसान सभा का पहला संघर्ष 1944 में कल्याण की तटीय पट्टी पर

शुरू हुआ। उस समय महाराष्ट्र में कोई किसान सभा नहीं थी। साथी एल. बी. धनगर बताते हैं कि शामराव परुलेकर मुंबई में कम्युनिस्ट पार्टी के लिए काम कर रहे थे और चीन में किसान नेतृत्व में हुई क्रांति से प्रेरित होकर उन्होंने पार्टी से किसानों के बीच जाने और काम करने की अनुमति मांगी थी। परुलेकरों ने तय किया कि वे ठाणे, मुरबाड, भिवंडी, कल्याण और शहापुर तालुकों में जाएंगे और किसानों के साथ काम करना शुरू करेंगे।

इसके बाद गोदावरी और शामराव परुलेकर कल्याण चले आए और पहला किसान संघर्ष, जिसके परिणामस्वरूप महाराष्ट्र राज्य किसान सभा का गठन हुआ, 1944 में कृषि उत्पाद मंडी में व्यापारियों द्वारा तौल की गलत प्रणाली के ख़िलाफ़ था। इस संघर्ष की याद बहुत धुंधली है और केवल साथी धनगर को याद है कि कुणबी और आगरी समुदायों से छोटे और सीमांत किसान अपनी पैदावार कल्याण के साप्ताहिक बाजार में लाते थे। किंतु इन किसानों के साथ धोखा किया जाता था, मतलब उनकी पैदावार को व्यापारियों द्वारा सही नहीं तौला जाता था। इस विषय में किसानों ने पहले शामराव और गोदावरी परुलेकर से मदद मांगी। परुलेकरों के नेतृत्व में एक संघर्ष शुरू हुआ जिसमें 500 किसानों ने लाल झंडे के तहत मार्च किया और दोषपूर्ण बाटों और तराजुओं को जब्त कर लिया, जिससे बाजार का कारोबार रुक गया। संघर्ष की जीत हुई। इससे किसानों का लाल झंडे में विश्वास बढ़ गया और उन्होंने स्वयं को किसान सभा में संगठित किया।

ठाणे ज़िले में किसान सभा का गठन भी लगभग उसी समय हुआ। किसानों के संघर्ष के फ़ौरन बाद ही महाराष्ट्र किसान सभा का पहला सम्मेलन 7 जनवरी 1945 को कल्याण के पास टिटवाला में हुआ। इसकी तैयारियां 1944 के अंत में शुरू हो गईं थीं। शामराव परुलेकर ने तब पहली बार ज़िले के उत्तर में आदिवासी क्षेत्रों का दौरा किया और सम्मेलन में कुछ प्रतिनिधि भेजने के लिए वारलियों को मनाया। तलासरी तालुका के झरी गाँव से माह्या धांगडा उन लोगों में से थे, जिन्होंने वारलियों का प्रतिनिधित्व किया था और भूस्वामियों द्वारा अमानवीय यातना के अनुभवों के बारे में बताया था। किसान सभा के राज्य सम्मेलन में ग़ुलामी और बंधुआ मज़दूरी को ख़त्म करने के लिए एक प्रस्ताव पास किया गया। लाल झंडे के तहत वारलियों के संगठन की ओर यह पहला कदम था।

गोदावरी परुलेकर ने बताया कि 1945 में महाराष्ट्र राज्य किसान सभा के पहले सम्मेलन में बड़े निष्ठावान नेताओं जैसे पी. सुंदरैया, बी. टी. रणदिवे, पी. कृष्ण. पिल्लै, एम. ए. रसूल, तेज सिंह स्वतंत्र और एन. एम. जोशी ने भाग लिया था। सम्मेलन की रैली में 7,000 से अधिक किसानों ने भाग लिया था। इस सम्मेलन में अहमदनगर ज़िले के बुवा नवले अध्यक्ष चुने गए, शामराव परुलेकर को महासचिव तथा गोदावरी परुलेकर को संयुक्त सचिव चुना गया था।

लाल झंडे ने वारलियों को भूस्वामियों के शोषण के ख़िलाफ़ उठ खड़े होने और स्वयं को संगठित करने का साहस दिया। इस पृष्ठभूमि में 23 मई 1945 को तलासरी तालुका के झरी गाँव में (जो उस समय उंबरगाँव तालुक का हिस्सा था) पांच बरगद के पेड़ों के नीचे ऐतिहासिक मीटिंग हुई। जैसा कि धनगर को स्मरण है डहाणू और तलासरी से लगभग 5,000 वारलियों ने मीटिंग में भाग लिया था। उस सभा को गोदावरी और शामराव परुलेकर ने संबोधित किया। उन्होंने लाल झंडे के नेतृत्व में गुलामी और बंधुआ मज़दूरी को समाप्त करने की घोषणा करते हुए एक प्रस्ताव पास किया। भूस्वामियों ने भी अपने प्रतिनिधि भेजे थे किंतु लाल झंडे के तहत वारलियों की एकता को देखकर वे भाग लिए। धनगर बताते हैं कि इससे वारलियों को इस बात का एहसास हुआ कि अगर उन्हें भूस्वामियो का सामना करना है तो एकजुट और संगठित रहना होगा।

टिटवाला और झरी की दोनों सभाएं बुज़ुर्ग वारली साथियों की सामूहिक स्मृति के महत्वपूर्ण हिस्से हैं। उदाहरण के लिए तलासरी से लाडक दिवाल बीज याद करते हैं कि उन्होंने टिटवाला के सम्मेलन और झरी में हुई पहली मीटिंग में भाग लिया था। रत्नी रामजी सातवी (झरी, तलासरी) याद करती हैं कि वह झरी की मीटिंग के वक्त युवा थीं। उन्हें स्मरण है कि कॉमरेडिन (गोदूताई) ने उनसे कहा था कि जाओ और लोगों को इकट्ठा करो। जीवितों में एक सबसे वृद्ध साथी शिवराम धर्मा दाभाडे (ओंढाणी, पालघर) याद करते हैं कि उनके पिता और चाचा टिटवाला गए थे और गाँवलाल झंडा लेकर गाँव आए थे। उसी तरह की कहानी जयेश वलवी (उधवा, तलासरी) ने सुनाई। उन्होंने कहा कि उनके दादा टिटवाला के सम्मेलन में गए थे। कुछ दूसरे लोग भी साहूकार का काम छोड़कर उनके साथ गए थे। 'वह ऐसा जमाना था कि उन्हें लाल झंडा छिपाकर लाना पड़ा।'

ये साक्षात्कार बताते हैं कि लगभग सभी परिवारों का पहले संघर्ष से पारिवारिक संबंध था जिसने क्षेत्र में लाल झंडे को स्थापित किया। नीचे दिया गया इतिहास इस मूलभूत आंदोलन के कुछ मुख्य पहलुओं को उजागर करता है – वेठबिगार (जबरन श्रम – बेगार) के ख़िलाफ़ आंदोलन, तलवाडा गोलीकांड, घास कटाई आंदोलन और लग्नगडी (विवाह दास) मुक्ति आंदोलन। ये संघर्ष वृहद वारली विद्रोह का हिस्सा थे और क्षेत्र की सामूहिक याददाश्त में अंकित हैं। नीचे दिए गए विवरण मुख्य घटनाओं की स्मृति पर आधारित हैं और आंदोलन के चरित्र को प्रदर्शित करते हैं।

वेठबिगार के ख़िलाफ़ संघर्ष, 1945-46

वेठबिगार या जबरिया श्रम वारलियों की भूमि में एक नियम था। जहाँ-जहाँ पारसी, मुसलमान, ब्राह्मण और ऊंची जाति के हिंदू भूस्वामियों का दबदबा था, इसने कई रूप लिए जिन्हें मुंबई के उस वक़्त के गवर्नर सेमिंग्टन ने दस्तावेजीकृत किया है। पी. बी. रांगणेकर ने उन्हें उद्धृत करते हुए *पीपल्स एज* में लिखा था :

> वन्य आदिवासी जातियां जिन हालात में काम करती और रहती हैं, वे बहुत वीभत्स हैं और उनके साथ जो जुल्म किया जाता है वह प्रशासन पर एक कलंक है।
>
> (क) सभी वन पट्टी के जोतदारों को, जो 'खंड' से खेती करते हैं, उनके भूस्वामियों द्वारा काम करने के लिए बुलाया जा सकता है।
>
> (ख) अगर वे इनकार या टालमटोल करते हैं तो उन पर हमला किया जा सकता है या उन्हें पीटा जा सकता है। ये आम घटनाएं हैं और आमतौर से इन्हें भूस्वामी के स्थानीय एजेंटों द्वारा अंजाम दिया जाता है। मुझे विश्वसनीय अधिकारी ने लोगों को खंभों से बांधे जाने और कोड़े लगाए जाने के बारे में बताया है। ऐसी घटनाओं का मैं साक्ष्य दे सकता हूँ। अतीत में लोगों के मारे जाने की अफ़वाहें भी हैं।
>
> (ग) उतने दिन के वेठ (जबरन श्रम) की मांग की जाती है, जितने की भूस्वामी को ज़रूरत होती है।

(घ) अगर भूस्वामी एक वन ठेकेदार भी है तो वह वेठ द्वारा अपने 'जोतदारों के श्रम' का उपयोग अपने कठिन कामों के लिए भी करता है।

(ड.) वेठ के लिए अधिकतम पारिश्रमिक जिसे मैं खोज पाया, वह एक आना प्रतिदिन है।

(च) भूस्वामी अपनी ताकत का उपयोग दूसरे उद्देश्यों के लिए करने में संकोच नहीं करते, उदाहरण के लिए 'जोतदार' महिलाओं को अपनी हवस का शिकार बनाना।[1]

साइमिंग्टन ने जिन तथ्यों को पेश किया है उनकी पुष्टि कई साथियों की स्मृतियों से होती है जिनके माता-पिताओं और दादा-बाबाओं ने वेठबिगार की थी। इस विषय में रामजी विठया विघ्ने (सोगवा, डहाणू) कहते हैं, 'भूस्वामियों द्वारा, खेत जोतने के लिए पशुओं के तौर पर और दूसरे कामों के लिए आदिवासियों का इस्तेमाल किया जा रहा था। उन्हें दिन में सिर्फ़ एक बार खाना दिया जाता था। मुझे अपने पिता द्वारा बताई गई एक घटना याद है। एक दिन वे बहुत भूखे थे, उन्होंने एक आम खाया और उसे हरे धान के बंडलों पर रख दिया। जब भूस्वामी को इस बात का पता चला तो उसने सभी लोगों को हटा दिया। मेरे पिता के बहुत निवेदन करने पर भूस्वामी ने उन्हें काम पर वापस लिया।'

दूसरी स्मृतियां दमन के अन्य पहलुओं को उजागर करती हैं। संती विष्णु हाडल (कैनाड, डहाणु) बताते हैं, 'ये साहूकार हमारा भयानक शोषण करते थे और हमें बहुत तकलीफ़ें झेलनी पड़तीं थीं। साहूकार का नाम अनिल चोरडिया था। अगर हम काम करने से मना करते थे तो साहूकार हमें उल्टा लटका देने की धमकी देता था।' वारलियों को साहूकार को खंड (अपनी उपज का एक हिस्सा) देना पड़ता था। जब उनके अपने खेत में काम होता था उस समय भी उन्हें अपने खेतों के बजाय साहूकार के खेतों में काम करना पड़ता था।

इन परिस्थितियों को देखते हुए झरी में हुई मीटिंग ने एक प्रस्ताव पास किया कि 'कोई भी वारली आठ घंटे के काम के लिए एक रुपये से कम मज़दूरी नहीं लेगा

[1] पी. बी. रांगणेकर का *पीपल्स एज*, 19 जनवरी 1947 में छपा लेख। साइमिंग्टन की रिपोर्ट को एक बॉक्स में उद्धृत किया है जिसका शीर्षक है, 'वारलियों के बारे में तथ्य'।

और कार्यदिवस में दोपहर के भोजन के लिए एक घंटे का अवकाश लेगा।' गोदावरी परुलेकर और किसान सभा का नेतृत्व स्थानीय लोगों के साथ चलता था और प्रस्ताव को लागू कराने के लिए उन्होंने स्थानीय नेतृत्व विकसित किया। उचित मज़दूरी न मिलने पर वारली हड़ताल पर चले गए और भूस्वामी के लिए काम करने से मना कर दिया। वारलियों की एकता संघर्ष से बनी और हड़ताल एक बड़ी जीत के साथ ख़त्म हुई। भूस्वामियों को झुकना पड़ा।

घास कटाई मज़दूरी संघर्ष और तलवाडा गोली कांड, 1945

सभी आदिवासियों ने न्यूनतम मज़दूरी पाने के लिए डहाणू और उंबरगाँव (अब तलासरी) में एक संपूर्ण हड़ताल के हिस्से के तौर पर घास कटाई रोक दी। लगभग 15,000 आदिवासी मज़दूरों ने घास कटाई रोक दी। इस आंदोलन का नेतृत्व किसान सभा ने किया और लोगों ने घास कटाई तब तक रोक कर रखी जब तक कि गोदावरी और शामराव ने इसे फिर से चालू करने का आदेश नहीं दे दिया। चूँकि बंबई शहर में मवेशी-तबेलों के लिए हरे घास की ज़रूरत थी, बंबई राज्य के दुग्ध आयुक्त ने सरकार को इस मुद्दे को हल करने के लिए राजी करते हुए एक मीटिंग आयोजित की। मज़दूरी बढ़ाने का एक निर्णय लिया गया किंतु भूस्वामी और व्यापारी 2.5 रुपये का रेट देने के इच्छुक नहीं थे। इस मीटिंग के बाद गोदावरी और शामराव ने संजान में बंगले के पास इकट्ठा लोगों को मीटिंग के फैसलों के बारे में बताया। उन्होंने आदिवासियों को सूचित किया कि जब तक उन्हें तय की गई मज़दूरी नहीं मिलती है, उन्हें घास काटने का काम शुरू नहीं करना चाहिए। इसलिए भूस्वामी आंदोलन में भितरघात की जुगत में थे।

यह ख़बर फैली कि इस हड़ताल को कुचलने और आदिवासियों के ख़िलाफ़ कार्रवाई करने के लिए घास व्यापारियों ने लगभग 10,000 रुपये इकट्ठा करके पुलिस और सरकार को दिए हैं। साथ ही तलवाडा (अब वह गाँव गुजरात के उंबरगाँव तालुका में है) के आस-पास के बड़े क्षेत्र में भूस्वामियों के एजेंटों द्वारा यह झूठी ख़बर फैलाई गई कि गोदावरी 10 अक्टूबर 1945 को तलवाडा में एक मीटिंग आयोजित करने जा रही हैं, कि भूस्वामियों ने उन पर हमला करने का निर्णय लिया है और आदिवासियों को उनकी रक्षा करने के लिए जो भी हथियार वे जुटा सकते हैं उसको

लेकर पूरी ताकत के साथ एकत्रित होना चाहिए। इस तरह उन्हें बचाने के लिए लगभग 30,000 आदिवासी अपने हथियारों जैसे कुल्हाड़ियों, डंडों, लाठियों, भालों के साथ इकट्ठे हो गए। यह संदेश सिर्फ़ दो घंटे के अंतराल पर लगभग 30 से 40 कि.मी. के दायरे में उसी दिन फैल गया। ऐसी अफ़वाह का मकसद लोगों को समूहों में तलवाडा के लिए मार्च करने के लिए उकसाना था ताकि उनके ख़िलाफ़ इस बहाने से कार्रवाई की जा सके कि सशस्त्र आंदोलनकारी तलवाडा क्षेत्र में व्यापारियों और भूस्वामियों की हत्या करने के इरादे से मार्च कर रहे थे। यह वारलियों को डराने और लाल झंडे के नेतृत्व में संघर्षों में भाग लेने से हतोत्साहित करने की योजना थी।

किंतु यह योजना विफल हो गई चूँकि लोग 10 अक्टूबर 1945 को गोदूताई की रक्षा के लिए रात में भारी भीड़ के रूप में तलवाडा में इकट्ठे हो गए। पुलिस ने भीड़ को नियंत्रित करने के लिए गोली चलाई और वेवजी (तलासरी तालुका) के **जेठ्या गांगड** की गोली लगने से मौत हो गई। चार और लोगों की भी मौत हुई और अन्य कई लोग घायल हुए। किंतु अत्यधिक महत्वपूर्ण बात यह है कि गोली चलाए जाने के बावजूद वारलियों ने तितर-बितर होने से इनकार कर दिया और उनकी घेराबंदी जारी रही। तभी एक किसान सभा कार्यकर्ता कमलाकर रणदिवे, जिसे इस लामबंदी के बारे में पता चला था, पास के एक कस्बे से आया और उसने वारलियों को यह बताया कि ये सब भूस्वामियों द्वारा फैलाई गई अफ़वाहें हैं और गोदूताई कल्याण में सुरक्षित हैं। तब जाकर वारली तितर-बितर हुए और उनके डंडे और साज-सामान पुलिस ले गई। लगभग दो ट्रक भरकर बांस के डंडे एकत्रित किए गए सिर्फ़ यह दिखाने के लिए कि पुलिस ने वारलियों के ख़िलाफ़ आत्म-रक्षा में कार्रवाई की है। किंतु भूस्वामियों और व्यापारियों की पुलिस कार्रवाई और दमन के जरिए पूरे आंदोलन को शिकस्त देने की योजना विफल हो गई। फिर भी इस आंदोलन के कारण 1946 में गोदावरी और शामराव परुलेकर के ख़िलाफ़ कार्रवाई की गई और उनके ज़िले में प्रवेश पर रोक लगा दी गई। किंतु तब तक वारली पहले ही अपने संघर्षों के सक्रिय नेता बन चुके थे।

गोलीकांड के एक साल बाद पी. बी. रांगणेकर ने *पीपल्स एज* में लिखा था :

> किंतु पिछले साल से एक नया वारली अस्तित्व में आ गया है। इस सितंबर में जैसे ही काम शुरू हुआ उन्होंने 1-4 रुपये के वेतन की मांग की। साहूकारों और

ठेकेदारों ने उनकी मांगों को मानने से इनकार कर दिया और फ़ौरन 15,000 वारली लाल झंडे के तले हड़ताल पर चले गए। जिन वारलियों ने काम शुरू कर दिया था, उन्होंने भी काम छोड़ दिया और अपने गाँव चले गए। साहूकार, जिनमें से कई स्थानीय कांग्रेसी 'नेता' थे, अब ज़िला कलेक्टर के पास गए। ख़बर है कि उन्होंने पंडित नेहरू और प्रांत-प्रधान खेर को तार भेजकर 'कम्युनिस्टों को कंट्रोल में करने' की मांग की। . . . उन्होंने विवाद को हल करने के लिए क्या किया? आदिवासी सेवा मंडल नेताओं ने फ़ौरन साहूकारों का समर्थन किया। दो महीने पहले जब किसान सभा नेताओं ने घास कटाई और लकड़ी कटाई के लिए मज़दूरी के मुद्दे को हल करने के लिए साहूकारों, ज़िला कलेक्टर और किसान सभा के बीच एक संयुक्त बातचीत की व्यवस्था करने की कोशिश की थी, कांग्रेस के स्थानीय नेताओं ने इसे यह कहकर नाकाम कर दिया था कि इससे 'कम्युनिस्टों को मान्यता' मिलेगी।[2]

तलवाडा गोलीकांड का प्रभाव वारलियों की स्मृतियों में अंकित है। लोगों ने अपने माता-पिता से कहानियां सुनी हैं। कुछ तो बहुत छोटे थे और उन्हें याद है कि उनके पिता, चाचा और ताऊ लामबंदी के हिस्से के रूप में तलवाडा गए थे। गोलीकांड से गुलामी के ख़िलाफ़ एक व्यापक और लंबे संघर्ष की भी शुरुआत हुई। संघर्ष के बाद जो दमन हुआ वह पालघर तालुका में नानिवली में वारलियों पर हुई पुलिस गोलीबारी में भी स्पष्ट था। शिवराम धर्मा दाभाडे (औंढाणी, पालघर) याद करते है कि नानिवली गोलीकांड में उनके परिवार के दो लोग मारे गए थे। वे कहते है कि गोलीकांड के बाद पुलिस ने बिना कोई कारण बताए बहुत लोगों को पकड़ लिया था और उनके गाँव में वेठबिगारी के ख़िलाफ़ यह पहला संघर्ष था।

महिलाओं और विवाह दासों की मुक्ति (लग्नगडी आंदोलन), 1945

भूस्वामियों और साहूकारों के ख़िलाफ़ आरंभिक आंदोलन को भारी दमन का

[2] पी. बी. रांगणेकर, *पीपल्स एज*, 27 अक्टूबर 1946।

सामना करना पड़ा। किंतु इससे वारलियों के सम्मान और स्वतंत्रता का आंदोलन रुका नहीं। इन संघर्षों का एक महत्वपूर्ण पहलू पितृसत्ता और भूस्वामियों की प्रथाओं के प्रति उनका विरोध था। पहले का संबंध महिलाओं के शोषण से है जिसे बयान करने वाला वारली महिलाओं और ग़रीब ग़ुलाम मज़दूरों, दोनों के भाग्य का स्पष्ट रूप से वर्णन करता है जिन्होंने भूस्वामियों के ख़िलाफ़ बोलने का साहस किया। गोदावरी परुलेकर लिखती हैं कि भूस्वामी अपने कर्ज़ दासों की पत्नियों को अपनी व्यक्तिगत संपत्ति समझते थे। भूस्वामियों और आदिवासी महिलाओं के बीच 'अवैध' संबंध से अक्सर नाजायज़ बच्चे पैदा होते थे जिन्हें वाटला जाति के नाम से जाना जाता था। परुलेकर बताती हैं कि यह 'नाम न केवल ग़ैर-हिंदू भूस्वामियों की संतानों को दिया जाता था बल्कि हिंदू भूस्वामियों ने भी वाटलाओं की इस जाति में अपने अनेक अंशदान किए थे।'[3]

यह विवरण इस बात को साबित करने की कोशिश करता है कि हमले और यौन शोषण का संबंध किसी एक समुदाय विशेष से नहीं है बल्कि उनकी जड़ें उस समय के वर्गीय शोषण में हैं। इसमें इस बात पर ज़ोर दिया गया है कि यह शोषण पारसी, मुस्लिम या ब्राह्मण समुदाय (जिनसे अनेक भूस्वामी संबंधित हैं) तक सीमित नहीं है। इसमें वर्ग उत्पीड़न को रेखांकित करने की कोशिश की गई है।

इस प्रकार की पितृसत्ता और दमन के इन रूपों की संरचना लग्नगडी (विवाह दास) प्रणाली से हुई थी। जब एक वारली अपनी शादी के लिए भूस्वामी से कर्ज़ लेता था, तो उस कर्ज़ को चुकाने के लिए पति और पत्नी दोनों को भूस्वामी के लिए काम करने को बाध्य किया जाता था। यह भी सहमति होती थी कि पत्नी अपने पति के पास जाने से पहले कुछ दिन भूस्वामी के पास रहेगी। इस व्यवस्था ने यह सुनिश्चित किया कि वारली की पत्नी भूस्वामी की 'संपत्ति' समझी जाती थी और लग्नगडी से मुक्ति उस समय का एक महत्वपूर्ण अभियान बन गया। पी. बी. रांगणेकर ने 6 अगस्त 1946 को *पीपल्स एज* में लिखा था,

1000 वारलियों ने वासा में बेहराम साहूकार के घर के सामने एक मीटिंग की,

[3] परुलेकर, *आदिवासी रिवोल्ट*, पृ. 47।

जिसके यहाँ 'विवाह दास' थे। उस कायर ने धमकी दी थी कि अगर वे अंदर आए तो उन्हें गोलियों से भून डाला जाएगा, किंतु वारली भयभीत होकर झुकने वाले नहीं थे। वे एक वारली ड्राइवर से मिले जो स्वयं एक 'विवाह दास' था। उन्होंने उसे मुक्त किया और उसके साथ बेहराम की जागीर के पहरे द्वारा सुरक्षित परिसर में मार्च किया। उन्होंने वहाँ सभी विवाह दासों को मुक्त कर दिया और 'लाल बावटे की जय' का गगनभेदी नारा लगाते हुए बाहर आए। बेहराम अपनी बंदूक के साथ कहाँ था? जैसे ही उसने एक बड़ी भीड़ को अंदर दौड़ते देखा वह जल्दी से पिछले दरवाज़े से खिसक लिया। वंकास में साहूकार होमी डबियरवाला एक माननीय मजिस्ट्रेट भी है। फिर भी विवाह दासों से काम कराने के लिए क़ानून को ताक पर रखने में आस-पड़ोस में दूसरा कोई उसका मुकाबला नहीं कर सकता है। जब वारली अपने साथियों को मुक्त कराने के लिए उसके घर गए तो सशस्त्र पुलिस उसकी रक्षा करने के लिए तैयार थी, उन्होंने अपनी बंदूकें तान लीं और 'मुक्तिदाताओं' को गालियां देनी शुरू कर दीं।[4]

इस पुस्तक के लिए जिन साथियों का साक्षात्कार लिया गया उनमें अनेक की स्मृति में विवाह दासों की मुक्ति ताजा है। उनके साथ चर्चाएं उजागर करती हैं कि लग्नगडी मुक्ति संघर्ष भूस्वामियों के ख़िलाफ़ एक बड़े आंदोलन का हिस्सा था। विवाह दास ईरानी, पारसी और ब्राह्मण भूस्वामियों से सीधे तौर पर जुड़े थे। लाल झंडे के विवाह दासों के साथ कुछ संपर्क थे इसलिए उन्होंने तलासरी से वाडा तक मार्च निकाला और 15 दिनों तक क्षेत्र का सर्वेक्षण किया। वे समझते थे कि इन दासों के पास पहनने के लिए उपयुक्त कपड़े नहीं हैं, खाने के लिए भोजन नहीं है और कोई वेतन नहीं है। उन्हें सिर्फ़ पांच किलो चावल मिल रहा था जो काफी नहीं था। इसलिए विवाह दासता से मुक्ति, ग़ुलामी विराधी आंदोलन का विस्तार करने की रणनीति का एक हिस्सा थी।

जैसा कि किसान सभा के कुछ बुजुर्गों ने बताया कि लग्नगडी प्रथा उन दिनों मौजूद वर्ग आधारित व्यवस्थाओं में सबसे खराब थी और लग्नगडी मुक्ति आंदोलन उच्च वर्ग/जाति भूस्वामियों के ख़िलाफ़ एक शक्तिशाली वास्तविक आंदोलन था।

[4] पी. बी. रांगणेकर, *पीपल्स एज*, 26 अक्टूबर 1946।

इसमें भूस्वामियों के घरों में वास्तविक प्रवेश और लग्नगडियों को मुक्त करना शाामिल था। यह पिछले 100-150 सालों का एक महत्वपूर्ण आंदोलन था जिसने अन्यायपूर्ण सामाजिक व्यवस्थाओं को ख़त्म किया।

15,000 से अधिक आदिवासी आजीवन विवाह दासों को किसान सभा की कार्रवाई के जरिए भूस्वामियों के घरों से वास्तविक रूप से मुक्त कराया गया। यह आंदोलन इस बात को भी प्रदर्शित करता है कि वारलियों ने शामराव और गोदावरी की अनुपस्थिति के बावजूद विकास किया था और स्वयं को संगठित कर सके थे। इसने अनपढ़ आदिवासियों को इतना विश्वास प्रदान किया था कि वे भूस्वामियों के घरों में घुस सकें और अपने भाइयों-बहनों को उनके चंगुल से मुक्त कर सकें।

मूलभूत संघर्षों की स्मृति

इसी संदर्भ में जवाहरलाल नेहरू विश्वविद्यालय के शोधकर्ताओं की एक टीम ने ठाणे-पालघर ज़िला किसान सभा की सहायता से एक सर्वेक्षण के माध्यम से नए-पुराने स्थानीय साथियों की स्मृतियों को इकट्ठा करने की कोशिश की। पालघर, तलासरी और डहाणू तालुकों में विभिन्न आयु वर्ग के कुल 165 ग्रामीणों का सर्वेक्षण किया गया:

आयु वर्ग	*सर्वेक्षित ग्रामीणों की संख्या*
18-25	11
26-35	35
36-50	63
51-64	20
65-69	9
70-75	16
76 से ऊपर	11

सर्वेक्षित सबसे वृद्ध साथी 100 वर्ष के थे और कुछ दूसरे लोगों की आयु 85 और 95 वर्ष के बीच थी। सबसे युवा समूह यानी 18 से 25 वर्ष की आयु के लोगों का

जन्म मूलभूत आंदोलनों के 39-46 वर्ष बाद हुआ था। अगले आयु वर्ग में सबसे युवा व्यक्ति का जन्म आंदोलन की आधी शताब्दी के बाद हुआ था। उनके लिए प्रयोग की गई प्रश्नावली में यह जानने के लिए कि 1945-1952 के संघर्ष की स्मृतियां कितने उत्तर देने वालों की विरासत बनी हैं, तलवाडा और नानिवली घटनाओं और लग्नगडी आंदोलनों की स्मृति के बारे में उनसे तीन विशेष प्रश्न पूछे गए।

सर्वेक्षण में यह पाया गया कि 20 और 24 वर्ष की आयु के बीच के दो उत्तर देने वालों को तीनों घटनाओं और संघर्षों की स्मृति थी। इन दोनों साथियों के दादा आंदोलन में शामिल थे और उन्होंने अपनी कहानियों को परिवार में पुनः सुनाया था। 30 और 60 वर्ष के बीच की आयु के अनेक साथियों के साथ भी यही हुआ है। उनके अधिकांश परिवारों में संघर्ष की एक वंशावली है और इसलिए स्मृति कायम है। शायद नोट करने वाला अधिक रोचक तथ्य यह है कि तलवाडा गोलीकांड 50 से अधिक साथियों की स्मृति में है। वृद्ध साथियों जैसे मगन देवल्या (मोदगाँव, डहाणू) जिनका साक्षात्कार के बाद निधन हो चुका है, की स्मृति में भी यह कायम था। मगन देवल्या ने बताया कि वे पांच साल के थे जब यह गोलीकांड हुआ था और उनके पिता उनको अपनी पीठ पर बैठाए हुए थे, जब दमन के बाद उन्होंने भागना शुरू किया था।

ठाणे-पालघर ज़िला किसान सभा द्वारा 10 अक्टूबर गोलीकांड की सालगिरह पर उसे शहीद दिवस के रूप में मनाने के लिए एक वार्षिक लामबंदी की जाती है। 1945 में पहले गोलीकांड के बाद के 70 सालों में ठाणे-पालघर ज़िला में किसान सभा के 60 आदिवासी कार्यकर्ता विभिन्न संघर्षों में शहीद हुए हैं। यह एक संयोग है कि गोदावरी परुलेकर का दाह संस्कार भी उसी दिन 10 अक्टूबर को तलासरी में ही हुआ। यह स्मरण संघर्षों की विरासत को जिन्दा रखने के लिए जनता द्वारा की गई कुर्बानियों को रेखांकित करता है।

यही बात नानिवली गोलीकांड के बारे में भी कही जा सकती है। जहाँ-जहाँ साक्षात्कार किए गए लगभग 54 लोगों को घटना का स्मरण है, जिनमें से चार लोग 30 वर्ष से कम आयु के थे और उनमें से एक को छोड़कर बाकी नानिवली के पास के नहीं थे। प्रत्येक मामले में परिवार कम से कम तीन पीढ़ियों से किसान सभा से जुड़ा था। जिन लोगों को इस घटना का स्मरण है उनमें से कई जनतांत्रिक आंदोलन में सक्रिय रूप से शामिल हैं और उनकी स्मृति संघर्ष को जीवित रखने के लिए सांगठनिक

प्रयत्नों को प्रतिबिंबित करती है। वे नानिवली और उसके आस-पास के गांवों के हैं जो इस बात को प्रदर्शित करता है कि स्थानीय इतिहास का बोध मजबूत है। यही लग्नगडी मुक्ति संघर्ष के लिए भी सच है जिसके बारे में 57 लोगों ने अपने बयान दिए, किंतु उनमें से अधिकतर लोगों की स्थानीय और ग्रामीण स्तर पर सांगठनिक ज़िम्मेदारियां हैं। उनकी स्मृति का चरित्र मुख्यतः सांगठनिक है और इसका अस्तित्व महत्वपूर्ण है चूँकि यह स्मृति लगातार संघर्ष और सांगठनिक विस्तार को प्रेरित करती है।

शुरुआती संघर्षों ने वारलियों के प्रतिनिधि के रूप में लाल झंडे को स्थापित किया। इस सर्वेक्षण ने इस विस्तार के बोध का अनुमान लगाने की कोशिश की कि कितने लोगों को याद है कि उनके गाँव में लाल झंडा कब आया। 18 गांवों से लगभग 48 साथियों को स्मरण था कि 1945-52 के गौरवशाली वारली संघर्षों के समय उनके गाँव में लाल झंडा स्थापित हुआ। लेकिन साक्षात्कारों का मुख्य संदेश आमतौर पर यह था कि लाल झंडे की स्थापना उत्पीड़ित लोगों के संघर्षों का परिणाम थी। यह विचार कि लाल झंडा आदिवासियों के अधिकारों का प्रतीक है, वारली जनता की वैचारिक लामबंदी के लिए महत्वपूर्ण रहा है। जैसा कि महादू पाटकर (कोचाई, तलासरी) ने कहा, 'लाल झंडा रूस में लेनिन और स्टालिन के नेतृत्ववाली क्रांति के खून से पैदा हुआ। यह खून से सराबोर है, इसीलिए लाल है। दरांती किसानों का और हथौड़ा मज़दूरों का प्रतीक है। कम्युनिस्ट पार्टी ने हमें यही सिखाया है।'

खून से भीगे लाल झंडे की छवि वारली की कल्पना में गहराई तक पैठी हुई है। जैसा कि वरिष्ठ साथी स्वर्गीय राज्या माह्या डोंगरकर (उपलाट, तलासरी) ने बताया था, 'गोदूताई ने कहा था कि अगर आपको खुशी के दिन लाने हैं तो आपको लाल झंडा उठाना पड़ेगा जो गाँव-गाँव और घर-घर से बहे खून से रंगा है क्योंकि जनता साहूकारों और वेठबिगार से नाराज है और उन्होंने हमें इस बात का प्रचार करने के लिए कहा कि लोगों को कम वेतन के लिए काम नहीं करना चाहिए।' कुल मिलाकर लाल झंडे का राजनीतिक महत्व यह था कि इसने जनता को गुलामी से मुक्ति के लिए संघर्ष करना सिखाया।

मूलभूत संघर्ष आगे की लड़ाइयों को प्रेरणा प्रदान करते हैं

1945 में शुरू हुए संघर्ष का एक मुख्य प्रभाव कामकाजी जनता के लिए गुलामी (वेठबिगार) से मुक्ति और सम्मान की बहाली था। एक अधीन शोषित मज़दूर से वारली आत्मविश्वास से भरा एक जुझारू शक्ति बन गया, जो आरंभिक वर्गीय चेतना से लैस था। जैसा कि एल बी धनगर याद करते हुए बताते हैं, 'पुराने आदिवासी अब बदले हुए और मजबूत इंसान थे, अपनी एकता के प्रति आश्वस्त और अपनी मांगों के प्रति भली-भांति जागरूक। वे उन्हें प्राप्त करने के लिए संघर्ष करने की एक मजबूत इच्छाशक्ति रखते थे। अगर वे काम बंद कर दें तो ठेकेदार कुछ नहीं कर सकते थे। कुछ वनों में कोई भी ठेकेदार प्रवेश करने का साहस भी नहीं करता था।'

आंदोलन ने बेहतर वेतन और आदिवासियों की एक अटूट एकता भी दी, जिसने सशक्तीकरण की भावना पैदा की जो लाल झंडे में विश्वास के कारण विकसित हुई। जैसा कि धर्मा बालजी कोधा (वाकी, डहाणू) बताते हैं, 'हर गाँव के आदिवासी जाग उठे थे। इस तरह हम तमाम क्षेत्र से एकजुट हुए और साहूकारों को अपनी जान बचाकर भागना पड़ा। उनकी घास को भी नहीं बख्शा गया और उनका तमाम कारोबार ठप हो गया। मैं दो साल का था . . . मेरे पिता और उनके चार भाई और उनका पूरा गाँव आंदोलन में शामिल हो गया।' एकता और संघर्ष की ताकत ने वारलियों को उनके अपने व्यक्तिगत हितों के पार देखने की भी दृष्टि दी। जैसा कि रत्नी सातवी (झरी, तलासरी) ने कहा है, 'हम धन से विचलित नहीं हुए, साहूकार खाते की किताबें मेरे हाथों में दे रहा था लेकिन मैंने उन्हें फेंक दिया।'

साहूकारों के उत्पीड़न के अंत का अर्थ था मज़दूरी में वृद्धि। घास कटाई की मज़दूरी बढ़ाकर 2 रुपये आठ आने प्रति घास बंडल कर दी गई। विवाह दासों को मुक्त कर दिया गया और पितृसत्तात्मक वर्ग उत्पीड़न का एक रूप ख़त्म हुआ। पी. बी. रांगणेकर द्वारा लिखी गई एक ख़बर में उत्पीड़न के अंत का वर्णन किया गया है। उन्होंने लिखा है कि किसान सभा और सरकार के बीच समझौता ऐसा था कि किसान सभा विभिन्न घेरों के पेड़ों को काटने के लिए दर तय कर सकती है; हर 12 महीने में वारलियों को बोनस दिया जाना था; खेत में काम करने वाले नौकरों द्वारा किए जाने वाले कामों जैसे पॉलिश करने और दूसरे व्यक्तिगत कामों के लिए अलग से भुगतान

किया जाना था और अगर काम के दौरान वारलियों को कोई चोट लग जाती, तो उसका उन्हें मुआवजा दिया जाना था। किसान सभा की सौदेबाजी करने की क्षमता में वृद्धि हो जाने के कारण साहूकारों को इन शर्तों को मानने के लिए बाध्य होना पड़ा। रांगणेकर इसे *पीपल्स एज* (24 नवंबर 1946) में लिखे अपने लेख में इस प्रकार समझाते हैं : 'पिटे हुए कुत्तों की तरह साहूकारों को इन सभी शर्तों को स्वीकार करना पड़ा और सभी वारलियों के साथ इंसानों जैसा व्यवहार करने का वायदा करना पड़ा।'

उपर्युक्त विवरण यह दिखाता है कि वारली आंदोलन के पहले साल अब भी महत्वपूर्ण माने जाते हैं, इसलिए नहीं कि उन्होंने आर्थिक फायदे दिए, बल्कि इसलिए भी कि उन्होंने एक सम्मान का भाव पैदा किया। उन्होंने एक स्थानीय किसान सभा नेतृत्व का भी निर्माण किया जिसने क्षेत्र में दृढ़ और लगातार संघर्षों की अगुआई की। जिस समय गोदावरी और शामराव को 1946 में इलाका बदर किया गया वहाँ पहले ही 400 ग्राम स्तरीय नेताओं का कैडर मौजूद था जिसने बाद में संघर्ष चलाए जैसा कि इस पुस्तक के अगले अध्यायों में बताया गया है।

3. प्रतिरोध, वृद्धि और सुदृढ़ीकरण

जैसा कि पिछले अध्याय में बताया गया है, गौरवशाली वारली संघर्षों द्वारा डाली गई नींव ने स्वयं वारलियों के नेतृत्व में अधिक तीव्र आंदोलनों के लिए ज़मीन तैयार की। 1946 से 1953 तक, जब गोदावरी और शामराव को या तो इलाका बदर कर दिया गया था या वे भूमिगत थे या जेल में, वारलियों ने स्वयं अपने संघर्ष चलाए थे। उन्होंने अपनी योजनाओं को संदेशवाहकों, जो कि किसान सभा और वारली नेतृत्व के बीच संदेश लाते-ले जाते थे, के जरिए किसान सभा को सूचित रखा और उसकी सलाह से रणनीति बनाई। शुरू के संघर्षों की उपलब्धियों का विभिन्न रणनीतियों के माध्यम से सांगठनिक सुदृढ़ीकरण किया गया जिसे इस अध्याय के पहले हिस्से में पेश किया गया है। इस अध्याय के दूसरे हिस्से में इस सुदृढ़ीकरण के असर पर नज़र डाली गई है जो आगे के प्रतिरोधों और संघर्षों में दीखता है।

निर्वासन (1946-53) और आपातकाल के दौरान संगठन निर्माण

आरंभिक वेठबिगार विरोधी संघर्ष एक स्थानीय वारली नेतृत्व के साथ एक मजबूत सांगठनिक आधार बनाने में सफल रहा जब कम्युनिस्ट पार्टी पर प्रतिबंध था और अधिकतर साथी भूमिगत थे। इस दौरान वारली आदिवासी नेतृत्व ने काम संभाला और लाल झंडे के संघर्षों का चेहरा बने और अपनी सभी गतिविधियों को अंजाम दिया। दूसरों की तरह गोदावरी और शामराव परुलेकर भी भूमिगत थे और स्थानीय वारली साथियों के साथ संदेशवाहकों के माध्यम से संपर्क रखा जा रहा था।

उनमें से एक मुख्य संदेशवाहक, जो आगे चलकर एक प्रसिद्ध नेता बने, एल बी

धनगर थे जिन्होंने एक भूमिगत संदेशवाहक के रूप में अपनी यात्रा का विवरण इस प्रकार से दिया :

> जून 1949 में मैं कुछ काम के लिए मुलुंड में एक व्यक्ति के पास रह रहा था, जिसकी कोयले की एक दुकान थी। मुलुंड उस समय एक छोटी सी जगह थी। कम्युनिस्ट पार्टी के एक सदस्य कृष्णा धुमाल एक बार उस दुकान पर आए थे। मुझे आश्चर्य हुआ और मैंने उनसे पूछा कि उनका वहाँ कैसे आना हुआ। उन्होंने मुझसे वही सवाल किया . . . मेरा दस दिन का भूमिगत प्रशिक्षण मुंबई में आरंभ हुआ . . . एक बार एक पार्टी सदस्य मुझे माहीम (पश्चिम) में एक फ्लैट में ले गया। एक पंजाबी परिवार वहाँ रह रहा था। वह पंजाबी साथी भी कम्युनिस्ट पार्टी का एक सदस्य था। पूरा दूसरा तल किराए पर लिया गया था। यह सीपीआई की महाराष्ट्र राज्य कमेटी का भूमिगत कार्यालय था। साथी शामराव परुलेकर तब पार्टी के राज्य सचिव थे। वे साथी गोदावरी परुलेकर, एक टाइपिस्ट साथी विजयाताई भागवत और मेजबानों के रूप में साथी पन्नू और उनकी पत्नी के साथ रह रहे थे। सभी पार्टी सदस्य उस कार्यालय में मिलते थे और आगे की कार्रवाई के बारे में चर्चा करते थे। पूरी प्रणाली विकेंद्रीकृत थी। केंद्रीय स्तर से कोई मीटिंगों के लिए राज्य स्तर पर आता था और ऐसा ही विपरीत क्रम में होता था। इस पूरी जटिल प्रणाली को चलाना बहुत कठिन था। किसी को अपनी पहचान उजागर करने की इजाजत नहीं थी। मुंबई पुलिस भूमिगत कम्युनिस्ट पार्टी सदस्यों की तलाश कर रही थी किंतु वे पुलिस की पकड़ से बाहर थे।

भूमिगत गतिविधियों के अनुभव के बारे में अन्य साथियों ने भी बताया जिनके परिवारों के लोग झरी की मीटिंग और तलवाडा गोलीकांड में शामिल थे। उनमें से कई युवा थे किंतु स्मरण करते हुए बताते हैं कि उनके परिवार गोदूताई को शरण देते थे जब वह निर्वासन और भूमिगत रहने के वर्षों में दौरा करती थीं। लक्ष्मण कमल्या भुयाल (औंढाणी, पालघर) बताते हैं कि उनके पिता 1946 के बाद डेढ़ साल तक भूमिगत रहे और ढ़ाई साल के लिए जेल भी गए। वे पेशे से एक वन रक्षक थे और उन्होंने गोदूताई को शरण दी, जो उन्हें एक 'वन रक्षक' कहने के बजाय एक 'पार्टी रक्षक'

कहकर पुकारती थीं। भुयाल की तरह ही, धर्मा बालजी कोधा (वाकी, डहाणू) भी उस तरीक़े के बारे में बताते हैं जिससे गोदूताई भूमिगत दिनों में काम करती थीं। वे कहते हैं कि वह गुजरात के रास्ते और एक नाव से नदी पार करके उनके गाँव आईं। वह दिन में सीधे पहाड़ियों में चली गईं और सूरज छिपने के बाद गाँव आईं और गांववासियों की बैठक की जिसमें बताया कि कैसे संघर्ष आयाजित करेंगी।

काम करने का यह तरीक़ा दमन के दौर में गहराई तक चला गया और संघर्षों के दूसरे चरण, जिसे भूमिगत काम का दूसरा चरण भी कहा जा सकता है, के बहुत समय बाद आपातकाल के दौरान भी देखा गया। राज्या मध्या डोंगरकर (उपलाट, तलासरी) बताते हैं कि कैसे नार्वेकर, जब वह भूमिगत थे उनके साथ रहे थे। जब भी पुलिस उन्हें ढूंढने आती थी तो वे झाड़ियों में जाकर छुप जाते थे। वे बताते हैं कि जब आप भूमिगत होते हैं तो आपको हर दो-तीन दिन में स्थान बदलना पड़ता है। जैसा कि लाडक दिवाल बीज (तलासरी) समझाते हैं, 'आपातकाल में लाल बाव्टा मज़दूरों पर हमला हुआ। कांग्रेस और साहूकार लाल बाव्टा पर हमला करना चाहते थे ताकि उसका विस्तार न हो और उसकी ताकत न बढ़े, चूँकि वह उनके लिए बुरा होता। गोदूताई और अहिल्या रांगणेकर छह महीने से अधिक के लिए जेल में थीं। हममें से अनेक भूमिगत हो गए। मैं भी एक महीने के लिए भूमिगत रहा। छह महीने बाद कुछ नेता जेल से बाहर आए।'

साथी धनगर आपातकाल के दौरान भूमिगत कार्य के पूरे प्रश्न को एक बृहत्तर परिप्रेक्ष्य में रखते हैं। वे बताते हैं कि जब आपातकाल की घोषणा हुई थी तो उन्हें पता था कि उन्हें गिरफ्तार किया जाएगा। इसलिए उन्होंने भूमिगत होने का फैसला लिया। उन्होंने गिरफ्तारी की आशंका से पार्टी कार्यालय से महत्वपूर्ण दस्तावेज लिए और अंधेरे में लगभग शाम 7 बजे जंगल के इलाके में चले गए। वे कहते हैं, 'मैं जंगल में कैनाड घाटी के क्षेत्र में, जो एक आदिवासी इलाका है, लगभग चार घंटे चलता रहा और 'पाडों'(बस्तियों) में गया। मैं बार्डी पहाड़ियों पर पहुंच गया। यह क्षेत्र बहुत घना और दुर्गम है। मैंने स्थानीय साथियों को अपनी योजना के बारे में सूचित किया। रास्ते में मैंने पार्टी कार्यकर्ताओं और परिचित व्यक्तियों से मुलाकात की। मैंने जंगल में, जो पहाड़ी क्षेत्र में था, लगभग 10 से 12 किमी यात्रा की। पुलिस घने जंगलों के कारण और मेरे रहने के ठिकाने गोपनीय होने के कारण मेरा पता नहीं लगा सकी . . . इस

प्रकार आपातकाल के दौरान लगभग डेढ़ साल मैं ठाणे ज़िले और मुंबई के क्षेत्र में भूमिगत रहा। इस दौरान मैंने पार्टी कार्यालयों का दौरा किया और पार्टी कार्यकर्ताओं से मिला जिनके वारंट निकले हुए थे।'

जैसा कि यह विवरण दिखाता है भूमिगत होना केवल तभी संभव है जब आप जनता से जुड़े हों। इससे लाल झंडे की सांगठनिक ताकत का भी पता चलता है और उसके आंदोलन के भीतर मूलभूत एकता दिखती है। यह दिखता है कि वारली किसान और मज़दूर निशाने पर आए लाल झंडा के नेताओं को बचाने के लिए इच्छुक थे क्योंकि वे विश्वास करते थे कि लाल झंडा उनकी अपनी क्रांतिकारी ताकत है।

ऐसी परिस्थितियों में जहाँ-जहाँ स्थानीय कमेटियां संघर्षों के दौरान लगातार दमन का सामना कर रहीं थीं, रात को बैठकें आम थीं। इसके लिए जनता के साथ गहरे संपर्क की ज़रूरत होती है और ऐसा करने के लिए जनता के साथ रहना और उस जैसा दिखना पड़ेगा। जैसा कि सभी साथी जो भूमिगत रहे हैं बताते हैं कि भूमिगत होने का मतलब 'जनता जैसा' होना है और क्षेत्रीय पहनावों के अनुकूल कपड़े पहनना है ताकि उसे एक 'बाहरी' के रूप में न पहचाना जा सके। संगठन में सख्त अनुशासन कायम रखना पड़ता है ताकि 'भूमिगत रणनीति' के साथ समझौता न हो। इस बात की ज़रूरत होती है कि सभी कम्युनिस्ट पार्टी और किसान सभा सदस्य गोपनीयता का पालन करें और संगठन का विस्तार करने के लिए काम करें।

जैसा कि धर्मा बालजी कोधा (वाकी, डहाणू) ने बताया कि 'पहले पार्टी सख्त अनुशासन में काम करती थी। जो सक्रिय नहीं होते थे पार्टी में नहीं रह सकते थे।' वंनशा विक्या तांडेल (सोगवे, डहाणू) समझाते हैं कि वे पड़ोस के गांवों जैसे जामशेत में टोलियों में गए और संगठन का निर्माण किया। इस प्रक्रिया को लक्ष्मण कमल्या भूयाल (औंढाणी, पालघर) ने अधिक विस्तार से समझाया है। वे कहते हैं, 'हम 15-20 दिनों के लिए चुनाव और जनसभाओं के लिए अभियान पर जाते थे। हम क्षेत्रों को आपस में बांट लेते थे और स्थानीय लोगों के साथ अभियान पर जाते थे . . . गोदूताई हमें आठ दिन पहले मीटिंगों के बारे में सूचित कर देती थीं इसलिए हम सफलतापूर्वक दिन-रात अभियान चलाते थे, चाहे हमें गांवों में ठहरना पड़े। हम 500-600 लोगों को लाते थे और उन्हें लाने और वापस ले जाने की पूरी ज़िम्मेदारी उठाते थे। उस समय हम रात में मीटिंग करते थे और वह भी जंगल में। साहूकारों और कांग्रेसी नेताओं ने

लाल बाव्टा की गतिविधियों पर नजर रखने के लिए खबरिए रख रखे थे।' उनके भाई लाडक्या कमल्या भूयाल कहते हैं, 'मीटिंगों के लिए कोई पंफ्लेट या पर्चे नहीं निकाले जाते थे लेकिन खुद व्यक्ति पाड़े में जाता था और उन्हें बताता था कि एक खास दिन एक खास जगह पर मीटिंग होगी। उस समय कोई गाँव कमेटी नहीं थीं, केवल एक तालुका कमेटी थी, लेकिन उसके निर्देशों का सही तरीक़े से पालन किया जाता था।' स्थानीय कमेटियों के गठन और उनके काम ने वारलियों के विभिन्न हिस्सों को जुझारू बना दिया था। संघर्ष में महिलाओं ने रास्ता दिखाया। जहाँ वारली पुरुषों की जुझारू भूमिका पर अनेक लेखों में ध्यान दिलाया गया है, महिलाओं की भूमिका को अलग से रेखांकित करने की ज़रूरत है। वारली संघर्ष पर कुछ विद्वत्तापूर्ण अध्ययनों में तर्क दिया गया है कि हालांकि भूस्वामियों की पितृसत्ता के कुछ पहलुओं को 1945-47 आंदोलन के माध्यम से चुनौती दी गई थी, पर इसमें महिलाओं की भूमिका की वामपंथी संगठनों द्वारा बहुत हद उपेक्षा की गई थी।[1] यह दृष्टिकोण बृहत्तर आंदोलन में महिलाओं द्वारा अदा की गई भूमिका की अनदेखी करता है।

जैसा कि साक्षात्कार दिखाते हैं, वारली संघर्षों के प्रभाव से इस क्षेत्र में एक महिला राजनीतिक नेतृत्व का विकास हुआ। महिला मज़दूर सभी हड़तालों में अगली कतारों में थीं और उन्होंने शासन की दमनकारी कार्रवाइयों का मुकाबला किया। पिछली शताब्दी के पांचवें दशक के मध्य में पुलिस ने वारलियों की धरपकड़ की और संघर्ष के नेताओं के लिए घर-घर तलाशी ली। गिरफ्तारी से बचने के लिए पार्टी और किसान सभा के पुरुष सदस्य दिन के समय, जब पुलिस उनको तलाशने के लिए आती थी, पहाड़ियों और जंगलों में छिप जाते थे। घर की महिलाओं को पुलिस से लड़ना पड़ता था और उनकी यातनाएं झेलनी पड़ती थीं। वे पुरुषों को सूचित भी कर देती थीं कि पुलिस किस स्थान पर है और पुलिस को गुमराह भी कर देती थीं। इस तरीक़े से महिलाओं ने हिस्सा लिया और आंदोलन का एक महत्वपूर्ण हिस्सा बनीं।

रत्नी सातवी इसका एक उदाहरण देते हुए बताती हैं कि उनके चाचा बारक्या गोधले ने उन्हें लाल झंडे में शामिल होने के लिए प्रेरित किया था। वे बताती हैं कि उनके चाचा आते थे और उनके घर रहते थे और जब पुलिस आती तो झाड़ियों में छिपने के

[1] इंदिरा मुंशी सलदान्हा, 'ट्राइबल वीमेन इन द वारली रिवोल्ट, 1945-47 : क्लास एंड जेंडर इन द लेफ़्ट पर्स्पेक्टिव', *इकोनॉमिक एंड पॉलिटिकल वीकली*, वर्ष 21, अंक 17, 26 अप्रैल 1986।

लिए भाग जाते थे। वे झाड़ियों में उनके लिए 'भाकरी' भेजती थीं। उसी तरह लंगडा धाकर (मोडगाँव, डहाणू) बताते हैं कि उनके पिता पुलिस और साहूकारों के भय के कारण रात में मीटिंग लेते थे। एक रात जब वे घर पर नहीं थे तो पुलिस उनके पिता की तलाश में आई। वे कहते हैं, 'मेरी मां चालाक थीं। उन्होंने जवाब दिया कि मैं कैसे जानूं वे कहाँ हैं? तुम उन्हें ले गए हो तो तुमें ही पता होना चाहिए कि वे कहाँ हैं। मैं अपना परिवार चलाने के लिए मुर्गे-मुर्गियां बेच रही हूं।'

इसलिए संघर्ष की प्रक्रिया ने इस मिथक को तोड़ा कि वारली महिलाएं आंदोलन में मौलिक भूमिका निभाने में अक्षम हैं। लग्नगडी संघर्ष ने पितृसत्तात्मक दमन की बेड़ियों को पहले ही तोड़ डाला था। संघर्ष में महिलाओं का योगदान उस तरीक़े में था जिसमें उन्होंने भूमिगत वर्षों में शासन के दमन की आंच को झेला। महिलाओं का एक राजनैतिक नेतृत्व उभर कर आया था और संघर्ष की प्रक्रिया से प्रशिक्षित हुआ था।

भूमिगत अवधि में पार्टी निर्माण का परिणाम एक आरंभिक पार्टी संगठन की संरचना के रूप में सामने आया जो बाद के वर्षों में तालुका कमेटियों, विभाग कमेटियों और स्थानीय कमेटियों में विकसित हुआ। जैसा कि लहानू कोम बताते हैं, तालुका कमेटियों में लगभग 30-32 नेता और विभाग कमेटियों में 17-18 नेता होते थे, जो क्षेत्रों को आपस में बांट लेते थे। जैसा कि वनशा विक्या तांडेल (सोगवा, डहाणू) अपने अनुभव के संदर्भ में समझाते हैं, 'विभाग कमेटी के सदस्य भी जामशेत से लेकर अंबेसरी तक के गांवों जैसे आसवा, चरी, कोटबी, साख्ररा, डेहणा, पला और आगवन में काम करते थे।' वे कहते हैं, 'इन गांवों में बहुत से पार्टी सदस्य थे। जामशेत में 15 सदस्य, आसवा में 7, चरी-कोटबी में 5 सदस्य थे। हम लोगों की समस्याओं को उठाते और हल करते थे, इसलिए वे हमारे साथ जुड़े। उन्हें हम पर विश्वास था।' वारली नेतृत्व और जनता के बीच विश्वास संघर्ष की प्रकिया से पैदा हुआ था और सिर्फ़ प्रतिरोध के माध्यम से ही इसे कायम रखा जा सकता था, जिसके मुख्य संघर्षों का वर्णन नीचे किया गया है।

प्रतिरोध का विस्तार

भूमि आंदोलन, 1950-1960 के दशकों के वर्ष

वारलियों के आरंभिक संघर्षों के फलस्वरूप कुल कायदा (काश्तकारी क़ानून) पास हुआ। किसान सभा के नेतृत्व में वारलियों ने दमन के बावजूद एक प्रमुख जीत हासिल की थी। किंतु क़ानून को लागू कराना एक चुनौती थी। अखिल भारतीय किसान सभा का 13वां राष्ट्रीय सम्मेलन मई 1955 में डहाणू में हुआ, जिसमें महाराष्ट्र के एक प्रसिद्ध नेता क्रांतिसिंह नाना पाटिल को इसका अध्यक्ष चुना गया और 'कसेल त्याची ज़मीन' (जोतने वाले को भूमि) और 'राबेल त्याचा राज्य' (जो श्रम करेगा वही राज करेगा) के नारे दिए गए।[2] 1950 और 1960 के दशकों के पूरे काल में वारलियों ने स्वयं को लाल बाव्टा के तहत संगठित किया और काश्तकारी क़ानून को लागू कराने के लिए संघर्ष किया। भूमि संघर्ष आए दिन की चीज हो गए।

जैसा कि राज्या माध्या डोंगरकर (उपलाट, तलासरी) स्पष्ट करते हैं, कुल कायदा 1957 में पास हुआ था और उसी समय मुंबई में मज़दूरों की हड़ताल हुई थी। जंगल में वारली हड़ताल न केवल स्थानीय जनता की मांगों के लिए थी, बल्कि मज़दूरों के समर्थन में भी थी। जैसा कि डोंगरकर कहते हैं,

> जब यह क़ानून आया तो भूस्वामियों और साहूकारों ने हमें चिढ़ाया और कहा कि आदिवासी और वारली क्या करेंगे? भूमि हमारी है क्योंकि हमने तलाठी कार्यालय में इसके लिए भुगतान किया है। भूमि आपके पूर्वजों की नहीं है। किंतु हमने यह प्रचार करते हुए लोगों को लामबंद किया कि भूमि हमारे पूर्वजों की है . . . भूस्वामी हमसे कहते थे कि तुम पहले हमारे खेतों में काम करो और बाद में अपने खेतों में। और अगर हम राजी नहीं होते थे तो वे हमें पीटते और यातनाएं देते थे। हम अपने लाल झंडे के साथ इसके ख़िलाफ़ रैली करते थे। 500-600 लोगों के समूह इस मांग के लिए विभिन्न जगहों पर एक साथ मार्च करते थे। इस मांग के लिए सैकड़ों समूह रैली निकाल रहे थे। हमारी मांग भूमि और अपने

[2] साकिब खान का शोध निबंध, पृ. 24।

खुशहाल भविष्य की थी। किंतु सेठों, साहूकारों और भूस्वामियों ने अपनी मीटिंगें कीं और वेतन को कम रखने का संकल्प लिया और इस क़ानून को ख़त्म करने के लिए काम किया। उन्होंने तहसीलदारों के साथ अपनी योजनाएं भी बनाईं। यह सुनकर हमने काम बंद कर दिया और हम उनके ख़िलाफ़ अदालत में चले गए और अधिसूचित किया कि भूमि आदिवासियों की है और केवल उन्हें ही इसके पट्टे मिलेंगे चूँकि वे इस भूमि को जोतते हैं। अदालत ने जमींदारों को आदिवासियों की पहचान करने और उन्हें भूमि देने का आदेश दिया। यहाँ तक कि मुझे भी इस भूमि संघर्ष के माध्यम से 20-25 एकड़ भूमि मिली।

साथी डोंगरकर की इस स्मृति की अनुगूंज अनेक अन्य साथियों की आवाजों में मिलती है।

किसान सभा के संघर्ष पर रोशनी डालते हुए, लक्ष्मण भुयाल ने कहा, 'जो भूमि पहले भूस्वामी के नाम से आवंटित थी वह अब हमारे नाम में पंजीकृत है। पहले भूस्वामी, जो हम अपनी भूमि पर पैदा करते थे उसे भी रख लेता था। अनेक अपने साथ गाड़ियां भरकर अनाज ले जाते थे। हमें पैदावार का सिर्फ़ एक हिस्सा मिलता था अगर कुछ अनाज बिना बिका रह जाए। अन्यथा हमें दूसरे लोगों के खेतों में 0.75 पैसे प्रति दिन की दर से भाड़े के श्रमिकों के रूप में काम करना पड़ता था। यही था हमारा जीवन।'(साकिब खान, शोध-निबंध में उद्धृत, पृ. 26) वारलियों के बदले हुए हालात, खास तौर से भूमि के मामले में बदले हालात का श्रेय लाल झंडे के तहत लड़े गए भूमि संघर्ष को जाता है।

यह और भी महत्वपूर्ण है कि युवा साथी भी ऐसे ही विचार व्यक्त करते हैं। जैसा राजेश खरपडे (आमगाँव, तलासरी) कहते हैं, समकालीन समय में भूमि का प्रश्न महत्वपूर्ण है और संगठन भू-माफिया के ख़िलाफ़ और कब्जाई गई भूमि के पट्टों के लिए लड़ता है। उनके गाँव में सेठों के पास अब भी 450 एकड़ भूमि है। किंतु, इस क्षेत्र में संघर्षों की परंपरा के चलते 'भूस्वामी आते हैं लेकिन हम उन्हें भगा देते हैं।' उनके दलाल लागों को धन की रिश्वत देने की कोशिश भी करते हैं, किंतु 'हम गाँव वालों को बताते हैं कि दलाल आने जा रहा है, इसलिए आपको इकट्ठा होकर उसे भगा देना चाहिए। विधानसभा चुनाव के बाद एक घटना हुई। जहाँ-तहाँ दलालों को भगाने

के लिए 400-500 लोग इकट्ठा हो गए।' जैसा कि खरपडे स्पष्ट करते हैं, पिछले साठ सालों से वारलियों का उस भूमि पर कब्जा है जिस पर वे खेती करते हैं, लेकिन पट्टे बहुत कम हैं और इसलिए उनका संघर्ष जारी है। यहाँ यह एक सर्वमान्य विचार है कि, 'लाल झंडा कमज़ोर होता है तो हमारी भूमि हमसे छिन जाएगी।'

पट्टों और वन भूमि पर नियंत्रण के लिए संघर्ष वारलियों के पूरे समकालीन इतिहास में जारी रहे हैं। वारली यह महसूस करते हैं कि वर्तमान नव-उदारवादी व्यवस्था के तहत उनके फिर से बेदखल हो जाने का खतरा है। यह इस तथ्य का साक्ष्य है कि भूमि के लिए संघर्ष 1960 के दशक के वर्षों में हुए थे, इसके द्वारा उठाए गए मुद्दे आज भी प्रासंगिक हैं। हालांकि उन्होंने स्वयं को भूस्वामियों के शोषण से मुक्त कर लिया, वे मुख्य रूप से भूमि के सिर्फ़ कब्जेदार हैं चूँकि उनके पास कोई पट्टे नहीं हैं।

जैसा कि रावजी रूपजी शिंगडे (सावरोली, तलासरी) कहते हैं,

> लगभग 100 एकड़ भूमि है जिस पर हमारे पाड़े में हमारा कब्जा है। चाहे यह भूमि हमारे पास हो, दूसरे गावों में अधिकांश भूमि सेठों और साहूकारों के कब्जे में है और उनके पास भूमि के पट्टे भी हैं। मेरे पास मेरे पिता के नाम का पट्टा है। किंतु अब सेठ और साहूकार मुश्किल से ही आते हैं चूँकि यहाँ लाल झंडे की ताकत है . . . केवल लाल झंडे ने आदिवासियों के लिए वन भूमि के लिए संघर्ष किया है। किसी दूसरी पार्टी या सरकार ने यह नहीं किया है। पार्टी के लिए सबसे बड़ी चुनौती उन लोगों के लिए भूमि के पट्टे हासिल करना है जिनका भूमि पर कब्जा है। हमारे 40 सालों के संघर्षों का सबसे बड़ा फल वह भूमि है जो हमारे पास है। यह फल लाल झंडे के कारण है।

उसी प्रकार मधु लखू शेदड (कोचाई, तलासरी) बताते हैं कि लगातार संघर्षों के कारण सरकार 1957 के कुलकायदा और 1975 के भूमि सीमा क़ानून को आंशिक रूप से लागू करने के लिए बाध्य हुई है। इसके कारण अब 90 प्रतिशत भूमि पर गाँव वालों का कब्जा है और वे साहूकारों को गाँव में आने की इजाजत नहीं देते। वे कहते हैं, 'अगर वे आते हैं तो हम उन्हें बताते हैं कि पहले आप हमें यातनाएं देते थे, अब आप यहाँ न आएं क्योंकि भूमि हमारी है। हम यह साहस के साथ कहते हैं।

अगर लाल झंडा कमज़ोर हो जाता है तो भाजपा और कांग्रेस भूमि को बेच देंगे।' यह आज भी सच है, जैसा कि चंद्रकांत रघू गोरखाना (वाकी, डहाणू) उजागर करते हैं। सबसे जुझारू भूमि संघर्षों में से एक 2003 में हुआ था जिसमें उनके गाँव में 10-12 आदिवासी परिवारों की भूमियों को मुक्त कराया गया।

भूमि पर कब्जे की रक्षा और भूमि अधिकारों की रक्षा के लिए संघर्ष आज भी वारली किसानों के लिए एक प्रमुख मुद्दा है। जैसा कि लाडक्या कमल्या भुयाल कहते हैं, कुलकायदा और भूमि सीमा क़ानून लागू होने के बाद भी भूस्वामियों ने भूमि पर कब्जा बनाए रखने के लिए विभिन्न साधनों का उपयोग किया है। उन्होंने कर्ज़ दिए और यहाँ तक कि आदिवासियों के बर्तनों को भी गिरवी रख लिया। इसके कारण लाल झंडे को कर्ज़ के ख़िलाफ़ और वारलियों की भूमियों और उनकी संपत्तियों को मुक्त कराने के लिए संघर्ष करने के लिए बाध्य होना पड़ा। इस अर्थ में एक संघर्ष का असर अगले संघर्ष की प्रकृति तय करता है।

मज़दूरी के लिए संघर्ष

1946 से गोदावरी और शामराव परुलेकर डहाणू और मानोर क्षेत्रों के जंगलों में वन श्रमिकों की कार्यस्थितियों का सर्वेक्षण करने और उन्हें समझने की प्रक्रिया में लगे रहे थे। प्रमुख ठेकेदार और व्यापारी डहाणू, पालघर, मनोर, जव्हार, मोखाडा और संजान के आस-पास वनों में लकड़ी की कटाई और इमारती लकड़ी के व्यापार में शामिल थे। भूस्वामियों के अलावा अनेक छोटे ठेकेदार भी इस काम में लगे थे और उन्होंने 'जंगल कटाई (टीओडी) ठेकेदार एसोसिएशन' का गठन कर लिया था। ये ठेकेदार बहुत कम मज़दूरी देते थे और वारलियों से बिना वेतन दिए भी काम करवाते थे। इस संबंध में शामराव और गोदावरी परुलेकर द्वारा एक मांगपत्र तैयार किया गया।

इस सर्वेक्षण और चर्चाओं के आधार पर किसान सभा ने तय किया कि पीस रेट की मांग पेड़ की मोटाई के आधार पर होनी चाहिए और यह मापदंड मुंबई राज्य और भारत दोनों में होना चाहिए। जिस दर की मांग की गई थी वह विभिन्न व्यासों और परिधियों के 100 पेड़ काटने के लिए थी। विभिन्न मोटाइयों के पेड़ों को काटने के लिए विभिन्न दरें तैयार की गई थीं। किसान सभा ने इमारती लकड़ी की कटाई के लिए 2

रुपये प्रति दिन के हिसाब से मज़दूरी मांगनी शुरू कर दी और एसोसिएशन को बता दिया गया कि जब तक आदिवासियों को ये दरें अदा नहीं की जातीं आगे वन में लकड़ी की कोई कटाई नहीं होगी। ठेकेदारों की एसोसिएशन को लाल झंडे के नेतृत्व में लड़े गए संधर्षों की पूर्व सफलताओं के कारण, जिन्होंने भूस्वामियों में भय पैदा कर दिया था, इस मांग को मानने के लिए बाध्य होना पड़ा।

आंदोलन का भारी दमन हुआ किंतु किसान सभा और कम्युनिस्ट पार्टी आदिवासियों की मांगों का समर्थन करने और उन्हें हासिल करने लिए पर्याप्त रूप से मजबूत थीं। सरकार विद्रोह के व्यापक फैलाव की प्रकृति के कारण कार्रवाई करने में असमर्थ थी और ठेकेदारों को वन श्रम के लिए मज़दूरी बढ़ाने की किसान सभा की मांग को मानने के लिए बाध्य होना पड़ा। ठेकेदार यह जानते थे कि अगर आदिवासी हड़ताल पर चले गए तो उन्हें आर्थिक नुकसान होगा और उनके ऊंचे लाभों पर प्रतिकूल असर पड़ेगा। अंततः वन कटाई ठेकेदार एसोसिएशन ने 3 रुपये प्रति दिन की न्यूनतम मज़दूरी की आदिवासियों की मांग स्वीकार कर ली।

इस मीटिंग में पास किए गए प्रस्ताव में संशोधित दरें घोषित की गई थीं और उसकी प्रतिलिपियां किसान सभा कार्यकर्ताओं, कलेक्टर और सरकार को दी गई थीं। इस संघर्ष की सफलता ने यह सुनिश्चित किया कि मोरारजी देसाई की राज्य सरकार आंदोलन दबाने में नाकाम रही। किंतु संघर्ष यहीं ख़त्म नहीं हुआ और किसान सभा को वन में इमारती लकड़ी की कटाई के लिए बढ़ी हुई मज़दूरी के लागू होने को सुनिश्चित करने के लिए लगातार चौकन्ना रहना पड़ा।

वन भूखंडों के लिए जारी संघर्ष

वन में दूसरे संघर्ष भी वर्तमान समय तक लड़े गए हैं। इनमें से एक सबसे महत्वपूर्ण संघर्ष 1970 के वर्षों का वन भूखंडों लिए संघर्ष था जिसने कई साथियों को आंदोलन में उतारा। मुख्य मांग उन भूखंडों को आदिवासी किसानों के नाम करने की थी, जिन पर वे पीढ़ियों से खेती कर रहे थे।

क्षेत्र के प्रमुख नेता साथी लहानू कोम हैं जो 1977 में आपातकाल के बाद हुए चुनाव में लोकसभा के लिए और उसके बाद तीन बार विधानसभा के लिए सीपीआई (एम) टिकट पर चुने गए थे। पार्टी कार्यकर्ता बनने से पहले वे एक अध्यापक थे। वे

बताते हैं कि उन्हें 1962 में घोल में नए पार्टी कार्यालय का प्रभारी बनाया गया था। वे वन भूखंडों के लिए आवेदन लिखा करते थे और यह प्रक्रिया एक वर्ष तक चली। जैसा कि साथी धनगर स्मरण करते हैं, वन सत्याग्रह एक अगस्त 1971 को शुरू हुआ। गोदूताई के नेतृत्व में 15 महिला वालंटियरों के एक जत्थे को भराड गाँव के वन में धान की पौध लगानी थी। जब जत्था भराड वन पहुंचा तो वहाँ पुलिस डिप्टी सुपरिटेंडेंट के साथ 20 महिला सिपाही मौजूद थीं। उन्होंने गोदूताई और महिला वालंटियरों को गिरफ्तार कर लिया। उन्हें डहाणू कोर्ट के सामने प्रस्तुत किया गया जिसने उन्हें 10 दिन की जेल की सजा दी और उन्हें मुंबई आर्थर रोड जेल ले जाया गया। किंतु वन में पौध लगाने का सत्याग्रह अनवरत जारी रहा। प्रदर्शनकारियों ने वन भूमियों के लिए मार्च करने और खेती करने के अधिकार को स्थापित करने की योजना बनाई।

एक से 31 अगस्त 1971 तक तलासरी, डहाणू, पालघर, जव्हार, मोखादा, वाडा, शहापुर और वसई के तालुकों में से प्रत्येक से 10-15 वालंटियरों के जत्थों ने सत्याग्रह में भाग लिया। इन जत्थों के सदस्य अपने हाथों में धान की पौध ले जाते थे जो आदिवासियों की खेती की ज़रूरत को इंगित करता था। हर रोज 5-6 जत्थे मार्च करते थे। महिलाओं के भी विशेष जत्थे थे। और अंत में उन्हें गिरफ्तार कर जेल भेज दिया जाता था। महिलाओं को आर्थर रोड जेल या येरवडा जेल या कल्याण जेल ले जाया गया। इन जत्थों पर काबू पाने के लिए अधिकारियों जैसे डिप्टी एसपी और इंस्पेक्टरों ने महिला पुलिस को भी बुलाया था। इस प्रकार सत्याग्रह के दौरान भारी संख्या में आदिवासियों को गिरफ्तार किया गया था। अधिकतर लोग, जिन्हें जेल हुई थी, उपर्युक्त तालुकों से थे। 31 अगस्त को अंतिम जत्थे को गिरफ्तार किया गया, लेकिन जेल नहीं भेजा गया था। उसे उसी दिन रिहा कर दिया गया था। पूरे महीने में 500 महिलाओं समेत 5600 से अधिक वालंटियरों ने गिरफ्तारी दी। मुख्य मांग अतिक्रमणों को नियमित करने की थी।[3]

इस आंदोलन के फलस्वरूप सरकार पर 1973-74 तक आदिवासियों को लगभग 17 हजार एकड़ वन भूमि वितरित करने का दबाव बनाया गया। यह भूमि 4-5 तालुकों में फैली हुई थी और वनों की कटाई की प्रक्रिया द्वारा उपलब्ध हुई थी।

[3] साकिब खान, पृ. 47।

उस समय वन कानूनों के अनुसार छोटे और मध्यम पेड़ों को नहीं बल्कि प्रौढ़ पेड़ों को काटा जा सकता था। इस प्रकार जिस भूमि पर वन कट गए थे उसे खासतौर से महिलाओं – पत्नी या मां – के नाम किया गया, न कि पुरूषों के नाम, चूँकि उन्होंने वन भूमि पर अतिक्रमण किया था।

यह सत्याग्रह उन अनेक साथियों की याद में अंकित है जिनका साक्षात्कार लिया गया। उदाहरण के लिए भिकूजी रामजी (सूत्रकार, तलासरी) बताते हैं कि वन सत्याग्रह के दौरान वे भी पांच दिन के लिए जेल गए थे। लक्ष्मण भुयाल कहते है कि सत्याग्रह के दौरान वे वन विभाग के उनकी फसलों को ख़त्म करने के लिए आने से पहले, फसल उगाही में एक-दूसरे की मदद करते थे। कुछ लोगों के लिए उन्होंने ऐसा किया, लेकिन एक दिन जब वे एक आदिवासी किसान के खेत में गए तो उन्होंने उसे गायब पाया। पूछताछ करने पर पता चला कि उसे पहले ही गिरफ्तार कर लिया गया है। यह क्षेत्र के अनेक किसानों के साथ हुआ, जहाँ-जहाँ सत्याग्रह हुआ। भुयाल कहते हैं, 'जब मैं और मेरा मित्र उन्हें छुड़वाने गए तो हमें भी गिरफ्तार कर लिया गया। यह पुलिस और वन विभाग द्वारा हमारे सत्याग्रह को तोड़ने के लिए अपनाई गई रणनीति थी।'

साथ ही भूमि संघर्ष का असर असमान भी था, जैसा कि औंढाणी के शिवराम दाभाडे ने बताया। कई बार आदिवासियों और ग़ैर आदिवासियों के बीच दरार पैदा कर दी गई। उदाहरण के लिए वे बताते हैं कि 'वन के गेट पर ताला होता था और हमें वन में जाने और वहाँ से किसी चीज को लाने की इजाजत नहीं थी। हमें यहाँ तक कि आरक्षित क्षेत्र में भी प्रवेश करने की इजाजत नहीं थी। इसलिए हमें वन में भूखंड बनाकर संघर्ष करना पड़ा। हम जनता के लिए वन भूखंडों की मांग कर रहे थे और भूमियों पर कब्जा कर रहे थे, इसलिए बड़े साहूकार और कुणबी लाल झंडे के ख़िलाफ़ थे। किंतु कुणबी यह नहीं समझते थे कि सरकार द्वारा वनों को आरक्षित किए जाने में उनका भी नुकसान था क्योंकि वे भी वास्तव में किसान थे। किंतु वे नहीं समझते थे और हमारे संघर्ष में शामिल नहीं हुए। अगर वे संघर्ष में शामिल हुए होते तो हमने और अधिक मजबूत आंदोलन खड़ा किया होता क्योंकि वे वास्तविक किसान थे और खेत मज़दूर भी उनके साथ थे।' इस प्रकार आदिवासियों और ग़ैर आदिवासियों के बीच यह विभाजन पार्टी संगठन और संघर्षों की सीमाओं में से एक माना गया

था। राजनीतिक संगठनकर्ताओं ने स्वीकार किया कि वर्गीय मुद्दे बृहत् गठजोड़ों और समुदायों को प्रभावित करने वाले होने चाहिए।

वन भूखंडों के लिए संघर्ष तेज रहा है और यह जारी रहने वाला है तथा अधिकतर वारली नेता यह विश्वास करते है कि लाल झंडे ने संघर्ष को जो नेतृत्व प्रदान किया है, उसी का परिणाम 2006 में वन अधिकार क़ानून पारित होने में सामने आया है। किंतु जैसा कि वरिष्ठ साथी धनगर बताते हैं, संघर्ष अभी ख़त्म नहीं हुआ है चूँकि वन अधिकार क़ानून अभी बिना लागू हुए पड़ा है। महाराष्ट्र में 30 अप्रैल 2017 तक इस क़ानून के तहत लगभग 3.65 लाख दावे दायर किए गए थे। इनमें से 65 प्रतिशत से अधिक खारिज कर दिए गए और केवल 31.9 प्रतिशत ही स्वीकार किए गए हैं। किंतु यहाँ भी अधिकतर स्वीकृत दावों के मामले में भी दी गई भूमि की मात्रा उसका मात्र एक छोटा सा हिस्सा है, जिस पर वास्तव में खेती की जा रही है और जिस पर दावा किया गया है। इस बात को लगभग सभी कार्यकर्ता मानते हैं जिन्होंने अपने अनुभवों के बारे में बताया। इस अर्थ में आदिवासियों द्वारा जोती जा रही भूमि के लिए संघर्ष शुरू होने के बाद से सात दशक बाद भी चल रहा है।

वाड़ी (बागान) मज़दूरों के संघर्ष

1970 के दशक के अंतिम वर्षों और 1980 के दशक के मध्य के वर्षों में वाड़ी (बागान) मज़दूरों की जायज मज़दूरी के लिए लगातार संघर्ष चले। वाड़ियों और चीकू के बागों के मालिक अधिकतर ईरानी पारसी थे जो अपने बागानों में काम करने के लिए करीब-करीब बेगारी मज़दूर लगाते थे। इस प्रणाली का चरित्र बहुत ही सामंती था। वे न केवल मामूली मज़दूरी देते थे, बल्कि कार्य स्थितियां भी बदतर थीं। 1970 के दशक के अंतिम वर्षों से किसान सभा ने वाड़ी मज़दूरों को बड़े पैमाने पर संगठित करना शुरू कर दिया। 1978 में वाड़ी कामगार संगठन बनाया गया।

1980 के शुरू के वर्षों से संघर्ष शुरू हुआ।[4] चीकू वाड़ी मज़दूरों का संघर्ष सरावली क्षेत्र में आरंभ हुआ जब छह चीकू वाड़ी मज़दूरों को काम से निकाल दिया गया क्योंकि उन्होंने एक दिन की छुट्टी मांगी थी लेकिन दो दिन बाद काम पर लौटे थे।

[4] साकिब खान, पृ. 60।

हालांकि क्षेत्र के 25-30 मज़दूर देर से काम पर लौटे थे, केवल छह मज़दूरों को काम से निकाल दिया गया था। धनंगर बताते हैं कि यह घटना वाड़ी से लगभग 20-25 किमी दूर शिस्रा गाँव में हुई थी।

व्यवस्था यह थी कि मज़दूर बागान में ही ठहरते थे और केवल सप्ताहांत में ही घर जाते थे। मज़दूर वास्तव में दिन में 24 घंटे काम करते थे चूँकि वे पूरे समय उपलब्ध थे। वाड़ी मज़दूर एक तरह से दास मज़दूर था। इसलिए हड़ताल इस मांग के साथ आरंभ हुई कि किसी भी मज़दूर को बागान में रुकने के लिए बाध्य नहीं किया जाना चाहिए। मज़दूर बाहर रहना चाहते थे ताकि उन्हें सिर्फ़ निर्धारित काम के घंटों में ही काम करना पड़े। मज़दूरों को काम से निकाले जाने पर किसान सभा ने वाड़ी मज़दूरों से हड़ताल पर जाने के लिए कहा, जब तक निकाले गए छह मज़दूरों को काम पर वापस नहीं लिया जाता। इस प्रकार वाड़ी कामगार संगठन ने घोषणा की, 'सभी मज़दूरों को काम पर वापस लो, अन्यथा सभी मज़दूर हड़ताल पर जाएंगे।'

हड़ताल की सफलता किसान सभा द्वारा चलाए गए जन अभियान पर आधारित थी। जैसा कि एडवर्ड वरठा (अस्वाली, डहाणू) बताते हैं, उन्होंने गाँव-गाँव जाना शुरू कर दिया और वाड़ी मज़दूरों द्वारा जिन साझा समस्याओं का सामना किया जा रहा था उनका पता लगाना शुरू कर दिया। जन संपर्क अभियान कार्यक्रम के जरिए उन्होंने पाया कि मज़दूर पानी की समस्या का सामना करते हैं और किसान सभा कार्यकर्ताओं ने पानी के लिए एक गड्ढ़ा तैयार करने में मदद की। पहला मोर्चा पानी के मुद्दे पर 1982 में निकाला गया और तहसीलदार को तथा पंचायत समिति को, जिसका नेतृत्व उस समय कांग्रेस के हाथों में था, एक ज्ञापन दिया गया। इसके फलस्वरूप वाड़ी मज़दूरों को भूस्वामियों द्वारा काम से निकाल दिया गया। इसलिए रोजगार बहाली के लिए संघर्ष शुरू हुआ। किंतु यह एक आसान संघर्ष नहीं था चूँकि वाड़ी मालिकों ने भी अपनी यूनियन बना ली।

इसके बावजूद किसान सभा ने हड़ताल का आह्वान किया, वह भी पीक सीजन (नवंबर-जनवरी) में। 200 चीकू बागान मज़दूर हड़ताल में शामिल हुए। हड़ताल 52 दिन चली। मुख्य मांगों में से एक मांग दैनिक मज़दूरी को 3 रुपये से बढ़ाकर 8 रुपये करने की थी। वाड़ी मालिको ने सरकार से हस्तक्षेप करने की अपील की और हड़ताल तोड़ने के लिए वापी से मज़दूरों को बुलाया गया। वरठा बताते हैं कि बाहर से

लाए गए मज़दूरों के साथ संघर्ष हुआ। एक मालिक के बेटों ने फायरिंग शुरू कर दी, इसलिए लोग नाराज हो गए और सड़क जाम कर दी। उसी दिन कोर्ट में तारीख थी और मालिकों ने कोर्ट परिसर में कार्यकर्ताओं और मज़दूरों को भयभीत करना शुरू कर दिया। वरठा बताते हैं कि इस घटना के बाद किसान सभा ने जामशेत, वापी और डहाणू में अभियान तेज कर दिया। किंतु लामबंदी के इस सुदृढ़ीकरण को मालिको के दमन और हमलों का सामना करना पड़ा।

इस प्रकार वरठा कहते हैं,

> एक दिन जब मैं जामशेत में मीटिंग ले रहा था, एक पदाधिकारी नथा गुजर आया और उसने हमें बताया कि हमला आरंभ हो चुका है। इसलिए मैं 100-150 युवाओं को लेकर उस स्थान पर गया जो मीटिंग की जगह से 4 किमी दूर था। किंतु वहाँ हमला करने वालों का कोई नामोनिशान नहीं था। इसलिए हमने योजना बनानी शुरू कर दी और टोलियों में बंट गए। राज्य रिजर्व पुलिस (एसआरपी) भी वहाँ थी किंतु हमने उनके साथ न उलझते हुए अपना काम शुरू करने का फैसला किया। कुछ समय बाद कांग्रेसी गुंडों और भाड़े के भइयों के वाहन सोडा और दूसरी टूटी बोतलों के साथ आ गए और हम पर हमला शुरू कर दिया। चूँकि हमारे पास कोई हथियार नहीं थे हमने मिट्टी के गोले बनाए और उन पर जबावी हमला किया। हमने महिला मज़दूरों को भी पत्थर लाने के लिए नदी किनारे भेज दिया। वे पत्थर लेकर जल्दी से आईं और हमने पत्थर फेंकना शुरू कर दिया। इस हमले के दौरान एक मालिक के बेटों ने गाँव की झोपड़ियों को आग लगा दी। इसके बाद एसआरपी ने कांग्रेसियों और किराए के भइयों को पकड़ना शुरू कर दिया। यह 1983 में हुआ और यह पहली बार था जब मालिकों को जेल में डाला गया।

संघर्ष को भारी दमन झेलना पड़ा। ऐसी ही एक घटना के बारे में धर्मा बालजी कोधा ने बताया :

> पारसी भूस्वामियों ने हमें पीटने के लिए लोगों को भेजा। गुंडों को मुर्गा खिलाया

गया था और दारू पिलाई गई थी ताकि वे हमें बुरी तरह पीट सकें। चूँकि गुंडे नशे में थे, उन्होंने अपनी कार पुलिस अफसर के ऊपर चढ़ा दी। इसने पुलिस को क्रोधित कर दिया और उसने लाल बाव्टा मज़दूरों को पारसी भूस्वामियों और उनके भाड़े के गुंडों का पीछा करने के लिए उकसाया। पारसी भूस्वामी को गाड़ी में उस स्थान से दूर भेज दिया गया और फिर नगर पुलिस आई और हम सब को जेल में डाल दिया। एक वकील किया गया और हम 4-5 दिन बाद रिहा हुए।

जैसा कि कमल लक्ष्मण वानले (वाकी, डहाणू) बताती हैं, महिला वाड़ी मज़दूर पूरी ताकत से हड़ताल में शामिल हो गईं और उन्होंने तब पलट कर वार किया जब भूस्वामियों और उनके गुंडों ने उन्हें पीटना शुरू किया। वह गर्व के साथ कहती हैं कि उनकी कार्रवाई के कारण कुछ भूस्वामी जेल गए। वह अपनी मां की बहादुरी के बारे में बताती हैं जो नंदारा गाँव में इन गुंडों के ख़िलाफ़ केस में मुख्य चश्मदीद गवाह थीं। वे कहती हैं,

> हमने एक ईरानी मेरवान नाम के भूस्वामी को पीटा और वह नंदारा गाँव के पास पड़ा था। इसे देखकर सभी भूस्वामी इकट्ठा हो गए और पलट कर हमला किया। उन्होंने हमारे घर और सामान को तहस-नहस कर दिया और सभी लोगों को पीटा। एक महीने तक कोई गाँव नहीं लौट सका। वे पड़ोस के गांवों में चले गए और रिश्तेदारों के यहाँ रहे। चूँकि गाँव में कोई नहीं था इसलिए सभी घरों को लूट लिया गया। मेरे पिता जेल में थे और मेरा बड़ा भाई भी भाग कर एक रिश्तेदार के यहाँ चला गया था। मेरी मां और तीन छोटे भाई-बहन गाँव में पीछे रह गए थे। पुलिस गाँव में आती रही और उनसे अन्य गाँव वालों का अता-पता पूछती रही। मेरी मां ने उन्हें कोई सूचना देने से इनकार कर दिया और कहा कि उनका पति जेल में है और इसलिए वो कहीं नहीं जा सकी। मेरी मां इस केस में अकेली चश्मदीद गवाह थीं, जब केस की सुनवाई हुई। उन्होंने ईरानी और उसके गुंडों की पहचान की, जिन्होंने हमले का नेतृत्व किया था और उनकी संपत्ति तथा सामान को लूटा था। सभी ने इसके लिए उनकी प्रशंसा की।

वाड़ी मज़दूर संघर्ष मज़दूरों का एक जुझारू ऐतिहासिक संघर्ष है जिसमें मज़दूरों ने एकता और नेतृत्व का प्रदर्शन किया। इसने यह भी दिखाया कि वारली अनेक वर्षों के संघर्ष से एक आत्मविश्वास से पूर्ण और मजबूत राजनीतिक ताकत बन गए थे। जैसा कि साथी धनगर बताते हैं, 'हड़ताल हमारी एकता, एकाग्रता और वर्ग संघर्ष का परिणाम थी जिसकी बाकायदा योजना बनाई गई थी और 52 दिन के भीतर, मार्च के पहले सप्ताह में समाप्त हुई। इस संघर्ष को जीतने के बाद हमने एक लांग मार्च शुरू किया। डहाणू की तटसीमा के पास एक चीकू बाग है जहाँ हमने अपनी जीत का जश्न मनाने के लिए एक आम सभा की।' जैसा कि एडवर्ड वरठा निष्कर्ष निकालते हैं, वाड़ी मज़दूर यूनियन मुकाबला करने के लिए 1990 के दशक के वर्षों तक एक मजबूत ताकत थी।

जिन संघर्षों का ऊपर जिक्र किया गया है वे किसान सभा की सहायता से किए गए स्मृति सर्वेक्षण में प्रतिबिंबित होते हैं। जैसा कि पिछले अध्याय में इंगित किया गया है, विभिन्न आयु वर्ग के 167 लोगों ने विभिन्न संघर्षों की स्मृतियों के बारे में प्रश्नों के उत्तर दिए। लगभग 22 लोगों को उपर्युक्त तीनों संघर्षों की याद है और वे उनके बारे में कई कहानियां सुना सकते हैं। ये सभी डहाणू तालुका से हैं जो संघर्ष का केंद्र था। पहले वारली संघर्ष के समय से ही उनके परिवारों को आंदोलन में शाामिल किया गया था और उनमें से अधिकतर तीसरी पीढ़ी के कार्यकर्ता हैं। इनमें से तीन कार्यकर्ता जिन्होंने अपनी स्मृतियों को साझा किया, 30 वर्ष से कम आयु के थे, यानी जब ये संघर्ष हुए उनका जन्म भी नहीं हुआ था। सबसे वृद्ध व्यक्ति जिन्होंने इन संघर्षों के बारे में स्मरण किया वह 95 वर्षीय चाफी लाडक्या वलवी (नानिवली, पालघर) थे जो सभी शुरुआती संघर्षों में शामिल थे और जिनका परिवार आंदोलन का पक्का समर्थक है।

इस स्मृति का दूसरा रोचक पहलू यह तथ्य है कि प्रश्नों के उत्तर देने वाली उनकी महिलाएं लाल झंडे से अपने संबंध को पिछली शताब्दी के सातवें दशक के उत्तर मध्यकाल तक ले जाती हैं। उदाहरण के लिए 61 वर्षीय भारती राजा जनाठे (मोडगाँव, डहाणू) लाल झंडे के इतिहास को सिर्फ़ 1970-71 तक ले जाती हैं, हालांकि उनके गाँव ने सभी पहले संघर्षों में भाग लिया था। उनकी स्वयं की संघर्ष में भागीदारी सिर्फ़ 1983 (यानी वाड़ी मज़दूर संघर्ष) तक ही जाती है। उसी प्रकार 70 वर्षीया वाल्या खरपडे (कवाडा, तलासरी) लाल झंडे की शुरुआत को 1965 के

भूमि संघर्ष में खोजती हैं और स्वयं को वाड़ी मज़दूर संघर्ष से जुड़ा बताती हैं। उनके अनुभवों की यह झांकी दिखाती है कि साथियों की स्मृतियां अक्सर उस समय से जुड़ी होती हैं जिसमें उनके नजदीकी रिश्तेदार या वे स्वयं आंदोलन में सक्रिय हुए हों। यह उन लोगों के बारे में और भी अधिक सच है जो संगठन में शामिल नहीं हैं या किसी सांगठनिक पद पर नहीं हैं। इस प्रकार लाल झंडे की स्मृति अक्सर प्रतिरोध के असर और अवधि से मेल खाती है।

वर्ग संघर्ष के विभिन्न रूप

वारली संघर्षों की एक निरंतर पहचान यह थी कि वर्ग उत्पीड़न उनका अपना अनुभव था और इसका विभिन्न और रचनात्मक तरीकों से विरोध किया गया था। जैसा कि ऊपर दिए गए साक्ष्यों में दिखाया गया है, कई वारली साथियों ने अपनी पहचान वर्ग संघर्ष से की और उसके हित को आगे बढ़ाने के लिए विभिन्न रणनीतियां बनाईं। जैसा आगे की चर्चा में देखने को मिलेगा, आंदोलन के नेताओं ने महसूस किया कि वर्ग उत्पीड़न का एक रूप पितृसत्ता थी। इसलिए महिलाओं की लामबंदी वर्ग संघर्ष का एक मुख्य तत्व थी। वर्ग चेतना के निर्माण का एक और महत्वपूर्ण पहलू स्कूलों और रचनात्मक कार्य के दूसरे रूपों के माध्यम से शिक्षा का विस्तार था। आदिवासी प्रगति मंडल का गठन इसी उद्देश्य के लिए किया गया था। संगठन के इन दोनों रूपों का समकालीन संघर्षों की प्रकृति पर व्यापक असर हुआ।

पितृसत्ता और वर्ग संघर्ष

गोदावरी परुलेकर ने स्वयं अपनी पुस्तक आदिवासी विद्रोह में पितृसत्ता की पहचान वर्ग उत्पीड़न के एक प्रमुख रूप के तौर पर की है। इस प्रकार गोदावरी परुलेकर ने लिखा :

> . . . भूस्वामी अपने काश्तकारों की पत्नियों और अपने कर्ज़दारों की पत्नियों को अपनी निजी संपत्ति समझते थे। उनका पक्का विश्वास था कि वे जब भी चाहें इन महिलाओं का उपभोग करने का उनका वंशानुगत अधिकार था। जो महिलाएं

> उनके लिए काम करती थीं उनके लिए भद्दी टिप्पणी करना, उन्हें छूना, चिकोटी काटना, धक्का देना और उनके साथ छेड़-छाड़ करने के लिए अकेले कोनों में ले जाना . . . उनके लिए आम बात थी। भूस्वामी और वन ठेकेदार हमेशा इन महिलाओं का उपयोग अपनी काम वासना की पूर्ति के लिए करते थे। भूस्वामियों और आदिवासी महिलाओं के बीच अवैध संबंध इतनी आम बात थी कि उनकी संतानों के लिए एक खास नाम दिया गया था। उन्हें एक खास जाति वाटला का नाम दिया गया था। यह नाम सिर्फ़ ग़ैर-हिंदू भूस्वामियों की संतानों को ही नहीं दिया जाता था बल्कि हिंदू भूस्वामियों ने भी वाटलाओं की इस जाति में अपने अनेक योगदान दिए थे।[5]

इस समझ में 'महिलाओं का यौन उपयोग' जमींदारी उत्पीड़न का अभिन्न हिस्सा था। गोदावरी परुलेकर द्वारा इस पैराग्राफ को लिखे जाने के वर्षों बाद वारली आदिवासियों ने इसी भावना को दोहराया। इस प्रश्न का उत्तर देते हुए कि लाल झंडे ने उनके लिए क्या किया, झरी की रत्नी सातवी कहती हैं,

> बहुत कुछ बदल गया है और आप उसे देख सकते हैं। मुझे यह याद नहीं है कि लाल झंडा कौन लाया किंतु मैं उनके (गोदूताई) हाथ में लाल झंडा देख सकती हूँ। पहले हम झोंपड़ियों और खोपटियों में रहते थे, अब कुछ पक्के घर हैं। आज, मेरे जैसी एक अनपढ़ महिला एक कुर्सी पर बैठी है और आप से, दिल्ली की एक प्रोफेसर से बात कर रही है। लाल झंडे ने हमारे लिए यह किया है।

भौतिक स्थितियों में सुधार ही अकेला परिवर्तन नहीं है जो महिलाओं के जीवन में देखा जा सकता है। प्रतिरोध आंदोलनों में बढ़ी हुई भागीदारी भी महिलाओं को विभिन्न संघर्षों में आने के लिए प्रोत्साहित करती है। लग्नगड़ी के ख़िलाफ़ संघर्ष ने पहले ही वारली महिलाओं के लिए स्वतंत्रता और मुक्ति का वातावरण तैयार किया था। उसके बाद उनकी भागीदारी मजबूत हुई है। जैसा कि धनगर बताते हैं, सूदखोरी

[5] गोदावरी परुलेकर, पृ. 47।

विरोधी संघर्ष में महिलाओं को केंद्रीय रूप से शामिल किया गया था। भूस्वामियों ने ऊंची ब्याज पर दिए गए अनाज या धन के बदले में किसानों की भूमि पर नियंत्रण करना शुरू कर दिया था।

इस संघर्ष में, जो 1968-69 में आयोजित किया गया, महिलाएं बड़ी संख्या में अपनी भूमि को मुक्त कराने के लिए सामने आईं। उन्हें वालंटियर समूहों में संगठित किया गया था, जिन्होंने खेतों में लाल झंडे गाड़ दिए जहाँ श्रमिकों का उपयोग करके, जिन्हें नकद वेतन नहीं दिया जाता था, फसल की उगाही की जाती थी। एक बार फसल (धान) कट जाती थी तो उसे कुछ समय सुखाने के लिए छोड़ दिया जाता था। उसे बंडलों में बांधा जाता था, फिर गहाई की जाती थी। बंडलों को तीन समूहों में बांटा जाता था, जिसमें से एक श्रमिकों को दिया जाता था, दूसरे को किसान के लिए रख लिया जाता था और तीसरे को किसान सभा को उसके रोजमर्रा के काम के लिए दिया जाता था।

जैसा कि हेमलता कोम (तलासरी) कहती हैं, महिलाएं जन सभाओं और संघर्षों में बड़ी संख्या में आती थीं। किसान सभा ने उनके विशेष मुद्दों, जैसे घर के उपयोग के लिए पानी की कमी और घरेलू हिंसा को हल करने के लिए आदिवासी महिला जागृति मंडल का गठन किया था। महिलाओं ने इन मुद्दों पर महिलाओं को लामबंद करना शुरू किया और अंत में इसके फलस्वरूप श्रमिक महिला संगठन का निर्माण हुआ। कमल वानले (वाकी, डहाणू) कहती हैं कि 'श्रमिक महिला संगठन, महिलाओं द्वारा जिन विशेष समस्याओं का सामना किया जाता है, उनके हल के लिए गठित किया गया था। महिलाओं पर उनके पतियों द्वारा घरेलू हिंसा की जाती थी। साहूकार युवा आदिवासी महिलाओं के साथ बलात्कार करते थे, उनका यौन शोषण करते थे। फिर इन महिलाओं को उनके पतियों द्वारा छोड़ दिया जाता था। पहले इन घटनाओं को दबा दिया जाता था क्योंकि हम ग़रीब थे, लेकिन फिर महिलाओं ने सामने आना शुरू कर दिया।'

कुछ वर्षों के अंतराल के बाद 1994 में, हेमलता कोम, ज़िला अध्यक्ष और मरियम ढावले, ज़िला सचिव के नेतृत्व में जनवादी महिला समिति (जेएमएस)-अखिल भारतीय जनवादी महिला समिति(एडवा)-के रूप में पुनः महिला संगठन आरंभ किया गया। शुरू में जेएमएस की दो तालुकाओं तलासरी और डहाणू में 21

ग्राम समितियां थीं। पिछले दो दशकों में खाद्य सुरक्षा, पानी, रोजगार, स्वास्थ्य, शिक्षा, भूमि और महिलाओं पर अत्याचार जैसे मुद्दों पर लगातार संघर्षों के माध्यम से इसका विस्तार ठाणे-पालघर जिलों के आठ तालुकाओं में 125 ग्राम समितियों में हुआ है, जिन में इस समय 25,000 से अधिक सदस्य हैं। इस प्रकार वारली महिलाओं ने समकालीन संघर्षों में अपनी भूमिका निभाई है।

जैसा कि खत्ती दिवाल खरपडे (आमगाँव, तलासरी) ने बताया, शुरू में जब जेएमएस शुरू हुई थी तो महिलाओं को संकोच था और जब हम उन्हें गोलबंद करने जाते थे तो वे खेतों में छिप जाती थीं। खत्ती ने अपने गाँव के पास पांच गांवों में काम किया। वे कहती हैं, 'मैं अपना काम सुबह में शुरू करती थी और शाम तक इसे जारी रखती थी। मैं अपने खेतों में काम करती थी, किंतु अगर कोई जन सभा होती तो मैं अपने परिवार को पहले ही बता देती थी और उनके लिए खाने का भी इंतजाम कर देती थी ताकि उनके लिए कोई समस्या न हो। मैं यह कह देती थी कि अगर मुझे मीटिंग के लिए जाना है तो मैं खेतों में काम करने नहीं जा सकूंगी।' ऐसी ही गोलबंदी के दौरान संगठन को महिलाओं की विशेष समस्याओं के बारे में पता चला। वारली महिलाओं ने पूरे दिल से आंदोलन में भाग लिया, किंतु आंदोलन का नेतृत्व पूरी तरह से वर्ग दृष्टिकोण पर आधारित था। यह उस तरीक़े में देखने को मिला जिस तरीक़े से महिला नेता अपने काम को दूसरे वर्गीय और जन संगठनों के काम से जोड़ती थीं। यह स्वस्थ परंपरा आज भी जारी है। महिलाओं की भागीदारी का एक और सकारात्मक प्रभाव यह था कि अनेक ऐसे मामलों में जहाँ-जहाँ महिलाएं 'लाल परिवारों' में विवाहित थीं उन घरों में संबंधों में गुणात्मक परिवर्तन आया। इन परिवारों ने एक उदार दृष्टिकोण का परिचय दिया और उन्हें अपना काम करने के लिए समर्थन दिया। जैसा कि रसीला धोडी (डोंगारी, तलासरी) कहती हैं,

> मेरी मां के घर में और मेरे ससुराल के घर में वातावरण 'लाल' था। जब मैं मीटिंगों या क्लासों के लिए तीन या चार दिन के लिए बाहर होती थी तो मेरे छोटे बच्चों की देखभाल करके परिवार बहुत अच्छी सहायता करता था। मेरे ससुर यह कह कर मेरी बहुत प्रशंसा करते हैं कि उनकी बहू ने उनकी तुलना में लाल झंडे के लिए बेहतर काम किया है और इसलिए वे संतुष्ट हैं। बेशक वे अब काम

नहीं कर पाते हैं। जब मैं घर आती हूँ तो वे मुझे चाय और खाना देते हैं। वास्तव में उनकी आयु में मुझे उनका ध्यान रखना चाहिए, लेकिन वे मेरा ध्यान रखते हैं क्योंकि वे कहते हैं तुम मेरा काम कर रही हो, इसलिए मैं तुम्हारा काम करने से नहीं हिचकिचाता।

हालांकि महिलाओं की स्थिति में सुधार आया है, इसका यह अर्थ नहीं है कि वारली क्षेत्र में काम का परंपरागत विभाजन समाप्त हो गया है। जैसा कि हेमलता कोम समझाती हैं, महिला कार्यकर्ताओं पर दोगुना भार है क्योंकि उन्हें घर में और बाहर, दोनों जगह काम करना पड़ता है। परिवार इन कार्यकर्ताओं का समर्थन करता है चूँकि पूरा परिवार लाल झंडे की विचारधारा में ढ़ला है। इस प्रकार अधिकतर महिला नेता ठाणे ज़िले से बाहर गई हैं और बहुत दूर की जगहों पर रैलियों और क्लासों के लिए भी गई हैं। जैसा कि रत्नी सातवी बताती हैं, लाल झंडे ने इन महिलाओं को नेतृत्व करने और बोलने की आवाज और विश्वास दिया है। इसने उन्हें वर्ग उत्पीड़न से भी मुक्ति दी है। इस अर्थ में वारली संघर्ष में पितृसत्ता के ख़िलाफ़ संघर्ष, वर्ग संघर्ष से जुड़ा हुआ था और इस तरह उसने दूसरे ग़ैर-वर्गीय महिला आंदोलनों से अपनी अलग पहचान बनाई।

रचनात्मक कार्य और वर्ग संघर्ष

वैसे तो 'संघर्ष और निर्माण' का नारा शंकर गुहा नियोगी के साथ प्रसिद्ध हुआ, लेकिन कम्युनिस्ट कार्यकर्ताओं ने 1940 के शुरू के वर्षों से ही रचनात्मक कार्य और वर्ग संघर्ष, दोनों को अपने काम का एक हिस्सा बनाया था। इस प्रकार हम देखते हैं कि त्रिपुरा के जन शिक्षा आंदोलन और आंध्र की आंध्र महासभा, महत्वपूर्ण आदिवासी संगठनों और संघर्षों के निर्माण की महत्वपूर्ण पूर्ववर्ती हैं। हालांकि इसे वारलियों के मामले में आवश्यक रूप से दोहराया नहीं गया, फिर भी 1950 और 1960 के दशकों के वर्षों के शुरुआती सफल संघर्षों के बाद आदिवासियों की शिक्षा को आगे बढ़ाने के उद्देश्य से 1961 में आदिवासी प्रगति मंडल का गठन किया गया। आदिवासी प्रगति मंडल से पहले दो और संगठन थे जो क्षेत्र में सक्रिय थे : आदिवासी सेवा मंडल और हरिजन सेवा संघ। वे सुधारवादी संगठन थे जिनका उद्देश्य सामाजिक परिवर्तन लाना

नहीं था बल्कि कुछ कल्याणकारी काम करना था। इसके विपरीत आदिवासी प्रगति मंडल का उद्देश्य आदिवासियों को उनकी अपनी स्थिति को समझने में समर्थ बनाना और एक आधुनिक वैज्ञानिक सोच के साथ एक शिक्षित नेतृत्व का भी विकास करना था।

पहला स्कूल 1961 में डहाणू तालुका में आशागढ में शुरू किया गया और यह मुख्य रूप से स्वयं गाँववासियों द्वारा समर्थित था चूँकि स्कूल के लिए कोई फंडिंग उपलब्ध नहीं थी। इसका निर्माण सुलोचना मूलगाँवकर को दान की गई 10.5 एकड़ भूमि पर हुआ था, जिसे फिर साथी शामराव परुलेकर स्मारक ट्रस्ट को दान कर दिया गया था और उसने आदिवासी प्रगति मंडल को स्कूल बनाने की इजाजत दे दी थी। स्कूल के बाहरी हिस्से का उपयोग एक हॉस्टल के रूप में किया गया था, जो गाँववासियों द्वारा दिए गए दान से चलाया जाता था। दान अक्सर अनाज और दूसरी सामग्री के रूप में होता था जो हॉस्टल को दैनिक रूप से चलाने में मददगार था। किंतु धन की कमी के कारण आर्थिक परेशानियों से स्कूल थोड़े समय में ही बंद हो गया और 1977 में फिर शुरू हुआ, जब लहानू कोम सांसद चुने गए। सरकार ने भी लड़कों का हॉस्टल बनाने के लिए एक अनुदान दिया।

आदिवासी प्रगति मंडल के सचिव बारक्या मांगात के अनुसार प्रगति मंडल अब वसा, उधवा, कोचाई, वारवाडा, वेवजी (सभी तलासरी तालुका में) और आशागढ़ (डहाणू तालुका) में सरकारी मान्यता प्राप्त स्कूल और तीन हॉस्टल, जिनमें से एक लड़कियों के लिए है, चलाता है। मंडल तलासरी, उधवा और आशागढ में तीन जूनियर कॉलेज और तलासरी में एक सीनियर कॉलेज, जिसका नाम कॉमरेड गोदावरी शामराव परुलेकर कॉलेज ऑफ़ आर्ट्स, साइंस एंड कॉमर्स है और जो मुंबई विश्वविद्यालय से संबद्ध है, चलाता है। वह इस कॉलेज में एमए और एमकॉम के परास्नातक कोर्स और ओपन यूनिवर्सिटी सेंटर भी चलाता है। इन सभी शिक्षा संस्थाओं में पढ़ने वाले छात्रों की कुल संख्या 7,000 से ऊपर है। उनमें से लगभग 95 प्रतिशत आदिवासी हैं।

ये स्कूल मुख्य रूप से आस-पास के आदिवासी लड़कों और लड़कियों को शिक्षा प्रदान करते हैं। लहानू कोम ने कॉलेज को लेकर एक रोचक घटना के बारे में बताया। वे कहते हैं,

जब हमने अपना कॉलेज स्थापित किया तो बंगलौर विश्वविद्यालय से एक महिला छात्रों को ग्रेड देने आई। जब उसने माता-पिताओं को देखा तो वह गुस्सा हो गई और पूछा ये ग्रामीण यहाँ क्यों हैं? किसी ने उसे बताया कि वे छात्रों के माता-पिता हैं। दोनों माता-पिता और छात्र बहुत अलग दिखते हैं चूँकि माता-पिताओं ने आदिवासियों के कपड़े पहने थे, जबकि छात्रों ने शर्ट और पैंट पहने हुए थे। यह देखकर माता-पिताओं में से एक ने कहा वे शिक्षा के माध्यम से नयी पीढ़ी को बदलना चाहते हैं!

मंडल द्वारा स्थापित की गई शैक्षिक संस्थाओं ने आदिवासी लोगों की इच्छाओं को पूरा करने में एक महत्वपूर्ण भूमिका निभाई है। ये स्कूल खास तौर से लड़कियों के लिए महत्वपूर्ण रहे हैं जिनके माता-पिताओं को अपनी बेटियों को शिक्षा देने के लिए बनाया गया था। जैसा कि लहानू कोम बताते हैं, अनेक छात्र, लड़के और लड़कियां, दोनों जिन्होंने कॉलेज से स्नातक डिग्री प्राप्त की है, विभिन्न कंपनियों में और सरकार में भी नौकरी पर लगे हैं। किंतु ये छात्र अपनी जड़ों को नहीं भूले हैं।

स्कूलों के साथ छात्रों के लेन-देन के बारे में सवालों के जवाब में स्कूल के एक स्नातक राजेश खरपडे कहते हैं कि वह लहानू कोम के घर के पास हॉस्टल में रहते थे और उन्होंने स्कूल के घंटों के बाद राजनीतिक संगठन में काम करना शुरू कर दिया था। हालांकि स्कूल परिसर में कोई राजनीतिक समाजीकरण नहीं होता था, हॉस्टल का उपयोग अक्सर छात्रों को किसान सभा की राजनीतिक विचारधारा में दीक्षित करने के लिए किया जाता था। चूँकि हॉस्टल किसान सभा कार्यालय के पड़ोस में था, छात्रों को छोटे-बड़े कार्यक्रम आयोजित करने के लिए प्रेरित किया जाता था। आवासीय हॉस्टलों का उपयोग अक्सर छात्रों को युवा और छात्र संघर्षों में शामिल करने के लिए किया जाता था, किंतु यह चलन अब कमज़ोर हो गया है। इस प्रकार मंडल को युवाओं के बीच विचारधारात्मक चेतना के विकास के एक महत्वपूर्ण साधन के रूप में देखा जाता है। किंतु इसकी पूरी क्षमता की तलाश अभी बाकी है क्योंकि इसे आदिवासियों के सामने खड़ी नई चुनौतियों का सामना करने के लिए तैयार करने की ज़रूरत है।

कम्युनिस्ट पार्टी और किसान सभा के आधार को युवाओं, छात्रों, और महिलाओं में बढ़ाने के लिए पिछले दो दशकों में सचेत प्रयत्न किए गए हैं और इनके फल सामने

आए हैं। 1994 में महिलाओं के संगठन को फिर आरंभ करने और उसके बाद एडवा द्वारा की गई प्रगति का पहले ही ऊपर जिक्र किया जा चुका है। युवाओं के संगठन, भारत की जनवादी नौजवान सभा (डीवाईएफआई) का आरंभ 1980 के दशक के अंतिम वर्षों में हुआ था। इसका भी लगभग 30,000 की सदस्यता के साथ आठ तालुकों में फैलाव हुआ है और यह युवाओं की बेरोजगारी और दूसरे मुद्दों को उठा रहा है। डीवाईएफआई ने आदिवासी क्षेत्रों में उद्योग शुरू कराने के लिए बड़े संघर्ष चलाए और यह कोशिश की कि नई बनी फैक्ट्रियों में स्थानीय लोगों को रोजगार मिले। भारतीय छात्र फैडरेशन (एसएफआई) का अब तक 5,000 से अधिक सदस्यता के साथ पांच तालुकों में विस्तार हुआ है और फेडरेशन छात्रों के ज्वलंत मुद्दों को सक्रियता के साथ उठा रही है। भारतीय ट्रेड यूनियन केंद्र (सीआईटीयू) ने तलासरी और डहाणू तालुकों में मज़दूरों के बीच अपना आधार बनाया है और क्रमशः पालघर, वाडा और शाहपुर तालुकों में इसका विस्तार हो रहा है। इन सभी संगठनों ने वामपंथी आधार को काफी मजबूती प्रदान की है।

पीछे की गई चर्चा उन विभिन्न तरीकों को रेखांकित करती हैं जो वारली नेतृत्व और किसान सभा ने वर्ग संघर्ष को आगे बढ़ाने के लक्ष्यों को हासिल करने के लिए अपनाए। प्रतिरोध और लामबंदी के ये तरीक़े स्पष्ट रूप से दिखाते हैं कि वर्ग संघर्ष विभिन्न स्थानीय परिस्थितियों में विभिन्न तरीकों से प्रकट हो सकता है। समकालीन वारली संघर्षों में अपनी विशिष्टताओं के बावजूद कम्युनिस्टों के नेतृत्व वाले दूसरे कृषि आंदोलनों के सभी लक्षण मौजूद थे। कम्युनिस्ट-नीत दूसरे आंदोलनों की ही तरह इसने अपने प्रतिरोध के स्तंभों के रूप में 'जोतने वाले को भूमि' और 'समान मज़दूरी' के नारों को उठाया और स्थानीय जनता के सामाजिक और आर्थिक उत्पीड़न में इसके उद्गम को खोजने की कोशिश की। इस प्रक्रिया में इन संघर्षों ने आदिवासियों और ग़ैर आदिवासियों को उनके साझा सामाजिक-आर्थिक और राजनीतिक अनुभव के आधार पर जोड़ा।

इस अर्थ में अपने समय के आंदोलन न केवल उस समय मौजूद स्थितियों की बल्कि गांवों में परंपरागत रूप से चली आ रही प्रथाओं की भी एक आलोचना थे। इस प्रकार किसान सभा के आरंभिक अनुभवों ने कृषि क्षेत्र में किसानों, भूमिहीन किसानों और खेत मज़दूरों व दूसरे मज़दूरों के बीच वर्गीय गठजोड़ के विचारों को

स्पष्ट किया। भूमि, फसल और मज़दूरी के अर्थ में धन के समान वितरण का विचार राज्य के ख़िलाफ़ संघर्षों का एक अटूट हिस्सा बना। इनके सबसे प्रमुख उदाहरणों में भूमि सुधार की कोशिशें या बड़े भूस्वामियों पर भूमि सीमा लागू करना आता था। सभी आदिवासी क्षेत्रों में किसान सभा ने, जहाँ-जहाँ वह काम कर रही थी, अतिरिक्त भूमि और पैदावार को अपने कब्जे में ले लिया।

एक तरफ जहाँ सुंदरैया और परुलेकर ने इनका अपने आंदोलन की कुछ प्रमुख उपलब्धियों के रूप में वर्णन किया, वहीं त्रिपुरा में गण मुक्ति परिषद ने इसी पैटर्न का अनुसरण किया। उसने आदिवासियों के लिए सस्ते खद्यान्नों और कर्ज़ों को प्राप्त करने के लिए महाजनों और खाद्यान्न के जमाखोरों के ख़िलाफ़ संघर्ष किया। 1949 में उन्होंने आदिवासियों को ब्याज की उचित दरों पर कर्ज़ देने के लिए एक सहकारी प्रणाली भी आरंभ की। इसके अलावा कम्युनिस्ट-नीत आंदोलनों ने सांगठनिक ढांचा खड़ा किया, जिसके भीतर उन्होंने अपने संघर्षों को रूप दिया। हमने देखा है कि अपने अभिजातों के नेतृत्व में हुए आदिवासी विद्रोहों ने परंपरागत सामुदायिक ढ़ाचों और चिन्हों का उपयोग किया है। कम्युनिस्ट नेताओं ने उत्पादन के सामंती संबंधों में बंधे होने के लिए इन संस्थाओं की आलोचना की। इसके विपरीत उन्होंने समाज के अत्यधिक वंचित तबकों का प्रतिनिधित्व करने के लिए स्थानीय स्तर की किसान कमेटियां और छापामार दस्ते बनाए।

4. लाल झंडा और

राजनीतिक ज़मीन के लिए संघर्ष

पिछले अध्यायों में की गई चर्चा ने लगभग पांच दशकों से अधिक के लगातार संघर्षों का एक दृश्य प्रस्तुत किया है। ये संघर्ष वारलियों के राजनीतिक और विचारधारात्मक प्रशिक्षण की प्रक्रिया का स्रोत रहे हैं और इसने उन्हें अपने आंदोलन को बृहत् लोकतांत्रिक राजनीतिक परिदृश्य के एक हिस्से के रूप में देखने की दृष्टि दी है। ऐसा करते हुए वारलियों ने यह दिखाया है कि एक जनतांत्रिक नेतृत्व विकसित करना संभव है, जिसका राजनीतिक अस्तित्व सांस्कृतिक रूप से एक शुद्ध ग़ैर-वर्गीय आदिवासी पहचान के निर्माण पर निर्भर नहीं है। यह मुख्य रूप से वारलियों द्वारा स्वयं को एक बृहत् वर्ग संघर्ष के हिस्से के रूप में देखने के कारण है और यह ऐसे अनेक साक्ष्यों में प्रतिबिंबित हुआ है, जिन्हें मौखिक इतिहास प्रोजेक्ट के एक हिस्से के रूप में दर्ज किया गया है।

मार्क्सवाद, वारली राजनीतिक संगठन और चेतना

वारलियों का विचारधारात्मक प्रशिक्षण 1950 के दशक के शुरू के वर्षों में तब आरंभ हुआ जब दशहरा के समय के मौके पर डहाणू तालुका में महालक्ष्मी में एक बड़े शिविर का आयोजन किया गया। इस अनुभव का वर्णन करते हुए राज्या माध्या डोंगरकर कहते हैं कि हालांकि वारलियों के पास पर्याप्त शिक्षा नहीं थी, शामराव और गोदावरी आते थे तथा उन्हें शिक्षा देते थे। शिविर का स्मरण करते हुए वे कहते हैं कि उन्होंने दुनिया की कई चीजों के बारे में सीखा। उदाहरण के लिए उन्होंने यह सीखा कि

'मनुष्य अपने पूर्वजों, बंदरों से जो जंगल में रहते थे, पीढ़ियों के उद्विकास से विकसित हुआ है। ठीक वैसे ही जैसे बंदर जंगल में भोजन और पेड़ों की जड़ों को खाते हैं, उसी तरह मनुष्य भी जंगलों में रहते थे और वहाँ से फसलों और भोजन को खाते थे। शिविर के दौरान हमें यह ज्ञान प्राप्त हुआ कि कैसे आदमी ने दो पत्थरों को रगड़ कर आग पैदा की और कैसे आदिवासी लोग आरंभिक चरण में भोजन आदि पकाते थे। हमें यह जानकारी प्राप्त हुई कि कैसे आग पौधों को जलाकर कंपोस्ट में बदल देती है।'

जैसा कि इस व्याख्या से स्पष्ट है, वारलियों को एक तार्किक और वैज्ञानिक परिप्रेक्ष्य के विश्लेषण की ओर उन्मुख किया गया था जो इतिहास की एक मार्क्सवादी व्याख्या का आधार है। इस प्रकार साथियों, जैसे डोंगरकर को उद्विकास और ऐतिहासिक भौतिकवाद के बुनियादी सिद्धांत तक सिखाए गए थे। इसके अलावा वारलियों को समाजवाद और विश्व भर में समाजवादी आंदोलन के बारे में भी शिक्षा दी गई थी। उनकी स्मृतियों में बार-बार आने वाली चीज रूस में हुई क्रांति के संबंध में है।

जैसा कि शिवराम दाभाडे कहते हैं,

> मार्क्सवाद का युवाओं के बीच प्रचार किया जाना चाहिए क्योंकि क्रांति ही आदिवासियों की सामाजिक-आर्थिक स्थिति को बदलने का एकमात्र रास्ता है। हमें जिस तरह की शिक्षा दी गई थी वह बहुत अच्छी थी। हमें लेनिन और क्रांति, जो रूस में हुई थी, के बारे में पढ़ाया गया था। मार्क्सवाद को जीवित रखने के लिए संघर्ष ही एकमात्र रास्ता है। मार्क्सवाद एक प्रासंगिक विचारधारा है लेकिन इसे आज की स्थितियों में लागू करने के लिए इसमें परिवर्तन करने की ज़रूरत है . . .

अपने स्वयं के उत्पीड़न की चेतना से वारलियों ने एक समतावादी विचारधारा के रूप में मार्क्सवाद को पहचाना। उन्होंने इसका उपयोग स्वयं अपनी स्थिति और स्वतंत्र भारत की नेहरू सरकार की समीक्षा करने के लिए किया। इस प्रकार दाभाडे एक घटना के बारे में बताते हैं, 'जब रूसी प्रधानमंत्री ने भारत की यात्रा की तो उसने अपने भाषण में नेहरू की आलोचना की। भाषण को सुनते हुए मैं पहला था जिसने ताली बजाई और गोदूताई ने मेरी ओर सिर्फ़ देखा और मुस्कराईं।' इससे पता चलता

है कि समाजवाद और कांग्रेस सरकार के बीच अंतर को वारली भली-भांति जान गए थे। धर्मा कोधा यह निष्कर्ष पेश करते हैं कि 'मार्क्सवाद विश्व में और डहाणू में अब भी मजबूत है। यहाँ तक कि भूस्वामी भी कहते हैं कि अब हर चीज में चोर बाजारी है और केवल लाल झंडा ही कुछ कर सकता है।'

पालघर से एक और उदाहरण यह दिखाता है कि कैसे पुराने साथी न केवल बृहत् आंदोलनों के साथ रिश्ते को समझते थे बल्कि विचारधारा को स्थानीय स्थितियों के अनुकूल बनाने की ज़रूरत के बारे में समझाते भी थे। इस प्रकार औंढणी से लक्ष्मण कामल्या भूयाल कहते हैं : 'हमें पढ़ाया गया था कि किस तरह अन्याय के ख़िलाफ़ लड़ा जाए। कांग्रेस और भाजपा आदिवासियों को यह बताती हैं कि लाल बाव्टा हमारे देश में एक विदेशी चीज है। किंतु हमने अपनी स्टडी क्लासों में सीखा कि कैसे लाल बाव्टा दूसरे देशों में भी है, पर यह उनका लाल बाव्टा है, न कि हमारा, चूँकि यह उनकी स्थितियों के अनुकूल बना है। हमारा लाल बाव्टा हमारी स्थितियों के अनुकूल बना है।'

स्थानीय संघर्षों को बृहत् संघर्ष से जोड़ने की ज़रूरत को भी एडवर्ड वरठा स्पष्ट करते हैं। वे कहते हैं कि स्थानीय संघर्ष के मुद्दों को अन्याय के ख़िलाफ़ बृहत् संघर्ष के साथ जोड़ने की ज़रूरत है। अन्याय की यह जानकारी वारलियों के सम्मान और विश्वास से जुड़ी है। अत्यधिक प्रमुख बृहत्तर राजनीतिक संघर्षों में से दो संघर्ष जिनमें वारली नेतृत्व शामिल था, दादरा और नगरहवेली का संघर्ष और संयुक्त महाराष्ट्र आंदोलन थे।

1950 के दशक के मध्य के वर्षों में सभी मराठीभाषी ज़िलों को लेकर महाराष्ट्र राज्य का गठन करने और उसकी राजधानी मुंबई बनाने की मांग को लेकर एक बड़ा आंदोलन हुआ। वारलियों ने गोदावरी और शामराव परुलेकर-नीत किसान सभा के नेतृत्व में आंदोलन में भाग लिया। 'संयुक्त महाराष्ट्र चलवल' ने कामगार जनता और मध्य वर्ग के बीच एकता को प्रदर्शित किया। धनगर के अनुसार, कांग्रेस ने बहुत हद तक इस कदम का विरोध किया था क्योकि उसका नेतृत्व मोरारजी देसाई के हाथों में था जिन्हें गुजराती पूंजीपतियों का समर्थन हासिल था। विशाल संयुक्त आंदोलन को खून में डुबो देने की कोशिश की गई और 106 शहीदों ने पुलिस फायरिंग में मुख्य रूप से मुंबई में अपनी जान गंवाई। ठाणे ज़िले में कांग्रेस सरकार ने अफ़वाह फैलाई कि कम्युनिस्ट हिंसा फैला रहे हैं और इसके बहाने से गोदावरी और शामराव परुलेकर को

निर्वासित कर दिया। उस समय धनगर भूमिगत थे और संयुक्त महाराष्ट्र आंदोलन के लिए जन समर्थन जुटा रहे थे। अंत में एक मई 1960 को महाराष्ट्र राज्य बना।

किंतु राज्य के गठन का किसान सभा के राजनीतिक काम पर अपना ही असर हुआ। तलासरी तालुका जो महाराष्ट्र में आया, उंबरगाँव तालुका से निकाल कर बनाया गया था, जो गुजरात में रह गया। जैसा कि डोंगारी के रसीला धोड़ी कहते हैं, 'विभाजन के बाद महाराष्ट्र, गुजरात और दादरा तथा नगरहवेली के बीच लेन-देन का रिश्ता टूट गया। किंतु डहाणू और तलासरी में हम एकजुट रहे। अब भी जब भाजपा इन क्षेत्रों में मजबूत है, उन्हें यह मानना पड़ता है कि महाराष्ट्र सीमा के नजदीक कुछ हिस्सा है जहाँ इस तमाम शोषण का विरोध हो रहा था, जहाँ आदिवासियों और वारलियों के पास अपनी भूमि है।' कार्यकर्ता बताते हैं कि ये अनवरत भूमि संघर्ष और दूसरे संघर्ष थे जिन्होंने महाराष्ट्र वाले पक्ष में आंदोलन को जीवित रखा, जबकि उंबरगाँव और संजान के इलाके में, जो गुजरात का हिस्सा बने, संगठन को नुकसान हुआ।

यह 1954 में दादरा और नगरहवेली की पुर्तगाली औपनिवेशिक शासन से मुक्ति के ऐतिहासिक संघर्ष में भी स्पष्ट था। वारलियों ने 30 जुलाई 1954 को लोहारी गाँव पर हमला किया और दमणगंगा क्षेत्र में 35 गांवों को पुर्तगालियों के नियंत्रण से मुक्त करा लिया। जैसा कि मधु लखू शेदड़ (कोचाई, तलासरी) ने दर्ज किया, 'दादरा नगरहवेली संघर्ष के लिए इस क्षेत्र से 3,000 से अधिक लोग गए थे। 1-2 लाख से भी अधिक लोग वहाँ एकत्रित हुए थे इसलिए पुलिस कुछ नहीं कर सकी। हम राजनीतिक कारणों से जेल गए थे, छोटी-मोटी चोरी या अपराध के लिए नहीं।'

धनगर के साथ-साथ, रूपजी कडू इस आंदोलन के मुख्य नेताओं में से एक थे। उनके पुत्र रामजी रूपजी कडू कहते हैं कि उनके पिता रात में दादरा और नगरहवेली गए और सिल्वासा में पुलिस द्वारा गिरफ्तार कर लिए गए। किंतु जब महाराष्ट्र में पड़ोस के गावों में लोगों को इसके बारे में पता चला, तो लहरों की तरह इस क्षेत्र में लोगों का आना शुरू हो गया। पुलिस ने वासू नाका के पास उन पर गोली चलाई। कोचाई से मधु लखू शेदड़ याद करते हैं कि उस समय वह 16 साल के थे और गोदूताई जब संघर्ष का नेतृत्व करने आईं, उनके घर ठहरीं थीं।

लेकिन दादरा और नगरहवेली के अंधाधुंध उद्योगीकरण का किसान सभा के काम पर असर पड़ा। जैसा कि मोडगाँव के लंगड़ा धाकड़ का विचार है, 'हमने तलासरी

और डहाणू की तरह ही गुजरात और नगरहवेली में भी काम करने की कोशिश की, लेकिन किसी प्रकार इसने काम नहीं किया। कुछ समय वे हमारे साथ थे किंतु बाद में कांग्रेस और भाजपा में खिसक गए।'इस तरह, वृहत्तर आंदोलनों में वारलियों की भागीदारी ने उनकी पहुंच का विस्तार तो किया किंतु इसने अनिवार्यतः राजनीतिक संगठन का विस्तार नहीं किया।

राजनीतिक विस्तार के लिए वर्ग राजनीति और संघर्ष

हालांकि एक मजबूत कम्युनिस्ट पार्टी संगठन ने भावी संघर्षों की नींव डाली, किसान सभा और पार्टी का विस्तार विरोधियों से राजनीतिक ज़मीन छीनने पर निर्भर था। वर्तमान दौर में यह विचारधारात्मक और भौतिक, दोनों तरह से राजनीतिक विरोधियों का मुकाबला करके किया गया। स्वतंत्रता के बाद कम्युनिस्टों को राज्य सरकार की ओर से भारी दमन का सामना करना पड़ा, जिसने लाल झंडे को अपना शत्रु माना। यह इसलिए था क्योंकि उस समय की सरकार में, जिसका नेतृत्व बी. जी. खेर और मोरारजी देसाई कर रहे थे, राजनीतिक रूप से भूस्वामियों का प्रभुत्व था और इसलिए वह किसान सभा के भूमि सुधार प्रोजेक्ट के ख़िलाफ़ थी।

आदिवासी भूमियों पर कब्जा किए जाने और उनकी बेदखली के लिए 1946 में मोरारजी देसाई ने वारलियों की बुराइयों को जिम्मेदार बताया था। उन्होंने मासंवण की एक सभा में कहा था, 'ये आपकी बुराइयां, आपकी शराब की आदत थी जिसने आपकी भूमियों को साहूकारों के हाथों में सौंप दिया। उन्हें इतना शीघ्र वापस कैसे लिया जा सकता है!' *पीपल्स एज* में उद्धृत यह बयान आने वाली कांग्रेस सरकार के इरादे को ही स्पष्ट करता था। स्वतंत्रता के शीघ्र बाद वारली संघर्षों पर पुलिस कार्रवाई और दमन जारी रहा। आगे चलकर शामराव परुलेकर ने उन तरीकों के बारे में लिखा था जिनसे कांग्रेस समर्थित संगठन, कम्युनिस्टों और उनके काम को अपना निशाना बनाते थे। इसलिए विरोधियों से शारीरिक भिड़ंत नई बात नहीं थी और वह वर्तमान राजनीतिक ज़मीन की रक्षा करने और लाल झंडे के कैडर की शारीरिक हमले से रक्षा करने, दोनों की जरूरतों का परिणाम थी।

इसके अलावा सफल संघर्ष भी ऐसे नए कैडर को आकर्षित करते हैं, जिनका

अक्सर वैकल्पिक आंदोलनों में काम के अनुभव से मोहभंग हो जाता है। दो प्रमुख उदाहरण लहानू कोम और एडवर्ड वरठा के हैं जो मूल्यवान राजनीतिक अनुभव और पृष्ठभूमि के साथ आंदोलन में शामिल हुए थे। अपनी यात्रा को समझाते हुए लहानू कोम कहते हैं,

> मेरे माता-पिता पक्के कांग्रेस समर्थक थे जबकि मैं सर्वोदय आंदोलन में काम करता था और एक स्कूल अध्यापक भी था। उन दिनों में लोग रूसी क्रांति के बारे में चर्चा किया करते थे, जहाँ भूमि भूस्वामियों से ले ली गई थी और भूमिहीन गरीबों में बांट दी गई थी। किंतु सर्वोदय नेता ने कहा कि यह हमारा रास्ता या दृष्टि नहीं है। सर्वोदय नेताओं के अनुसार सारी भूमि भूस्वामी की है और सर्वोदय कार्यकर्ता भूस्वामी से उन्हें भूमि दान करने का अनुराध करेंगे, जिसे वे फिर गरीबों में बांट देंगे। किंतु मैं इससे असहमत था और रूसी क्रांति के रास्ते के बारे में सोच रहा था-यह कहाँ हुआ और इस सब का अर्थ क्या था। मैं सोच रहा था कि क्या इस पर कोई किताबें हैं और मैं मुंबई गया और क्रांति और कम्युनिस्ट विचारधारा पर बहुत सी किताबें लीं। उन किताबों को पढ़कर मैं धीरे-धीरे एक कम्युनिस्ट बन गया। फिर मैंने अपना अध्यापन कार्य और सर्वोदय भी छोड़ दिया और 1959 में मैं लाल झंडे में शामिल हो गया, जिसका सदस्य मैं उसी समय से हूँ।

यह बयान दिखाता है कि लहानू कोम ने, जो 19 वर्ष की आयु में सर्वोदय आंदोलन में शामिल हुए, लाल झंडे द्वारा अपनाए गए वर्ग संघर्ष के रास्ते और सर्वोदय के रास्ते, जो भूस्वामी के हृदय परिवर्तन की बेकार कोशिशों पर आधारित था, के बीच अंतर को महसूस किया था।

उनकी तरह ही दूसरे लोगों ने, जिनका कोई न कोई पूर्व-राजनीतिक अनुभव था, समाज सुधार और गांधीवादी आंदोलनों की सीमाओं को महसूस किया और लाल झंडे में शामिल हो गए। एडवर्ड वरठा उनमें से एक थे जिन्होंने पालघर ज़िले में भूमि सेना में काम करने के बाद 1980 के दशक के शुरू के वर्षों में लाल झंडे को अपनाया था। वे कहते हैं,

1978 में लाल झंडे का आदिवासी परिषद का गठन करने के लिए चारोटी में एक बड़ा कार्यक्रम था। मैं इस मीटिंग के लिए लगभग 150 कार्यकर्ता लाया था। इस मीटिंग को बी. टी. रणदिवे, गोदूताई और पन्नालाल सुराणा ने संबोधित किया। उनके भाषण मेरे लिए प्रेरणादायक थे। मैं भूमि सेना में काम कर रहा था किंतु मैंने बहुत सारा प्रगतिशील और वामपंथी विचारधारा का साहित्य पढ़ा था। मैं मीटिंगों में नियमित रूप से जाता था इसलिए शिक्षित हो गया और लाल झंडे के नजदीक आ गया . . . मैंने महसूस किया कि भूमि सेना एक सीमित संगठन है और मैं अधिक प्रभाव वाले संगठन के साथ जुड़ना चाहता था . . . किंतु मैं भूमि सेना को नहीं छोड़ सकता था क्योंकि अनेक युवा और ग्रामीण उसके साथ थे। इसलिए मैंने भूमि सेना के सामने एक प्रस्ताव रखा कि हमें एक संगठन के रूप में काम करना चाहिए किंतु राजनीतिक रूप से लाल झंडे के साथ संबद्ध हो जाना चाहिए। किंतु उन्होंने इनकार कर दिया . . . इसके बाद मैं एल. बी. धनगर और कृष्णा खोपकर से मिला और उन्हें बताया कि मैं भूमि सेना से अधिकारिक रूप से इस्तीफा दूंगा और लाल झंडे में शामिल होऊंगा।

जहाँ लाल झंडे के आकर्षण ने दूसरे संगठनों से प्रमुख कार्यकर्ताओं को अपनी ओर खींचा था, वहीं स्थानीय वारली नेतृत्व पर दूसरे राजनीतिक संगठनों के हमले भी कम नहीं हुए थे। वारलियों को इन संघर्षों के बारे में याद है और वे कहते हैं कि ऐसी मुठभेड़ें उनके और दूसरे राजनीतिक संगठनों के बीच के अंतर पर भी रोशनी डालती हैं। उदाहरण के लिए रावजी रूपजी शिंगड़े (सावरोली, तलासरी) कहते हैं कि उनका पहला संघर्ष कष्टकरी संघटना के ख़िलाफ़ था जो लाल झंडे के सदस्यों को घूस देते थे और संगठन को तोड़ने की कोशिश करते थे। कष्टकरी संघटना के बारे में बताते हुए वे कहते हैं,

कष्टकरी संघटना हमारी तरह एक जन संगठन नहीं है। यह एक एनजीओ है जो आदिवासियों से कहता रहता है कि वे राजनीतिक संबद्धता वाले किसी संगठन के साथ न जाएं और इसीलिए डहाणू में कभी-कभी हमारा उनके साथ संघर्ष हुआ। उन्होंने हमारे ख़िलाफ़ प्रशासन को प्रभावित करने की कोशिश की। इस समय

> वे वन भूमियों पर भी काम कर रहे हैं, किंतु हम उनके साथ गठजोड़ नहीं कर सकते चूँकि हमारे कैडर इसके लिए इच्छुक नहीं हैं। जब भी कष्टकरी संघटना के कार्यकर्ता हमारे क्षेत्र में काम करने के लिए आते हैं, वे शासक वर्गों के साथ गठजोड़ कर लेते हैं।

यहाँ वे लाल झंडे द्वारा अपनाई जाने वाली संघर्ष की राजनीति और अनेक दूसरों द्वारा अपनाई जाने वाली समझौते की राजनीति के बीच स्पष्ट भेद करते हैं।

दूसरी शक्ति जिसके साथ किसान कार्यकर्ताओं का हमेशा संघर्ष हुआ है, वह है कांग्रेस। अनेक कार्यकर्ता संघर्ष के विभिन्न कालों के दौरान कांग्रेस, भाजपा और शिव सेना कार्यकताओं के साथ अपने संघर्षों के अनुभवों को दर्ज करते हैं। जैसा कि शिवराम दाभाडे कहते हैं, 'हमें कांग्रेस और भाजपा दोनों के ख़िलाफ़ संघर्ष करना पड़ेगा।' इस संघर्ष का एक उदाहरण माहद्या साखर्या (कुर्झे, तलासरी) ने दिया है जो कहते हैं, '1970 में कांग्रेस नेता भाउसाहेब वर्तक ने हमारे गाँव में एक मीटिंग की और हमारे और कांग्रेस के कार्यकर्ताओं के बीच संघर्ष में एक व्यक्ति मारा गया। हमें डेढ़ साल तक न्यायिक हिरासत में रखा गया। निचली अदालत ने इसके लिए हमें तीन साल की सजा दी, किंतु उच्च न्यायालय ने हमारे पक्ष में फैसला दिया।'

लाडक्या कमल्या भुयाल स्मरण करते हैं,

> कांग्रेसी लोग आ गए थे और कुछ गाँव वाले उनके साथ शामिल हो गए, जिसने हमारी एकता और काम में एक टूट पैदा की। किंतु साथी कृष्णा खोपकर, धनगर और कोम आए, मीटिंग ली और हमें लाल झंडे के काम के बारे में बताया। हमने लोगों को अपने पीछे लामबंद किया और सरकार के ख़िलाफ़ एक रैली के लिए उन्हें लॉरियों और ट्रकों में मुंबई ले गए। किंतु यह कार्यकर्ता और आम लोग थे जिन्होंने इन वाहनों को किराए पर लेने और ले जाने के लिए धन एकत्रित किया था। हमारे और दूसरे संगठनों में यही फर्क है।

ये स्मृतियां दिखाती हैं कि लाल झंडे के कार्यकर्ताओं ने अपने काम के महत्व को पहचाना है और संघर्ष के दौरान एक राजनीतिक चेतना का विकास किया है। इन

संघर्षों ने नए गांवों में उनके काम का विस्तार किया और कुछ चुनावी सफलताएं भी दीं। ये सफलताएं संगठन निर्माण की प्रक्रिया का एक महत्वपूर्ण हिस्सा थीं।

राजनीतिक संघर्ष और चुनावी प्रक्रियाएं

किसान सभा के लगातार काम से उसके कार्यकर्ताओं को राजनीतिक सफलताएं भी मिलीं। सर्वेक्षण किए गए 165 लागों में से 51 ने किसी न किसी समय पंचायत चुनाव लड़ा और जीता। उनमें से तीन पंचायत सदस्य सरपंच रहे थे और ज़िला परिषद चुनाव जीते थे। ये तीन लोग उन परिवारों से थे जो कम से कम तीन पढ़ियों से आंदोलन से जुड़े थे और सांगठनिक काम में सक्रिय रूप से शामिल थे, यहाँ तक कि सांगठनिक पदों जैसे ब्रांच और तालुक सचिवों के पदों पर भी रहे थे। छह लोगों ने ज़िला परिषद चुनाव लड़ा था और दो ने विधान सभा चुनाव लड़े थे। इसका अर्थ यह है साक्षात्कार में शामिल किए गए लोगों में से लगभग 30 प्रतिशत ने चुनाव प्रक्रिया में भाग लिया था। उनमें से अनेक अपने पुरखों के समय से ही आंदोलन में रच-बस गए थे। वे उन परिवारों के थे जिन्होंने संघर्ष के लिए महान कुर्बानियां दी हैं। नई पीढ़ी के नेता भी संघर्षों की अपनी विरासत के कारण स्वीकार्य थे, हालांकि उनकी प्रतिष्ठा और कद को, उनके अपने सांगठनिक कामों से ऊंचाई मिलती है।

इस संदर्भ में यह स्मरण करना महत्वपूर्ण है कि तलासरी और डहाणू क्षेत्र में पहला चुनावी धावा 1952 के चुनाव अभियान में बोला गया जब गोदावरी परुलेकर ने डहाणू से और शामराव परुलेकर ने पालघर से विधानसभा चुनाव लड़ा। उस समय दोनों जेल में थे और एल बी. धनगर उनके चुनाव एजेंट बनाए गए थे। वे कहते हैं,

> मुझे मुंबई से 30-40 साथियों के साथ चुनाव की तैयारी के लिए डहाणू जाना था। ठाणे से एडवोकेट प्रधान और मुंबई से एडवोकेट मैंना सुले ने सभी चुनाव प्रक्रियाओं को पूरा करने के लिए कानूनी कार्य में मदद की . . . उस समय यह प्रणाली थी कि चुनाव कक्ष में प्रत्येक उम्मीदवार के लिए एक अलग वोट बॉक्स होता था। डहाणू सीट से आठ उम्मीदवार खड़े थे-चार मुख्य थे : कम्युनिस्ट पार्टी से गोदावरी परुलेकर, कांग्रेस से श्यामराव पाटिल, समाजवादी पार्टी से संपत

कुमार और एक उम्मीदवार भूस्वामियों में से खातेदार संघ का था। इसलिए कम्युनिस्ट पार्टी, कांग्रेस पार्टी, समाजवादी पार्टी और भूस्वामियों के खातेदार संघ के बीच चतुष्कोणीय संघर्ष था। खातेदार संघ के लोग पूर्व-भूस्वामी थे जिनके पास आदिवासी पट्टी से 50 मील तक हजारों एकड़ भूमि थी। वे कभी गाँव में नहीं रहते थे और मुश्किल से ही कभी अपनी भूमि पर गए थे, जबकि दूसरे लोग उनकी भूमि पर काम करते थे और उनको खिलाते थे। यह एक तथ्य था। ढांचागत परिवर्तनों के कारण उनका गौरवशाली अतीत ख़त्म हो गया जब वे अपनी भूमि पर काम करने के लिए पर्याप्त मज़दूर नहीं जुटा सके। डहाणू-उंबरगाँव सीट पर कांग्रेस पार्टी के श्यामराव पाटिल को 14-15 हजार वोट मिले और गोदूताई को 10 हजार से अधिक वोट मिले। अंतर सिर्फ़ चार से पांच हजार वोटों का था, और निरक्षरता के कारण अमान्य वोटों की संख्या पांच हजार से अधिक थी। पोलिंग स्टाफ में ज्यादातर कांग्रेसी थे। महालक्ष्मी मीटिंग में मैं अपने मतदान एजेंटों के साथ रहा और उन्हें शिक्षित किया, खास तौर से उन्हें जो निरक्षर थे। हमने उन्हें बताया कि मतदान एजेंटों के रूप में वोट बॉक्सो की रक्षा का आपको पूरा अधिकार है। इसलिए किसी को वोटिंग कक्ष में अकेले मत घुसने देना और ऑफिसर के कक्ष छोड़ने से पहले कभी कक्ष नहीं छोड़ना।

1952 के चुनाव ने कार्यकर्ताओं की एक नई अग्रिम कतार पैदा की जो विभिन्न गांवों में पार्टी में काम करने के लिए तैयार थे। उनमें से कई पहले किसान सभा में शामिल हुए। उसके बाद कम्युनिस्ट पार्टी ने संसद और विधानसभा दोनों में कई चुनाव लड़े। 1957 में, संयुक्त महाराष्ट्र आंदोलन के चरम बिंदु पर शामराव परुलेकर ठाणे (सामान्य) क्षेत्र से और लक्ष्मण मातेरा ठाणे (एसटी) क्षेत्र से सीपीआई के टिकट पर लोकसभा के लिए चुने गए – 1964 में कम्युनिस्ट पार्टी के विभाजन से पहले। 1962 में धाकट सुतार सीपीआई टिकट पर कासा (एसटी) से विधानसभा के लिए चुने गए।

1977 में आपातकाल के बाद के चुनाव में लहानू कोम सीपीआई (एम) के टिकट पर डहाणू (एसटी) क्षेत्र से लोकसभा के लिए चुने गए। 1978 में बारक्या कुर्हाडा (जव्हार, एसटी सीट) और शंकर चव्हाण (डहाणू, एसटी सीट) सीपीआई (एम) के टिकट पर राज्य विधानसभा के लिए चुने गए। लहानू कोम 1980, 1985

और 1990 में हुए चुनावों में जव्हार, एसटी सीट (जिसमें तलासरी, जव्हार और विक्रमगढ़ तालुके और डहाणू तालुका के हिस्से शामिल थे) से लगातार तीन बार विधानसभा के लिए चुने गए। बाद में सीपीआई (एम) उम्मीदवार रामजी वरठा और राजाराम ओझरे 1995 से 2009 तक लगातार जव्हार, एसटी सीट से (जो 2009 में परिसीमन के बाद डहाणू, एसटी सीट हो गई) विधानसभा के लिए चुने गए। 1978 से लेकर 36 वर्ष तक इस सीट पर लगातार विधानसभा चुनाव जीतने के बाद पार्टी 2014 में, निवर्तमान विधायक राजाराम ओझरे के नेतृत्व में विश्वासघात और पार्टी के भीतर एक छोटे से हिस्से में हुई टूट के कारण चुनाव हार गई।

पहले स्थानीय निकाय चुनाव 1962 में हुए और ठाणे (अब पालघर) ज़िले में तलासरी पंचायत समिति में कम्युनिस्ट पार्टी ने लगातार पिछले 55 सालों से चुनाव जीता है। पार्टी ने एक बार विक्रमगढ़ तालुका पंचायत समिति से भी चुनाव जीता है। उसने तलासरी, डहाणू, जव्हार और विक्रमग़ढ़ तालुकों में कई ज़िला परिषद और पंचायत समिति सीटें जीती हैं और वर्तमान में स्थानीय निकायों में उसने कुल 27 सीटें जीती हैं : ज़िला परिषद – 5, पंचायत समिति – 11, नगर पंचायत समिति – 11।

इसके अलावा पार्टी तलासरी, डहाणू, जव्हार, विक्रमगढ़, पालघर, वाडा तथा शहापुर तालुकों में दर्जनों ग्राम पंचायतों में नियमित रूप से जीत हासिल करती रही है। इनमें से कुछ 1960 के वर्षों से पांच दशकों से नियमित रूप से लगातार जीती गई हैं। चुनाव लड़ने का मुख्य उद्देश्य यह सुनिश्चित करना है कि कल्याण गतिविधियां चलाई जाएं और इसने जनता का विश्वास और सद्भाव जीतकर संगठन की बुनियाद मजबूत करने में मदद की है।

जैसा कि बारक्या मांगात बताते हैं,

> जब मैंने 1980 में ज़िला परिषद चुनाव जीता तो पंचायत निकाय कमज़ोर थे और उनको मुश्किल से ही कोई बजट आवंटित किया जाता था। इस प्रकार उन्हें एक सीमित बजट के भीतर काम करना होता था और स्थानीय शासनों को अधिक अधिकार देने के लिए अधिकारियों से लड़ना पड़ता था। 4-5 क्षेत्रों के लिए केवल एक पीएचसी था, अब विभिन्न क्षेत्रों के लिए अलग-अलग पीएचसी

> हैं। हमने सरकार की योजना का अनुसरण किया है और इसे स्थापित मानकों के भीतर लागू करने के लिए उन्हें बाध्य करेंगे।

स्थानीय स्वशासी निकायों में लाल झंडे के प्रतिनिधित्व ने उन्हें लोकतांत्रिक तरीक़े से काम करने के लिए और जनता की भलाई के लिए संसाधनों को आवंटित करने के लिए बाध्य किया है।

चुनावी सफलता का एक और महत्वपूर्ण पहलू वारलियों के बीच एक राजनीतिक नेतृत्व का विकास है। इस संबंध में खास तौर पर महत्वपूर्ण बात एक महिला नेतृत्व का विकास है जैसा कि हेमलता कोम के साक्षात्कार में स्पष्ट किया गया है। वे कहती हैं,

> मैंने 1970 से चुनाव लड़ा है। 1970 से मैं 15 सालों तक ग्राम पंचायत सदस्य थी, फिर 10 सालों के लिए पंचायत समिति सदस्य और फिर 10 सालों के लिए ज़िला परिषद सदस्य थी। मैं पहली महिला सरपंच और पंचायत समिति सभापति थी, चूँकि सीट महिलाओं के लिए आरक्षित थी। हम पानी, परिवहन, बिजली और दूसरे मुद्दे उठाते थे। मैं पाडों की पैदल यात्रा करती थी। दूसरे भी मेरे साथ जाते थे, किंतु अपने कार्यकाल में मुझे एक महिला होने के कारण कोई समस्या नहीं हुई।

हेमलता कोम पंचायत में अपने अनुभव के कारण ही 1990 के शुरू के वर्षों में महिला संगठनों का निर्माण करने वाली एक प्रमुख शख्सियत बनीं। वे कहती हैं कि महिलाओं की मूल समस्या बुनियादी सुविधाओं से संबंधित हैं और इन समस्याओं के समाधान बृहत् संघर्षों की सफलता के साथ गहराई से जुड़े हैं। उसी प्रकार रसीला धोड़ी बताती हैं कि कैसे चुनावों के माध्यम से महिला नेतृत्व का निर्माण किया गया,

> धीरे-धीरे मैंने विभिन्न मुद्दों के बारे में सीखा जैसे पानी या राशन या महिलाओं के ख़िलाफ़ अत्याचार के मुद्दे। मैं छोटे मुद्दों को लेकर महिलाओं को इकट्ठा करती थी। मैं 2003 से 2007 तक पांच साल के लिए सरपंच थी। जब मैं ग्राम पंचायत

> में थी तो महिलाओं के मुद्दों को उठाती थी और उनकी समस्याओं को हल करने के लिए पंचायत का उपयोग करती थी। पानी की समस्या को हल करने के लिए हम कुएं खुदवाते थे और बोरवेलों की व्यवस्था करते थे। हम सामुदायिक विवाहों की व्यवस्था करते थे। मैं डोंगारी गाँव में रहती हूँ और अब तलासरी तालुका में काम कर रही हूँ। हमारे संघर्षों के कारण हमने पंचायतों में 50 प्रतिशत आरक्षण प्राप्त किया और हम इन संस्थाओं का उपयोग महिलाओं के सशक्तीकरण के लिए करते हैं ताकि वे सभी मामलों में पुरुषों के समान बन जाएं।

चुनावों और एक व्यापक राजनीतिक लामबंदी के बीच द्वंद्वात्मक संबंध 1997 के ज़िला परिषद और पंचायत समिति चुनावों में स्पष्ट था। भाजपा-शिवसेना गठजोड़ के सत्ता में आने के बाद ये पहले चुनाव थे और सरकार का मुख्य उद्देश्य ठाणे ज़िले में लाल झंडे को ख़त्म करना था।

जैसा कि अशोक ढवले *पीपल्स डेमोक्रैसी* में लिखते हैं,

> 1990 के दशक के अंतिम वर्षों में सत्ता की पहली पारी में शिव सेना-भाजपा राज्य सरकार ने एक वीभत्स षडयंत्र रचा जिसका उद्देश्य ठाणे ज़िले के आदिवासी क्षेत्रों में सीपीआई (एम) के मजबूत प्रभाव को ख़त्म करना था। 26 जनवरी 1997 को गणतंत्र दिवस की शाम को राज्य गृह मंत्रालय की ओर से आए निर्देशों पर, जो उस समय भाजपा के हाथों में था, पुलिस ने बिना किसी उकसावे के तलासरी तहसील के कवाडा गाँव में आदिवासियों की शांतिपूर्ण सभा पर गोली चलाई। दो सीपीआई(एम) कार्यकर्ता-लक्ष्या बीज और बाबू खरपडे घटना स्थल पर ही शहीद हो गए। पुलिस ने ठाणे ज़िले में 100 से अधिक प्रमुख सीपीआई (एम) नेताओं को झूठे आरोप लगाकर गिरफ्तार कर लिया और जेल में डाल दिया। तलासरी और डहाणू तहसीलों में स्टेट रिजर्व पुलिस (एसआरपी) के विशेष शिविरों द्वारा भारी दमन किया गया। इस सब का मतलब 3 मार्च 1997 को होने वाले ज़िला परिषद और पंचायत समिति चुनावों में सीपीआई (एम) को उसके मजबूत आदिवासी गढ़ों से उखाड़ फैंकना था। इस चुनाव के लिए सीपीआई (एम) के अनेक उम्मीदवारों को जेल से अपने नामांकन फार्म

भरने पड़े। किंतु पार्टी ने इस दमन का धैर्य और दृढ़ता से मुकाबला किया और वास्तव में हमने ठाणे ज़िले में इन ज़िला परिषद/पंचायत समिति चुनावों में पहले के किसी भी समय की तुलना में रिकार्ड वोट संख्या के साथ और पहले से ज्यादा सीटें जीतीं। तलासरी तहसील में भाजपा और कांग्रेस दोनों ने सभी सीटों पर, जो उन्होंने लड़ी थीं, अपनी जमानतें खो दीं। भाजपा का यह कम्युनिस्ट विरोधी खेल टुकड़े-टुकड़े होकर बिखर गया।[1]

उधवा के बाबू धांगडा इस घटना की पुष्टि करते हैं और कहते हैं कि 1997 में जब वे दापचरी में थे, लाल झंडे के कार्यकर्ताओं को निशाना बनाया जा रहा था। लोगों को पकड़ा और जेल में डाला जा रहा था, इसलिए वे पांच महीनों के लिए भूमिगत हो गए। गाँव ने बैरीकेड लगा लिए ताकि बाहरी लोगों को बाहर रखा जा सके और कोई भी शरारत करने की कोशिश न करे।

आगे चलकर फरवरी 2012 में ज़िला परिषद और पंचायत चुनावों के ठीक बाद तलासरी तालुका में वसा गाँव की एक एडवा कार्यकर्ता मथी ओझरे की भाजपा के गुंडों ने रात में उस समय पत्थर मार-मार कर हत्या कर दी, जब वे घर लौट रहीं थीं। चुनाव अभियान के दौरान उन्हीं गुंडों ने उन्हें चेतावनी दी थी कि अगर उन्होंने लाल झंडे के लिए अभियान जारी रखा तो इसके नतीजे खतरनाक होंगे। उन्होंने साहस के साथ उत्तर दिया था कि चाहे जो भी हो, वह लाल झंडे के लिए अभियान चलाती रहेंगी और वह अपने शब्दों पर खरी उतरीं। इसीलिए उनकी हत्या कर दी गई। मथी ओझरे उन 60 आदिवासी साथियों में पहली महिला शहीद हैं जो 1945 से लेकर ठाणे-पालघर ज़िले में लाल झंडे के नेतृत्व में चलाए गए संघर्षों में शहीद हुए हैं। वे सभी ब्रिटिश, कांग्रेस और भाजपा-शिवसेना सरकारों के तहत पुलिस, गुंडों और भूस्वामियों के हाथों मारे गए हैं।

इस प्रकार चुनावी और चुनावी क्षेत्र से बाहर दोनों राजनीतिक संघर्ष ठाणे ज़िले में मज़दूर वर्ग आधारित एक व्यापक आंदोलन का निर्माण करने की प्रक्रिया का आवश्यक और अभिन्न हिस्सा रहे हैं। किंतु इसकी सफलता अनिवार्यतः समतावादी

[1] अशोक ढवले, 'दाभोलकर टू पानसरे : जर्नी ऑफ़ रैबिड कम्युनल टेररिज्म', *पीपल्स डेमोक्रैसी*, 7 जून 2015।

और जनतांत्रिक चेतना के विकास पर निर्भर है। किसान सभा डहाणू और तलासरी में 70 सालों से अधिक से जीवित है। इसका निर्माण लगातार संघर्षों के जरिए किया गया है, जिनका वर्णन पिछले अध्याय में किया गया है। इस चर्चा से कम से कम तीन विशेषताएं सामने आती हैं।

पहली, क्षेत्र में लाल झंडे की भूमिका और उसके अनोखेपन की जानकारी है। यह जन संगठनों में सदस्यों को भर्ती करने में शामिल जनतांत्रिक प्रक्रिया से खासतौर से स्पष्ट है। शुरुआत के दिनों में सदस्यों की पहचान और भर्ती, लोगों को लामबंद करने और संगठन को धोखा दिए बग़ैर पुलिस दमन को झेल सकने की क्षमता के आधार पर ग्राम सभाओं के माध्यम से की जाती थी। ऐसे मानक का इसलिए उपयोग किया जाता था क्योंकि वारली यह मानते थे कि लाल झंडा क्रांतिकारी शक्ति है, जिसने उन्हें उम्मीद और स्वतंत्रता दी है।

संगठन निर्माण की दूसरी विशेषता चुनावी और ग़ैर-चुनावी संघर्षों के माध्यम से राजनीतिक विस्तार पैदा करने की प्रक्रिया से संबंधित है। वरिष्ठ वारलियों ने बताया कि वे अनेक पंचायत चुनाव बार-बार जीत सके क्योंकि जन आंदोलनों और चुनावी सफलताओं के बीच एक द्वंद्वात्मक संबंध है।

तीसरी विशेषता वारली नेतृत्व की गहन जानकारी और विचारधारात्मक प्रशिक्षण है, जो स्वयं को एक बृहत्तर समाजवादी आंदोलन के हिस्से के रूप में देखता है। जैसा कि माध्या कटारा (कुर्झे, तलासरी), कहते हैं, 'हमें क्लासों के जरिए चीन और रूस में सफल समाजवादी सरकारों के बारे पढ़ाया गया था। इससे हमें पता चला कि हम सिर्फ़ तलासरी या ठाणे, महाराष्ट्र या भारत में ही नहीं हैं, बल्कि पूरी दुनिया में हैं।' यह चेतना विभिन्न राजनीतिक रणनीतियों और संघर्ष के प्रयोगों में अनूदित हुई, जिनका अभी तक की चर्चाओं में जिक्र किया गया है।

5. संगठन के सामने चुनौतियां

वारलियों की अनुभूतियों और अनुभवों में हाल के समय में तीव्र परिवर्तन हुए हैं। नव उदारवादी आर्थिक सुधारों के लागू किए जाने के साथ वारली समाज को भी नई चुनौतियों का सामना करना पड़ा है और उनकी आजीविका के लिए खतरा पैदा हुआ है। वारली नेतृत्व ने इनकी स्पष्ट रूप से पहचान की है। जैसा कि बारक्या मंगात कहते हैं, 70 सालों के बाद भी भूमि का मुद्दा मुख्य मुद्दा बना हुआ है क्योंकि उद्योग तथा बांध और दूसरे ज़मीनखोर बिना मुआबजा दिए भूमि ले रहे हैं। वे कहते हैं कि अगर लोग कृषि छोड़ भी दें और काम करने के लिए बाहर चले जाएं तो भी उन्हें घरों के लिए भूमि चाहिए। इसलिए भूमि के पट्टों के लिए सात दशक पुराना संघर्ष जारी है और उसे तेज करने की ज़रूरत है। वारली यह भी मानते हैं कि अगर लाल झंडा कमज़ोर हो जाता है तो उनकी भूमि तक पहुंच ख़त्म हो जाएगी। जैसा कि आमगाँव के राजेश खरपडे बताते हैं, युवाओं के सामने मुख्य चुनौती अपनी भूमि और अपने घरों की रक्षा करना है। 'अगर सेठ आते भी हैं तो हम उन्हें भगा देते हैं और पुलिस से भी लड़ते हैं, जो कभी-कभी उनके साथ मिल जाती है।'

वारली जिस एक और चुनौती का सामना कर रहे हैं, वह बेरोजगारी है। शिक्षित वारली नौजवान लाभकारी रोजगार ढूंढ रहे हैं लेकिन वे उसे इस क्षेत्र मे पाने में असमर्थ हैं। जैसा बारक्या मंगात कहते हैं, रोजगार के लिए स्थानीय युवाओं के पलायन का राजनीतिक संगठन पर एक नुकसानदेह असर पड़ा है। यह मुख्य रूप से इसलिए है कि ये युवा राजनीतिक काम को समय देने में असमर्थ हैं। फिर भी जैसा कि लहानू कोम कहते हैं, इस संबंध में सब कुछ ख़त्म नहीं हुआ है। वारली युवा अपनी राजनीतिक संबद्धताओं के कारण अब भी आंदोलन से जुड़े हुए हैं और वे इसमें योगदान करते हैं, जब वे अवकाश के लिए घर वापस आते हैं। आदिवासी प्रगति मंडल के शैक्षिक

कार्यक्रम एक नए और रचनात्मक तरीक़े से योगदान देने के लिए प्रेरित करते हैं।

इसी प्रकार एडवर्ड वरठा कहते हैं कि एक ज़िला परिषद सदस्य के रूप में उन्होंने स्कूलों का दौरा किया, जिनमें भर्ती हुए छात्रों की संख्या 20 तक होती थी, किंतु यह पाया कि जहाँ-जहाँ प्रवासी मज़दूरों के अधिकारों को मान्यता नहीं दी जा रही है, स्कूल में सिर्फ़ 5-6 छात्र ही थे। इसलिए, लाल झंडे को अपना ध्यान इस समस्या की ओर लगाने की ज़रूरत है। इसका एक उदाहरण भट्ठा मज़दूरों का मामला है जिनके वेतन की दरें घोषित न्यूनतम वेतन से काफी कम हैं। ये मज़दूर काम की कमी के दिनों में काम के लिए गाँव वापस आते हैं और उनके संघर्ष को ग्रामीण क्षेत्रों में दूसरे वेतन-मज़दूरों के संघर्ष के साथ जोड़ा जाना चाहिए। इस तरह वर्ग संघर्ष के उद्देश्य को केवल तभी मजबूत किया जा सकता है जब किसान सभा पलायन, शहरीकरण के मुद्दों और ग्रामीण मज़दूरों की समस्याओं को उठाए। वरठा के अनुसार अगर किसान सभा को समकालीन चुनौतियों का सामना करना है तो ऐसी अंतर्संबंधों को मजबूत करने की ज़रूरत है।

संगठन को जिस एक और चुनौती का सामना करना पड़ रहा है वह चर्च का प्रभाव है। चर्च और चर्च समर्थित संगठनों जैसे कष्टकरी संघटना द्वारा घुसपैठ की प्रक्रिया और आदिवासियों के बीच अपने काम के जरिए धर्मांतरण को बढ़ावा दिया जाता है। वे आदिवासियों के रोजाना के मुद्दों पर काम करते हैं और उन्हें किसान सभा से अलग करते हैं। ऐसे संगठन स्कूल खोलते हैं और आदिवासियों को यह समझाकर कि उनके मुद्दे 'राजनीतिक' नहीं हैं और किसान सभा राजनीतिक लोगों के हितों की सेवा कर रही है, राजनीतिक रूप से किसान सभा पर हमला करते हैं। इसलिए राजनीतिक चेतना को ऊपर उठाकर और दैनिक संघर्षों को तेज करके ऐसी प्रवृत्तियों से लड़ने की फौरी ज़रूरत है।

बहरहाल, सबसे गंभीर चुनौती आरएसएस की ओर से है। कार्यकर्ताओं ने नोट किया कि आरएसएस शिक्षित लोगों के साथ अपने दैनिक संपर्क के माध्यम से समर्थन हासिल कर रहा है। इस क्षेत्र में माधवराव काणे के आने के साथ आरएसएस ने 1966 में तलासरी में वनवासी कल्याण आश्रम के जरिए काम शुरू किया था। काणे अपने काम और आरएसएस के प्रसार के बारे में बताते हैं, जिसने एक आदिवासी हॉस्टल की स्थापना के जरिए 'हिंदू धर्मप्रसारक मंडल' के काम का विस्तार किया था। सरकार

ने हिंदू समर्थक संस्थाओं को 10 एकड़ भूमि आवंटित कर दी और यह उसके प्रसार का आधार बना। आज उसके पास मोखाडा तालुका में 'देवबांध' केंद्र है जिसे ठाणे का सह्याद्री आदिवासी बहुविध सेवा संघ चलाता है। उसी प्रकार हिंदू सेवा संघ अंबन (मनोर), मामनोली, सूत्रकार और बालकापारा में स्कूलों, हॉस्टलों और सांस्कृतिक विकास केंद्रों (संस्कार केंद्र) के माध्यम से काम कर रहा है। वनवासी कल्याण आश्रम द्वारा विक्रमगड, चालतवंड, बेरिष्टे और डोंबिवली में केंद्र और छात्रावास चलाए जा रहे हैं। डहाणू में वनवासी कल्याण केंद्र कॉलेज छात्रों के लिए एक हॉस्टल चला रहा है। इन केंद्रों के प्रसार और प्रभाव को पहचानते हुए कई कार्यकर्ता आरएसएस के सांस्कृतिक और सामाजिक प्रभाव का मुकाबला करने के लिए, आदिवासी प्रगति मंडल के काम का अधिक असरदार तरीक़े से उपयोग करने के महत्व पर ज़ोर देते हैं।

आज, जैसा देश में दूसरी जगहों पर हो रहा है, वही महाराट्र में और ठाणे-पालघर जिलों में भी हो रहा है। आरएसएस-भाजपा की साम्प्रदायिक जोड़ी वाम और जनतांत्रिक आंदोलन के लिए सबसे बड़ा खतरा है। आरएसएस ने जैसा कि ऊपर बताया गया है, वनवासी कल्याण आश्रम और अपने दूसरे संगठनों के माध्यम से आदिवासी क्षेत्रों में घुसपैंठ की है। वह एक योजनाबद्ध तरीक़े से और कॉरपोरेट धन शक्ति का उपयोग करके साम्प्रदायिक ध्रुवीकरण कर रहा है। ये वारली आदिवासियों और इस क्षेत्र की तमाम मेहनतकश जनता के सामने गंभीर चुनौतियां हैं। आदिवासी संस्कृति का केसरियाकरण एक और क्षेत्र है जहाँ आरएसएस बहुत समय से काम कर रहा है।

यह सर्वमान्य बात है कि ऐसी चुनौतियों का केवल तभी मुकाबला किया जा सकता है जब संगठन स्वयं को नई चुनौतियों से निपटने के लिए ढाल ले। ऐसी स्थिति में वरिष्ठ साथी वर्तमान समय में सांगठनिक कार्य में सुधार की ज़रूरत को लेकर बहुत मुखर हैं। जैसा कि बरक्या मंगात कहते हैं,

> अब जब संघर्ष कम हो गए है, लोग सिर्फ़ मीटिंगों और धरनों को आयाजित करके ही खुश हैं। मैं यही देखता हूँ। पहले हमारे यहाँ तलासरी में, जब मैं तालुका सचिव था, लगभग 400 पार्टी सदस्य थे। अब 1,000 से अधिक हैं किंतु काम कम हो गया है। हम युवाओं को बताते हैं कि जब हमारे पास 400 सदस्य थे तो

आम सभाओं के लिए 15,000 लोगों को ले जाते थे। अब हमारे पास 1,000 सदस्य हैं लेकिन एक मीटिंग के लिए वे सिर्फ़ 5,000 लागों को लामबंद करते हैं। पहले एक व्यक्ति को पार्टी सदस्यता सिर्फ़ तब दी जाती थी जब वह जेल जाने को तैयार होता था और पुलिस से नहीं डरता था। कोई पार्टी सदस्य पार्टी में तभी रह सकता था जब वह सक्रिय हो अन्यथा उसकी पार्टी सदस्यता ख़त्म हो जाती थी। पहले हम उत्पीड़ित थे और लड़ने के लिए बाध्य थे, लेकिन अब उत्पीड़न कम और आराम ज्यादा है, इसलिए लोग महसूस करते हैं कि संघर्ष क्यों करें?

कहने का निहितार्थ यह है कि पिछले संघर्षों ने लामबंदी के काम को और कठिन बना दिया है क्योंकि लोगों की आजीविका में सुधार आया है और उम्मीदें बढ़ी हैं। जैसा कि धर्मा कोधा कहते हैं,

नई पीढ़ी पूछती है, अगर हम लाल झंडे के लिए काम करेंगे तो खाएंगे क्या? किंतु मैं उन्हें बताता हूँ कि यह लाल झंडे और उसके संघर्षों के कारण है जो आपको मिला है और जो आप खा रहे हैं। हमने स्वयं को अमानवीय दासता से मुक्त किया है और बड़े संघर्षों और कुर्बानियों से हमें अपनी भूमि प्राप्त हुई है। अनेक साथियों ने इसके लिए अपने जीवन कुर्बान किए हैं। लाल झंडे ने हमें हमारी भूमि, घर, बैल और कई योजनाएं दी हैं। हमारे आज के आदिवासी युवाओं ने वह क्रूरता और परेशानियां नहीं झेली हैं, जिनका हमने सामना किया था। इसलिए वे सिर्फ़ चुनावों में कुछ पद प्राप्त करने में ही रुचि रखते हैं।

वरिष्ठ साथी अपने जिलों में वर्तमान संगठन की स्थिति के बारे में भी एकदम स्पष्ट हैं। जैसा धर्मा कोधा कहते हैं, संगठन अपने अनुशासन के बारे में सख्त नहीं है और विभाग कमेटियां कमज़ोर हैं, जिसने पूरे संगठन को कमज़ोर कर दिया है। कमेटियों के काम में सुधार किया जाना चाहिए।

ऐसी चुनौतियों के बारे में शिवराम दाभाडे और स्पष्ट करते हैं और साफ-साफ कहते हैं,

आज के युवाओं को जन संगठनों (किसान सभा, जनवादी महिला संगठन और डीवाईएफआई) की इकाई कमेटियां बनानी चाहिए। हमें न केवल आदिवासियों के बीच बल्कि शिक्षित मध्य वर्ग के बीच भी हस्तक्षेप करने की ज़रूरत है। विभिन्न मोर्चों के नेताओं को जनता के साथ होना चाहिए अन्यथा वह प्रेरित नहीं होगी। आप मोबाइल फोन पर मीटिंग या संघर्ष नहीं कर सकते। हमें युवाओं को बताना चाहिए कि मार्क्सवाद एक वैश्विक विचारधारा है, केवल स्थानीय विचारधारा नहीं। लोगों को सभी मुद्दों के बारे में शिक्षित किया जाना चाहिए, केवल तभी हम एक मजबूत संगठन बना सकते हैं। हमें विभिन्न मुद्दों, जैसे भ्रष्टाचार के ख़िलाफ़ लड़ना चाहिए। कम्युनिस्ट होने के लिए वर्ग संघर्ष अनिवार्य है।

लगभग सभी वरिष्ठ साथियों, जिनका साक्षात्कार लिया गया, ने विचारधारात्मक शिक्षा और वर्ग संघर्ष पर ज़ोर दिया। पुरानी शैली के जुझारू संघर्षों की कमी पर कई लोग शोक करते हैं। उदाहरण के तौर पर रावजी रूपजी शिंगडे (सावरोली, तलासरी) कहते हैं, 'आज हम पिछले सालों जितना ज्यादा संघर्ष नहीं करते है।' नई पीढ़ी के सामने आने और संघर्षों को आगे बढाने की आवश्यकता वनशा विक्या तांडेल द्वारा उचित रूप से बताई गई है जब वह कहते हैं, 'अब मैं बहुत बूढ़ा हूं और नई पीढ़ी को उसी तरीक़े से काम करना जारी रखना चाहिए और गाँव की रक्षा करना, लाल झंडे की रक्षा करना और इसे आगे ले जाना चाहिए।'

नए तरीकों से काम करने और संगठन को नई स्थितियों में ढालने की ज़रूरत सभी ने मानी है। युवा और पुराने साथियों का कहना है कि शुरुआती संघर्षों ने मौलिक रूप से वारली के भौतिक जीवन को बदल दिया और उन्हें लगातार पीढ़ियों तक अपने स्वयं के नेतृत्व को विकसित करने के लिए प्रशिक्षित किया। एक संघर्ष की सफलता ने भी अन्य संघर्षों की नींव रखी। इसलिए निरंतर संघर्ष की प्रक्रिया आगे बढ़ी और नई चुनौतियों और समस्याओं का सामना किया। इन चुनौतियों ने नव उदारवादी पूंजीवाद के युग में नया महत्व हासिल किया है। जैसा कि धर्मा कोधा कहते है, 'मार्क्सवाद दुनिया में अभी भी मजबूत है और यहाँ तक कि डहाणू में भी। लेकिन हमें इसे जीवित रखने के लिए संघर्ष करना होगा।'

इन सभी समस्याओं को पहचानते हुए किसान सभा ने हाल के वर्षों में अपने

संघर्ष और संगठन को सुधारने के लिए गंभीर प्रयास किए हैं। हाल के वर्षों में, उसने ज्वलंत मुद्दों को लेकर भारी संघर्ष चलाए हैं, जैसे वन अधिकार क़ानून (एफआरए) और मनरेगा, आदिवासी बच्चों की कुपोषण से संबंधित मौतें, दिल्ली-मुंबई औद्योगिक कॉरिडोर के लिए भूमि अधिग्रहण, मुंबई-नागपुर समृद्धि राजमार्ग और मुंबई-अहमदाबाद बुलेट ट्रेन, ठाणे और पालघर जिलों में आदिवासी और ग़ैर आदिवासी किसानों के लिए बड़े बांधों से पीने और सिंचाई के लिए प्राथमिकता के आधार पर पानी का अधिकार, पुराने भूस्वामियों की भूमि को आदिवासी किसानों के नाम करना जिस पर वे वास्तव में पीढ़ियों से खेती करते रहे हैं। और दो प्रमुख मुद्दे जिन पर महाराष्ट्र में राज्यव्यापी संयुक्त किसान संघर्ष चल रहा है – किसान ऋण माफी और स्वामीनाथन आयोग की सिफारिशों का कार्यान्वयन, विशेष रूप से एमएसपी को उत्पादन खर्च के डेढ़ गुने पर तय करना।

किसान सभा ने अपने दूसरे बिरादराना संगठनों के साथ मिलकर ऊपर बताए गए मुद्दों पर हाल ही में स्वतंत्र रूप से कुछ विशाल जन लामबंदियां की हैं, ये हैं : 29-30 मार्च 2016 को नासिक में 1,00,000 लोगों की दो-दिवसीय राज्यव्यापी किसान घेराबंदी जिसमें ठाणे-पालघर जिलों के 25,000 से अधिक आदिवासी किसानों ने भाग लिया;किसान आत्महत्याओं के मुद्दे पर ध्यान आकर्षित करने लिए ठाणे शहर में 10,000 लोगों की ताबूत रैली, जो जून 2016 में तलासरी में आयोजित किसान सभा के सम्मेलन के अवसर पर आयोजित की गई; 3-4 अक्टूबर 2016 को पालघर ज़िले के वाडा में आदिवासी विकास मंत्री के घर का 50,000 लोगों द्वारा दो दिवसीय राज्यव्यापी आदिवासी घेराव, जिसमें ठाणे-पालघर ज़िले की भागीदारी 35,000 से अधिक थी; और 14 अगस्त 2017 को राष्ट्रीय और राज्य राजमार्गों की व्यापक राज्यव्यापी नाकेबंदी, जिसमें ठाणे-पालघर जिलों के 25,000 से अधिक किसानों ने सात तालुकों में कई स्थानों पर राजमार्ग ब्लॉक किए और गिरफ्तारी दी।

नए-पुराने प्रमुख मुद्दों पर इस तरह के संघर्षों को और व्यापक बनाने और तेज करने, उन्हें विभिन्न ज्वलंत स्थानीय समस्याओं से जोड़ने, कार्यकर्ताओं और आम जनता के बीच राजनीतिक और वैचारिक संघर्ष को तेज करने और संगठन को गाँव के स्तर से ऊपर तक चुस्त-दुरुस्त करने और कई गुना मजबूत करने की आवश्यकता है। आने वाले दिनों में वाम शक्तियों और किसान सभा की यही दिशा होनी चाहिए।

6. निष्कर्ष

यह पुस्तक समकालीन भारत और वारली संघर्षों की स्मृतियों के संबंधों के बारे में है। इसमें वारलियों के संघर्षों के ऐसे विवरण प्रस्तुत करने का प्रयास किया गया है जो दर्ज नहीं हुए हैं और जिन्हें समकालीन इतिहासलेखन द्वारा अनदेखा कर दिया गया है। इस इतिहास को लिखकर और वारलियों की स्मृतियों को आवाज देते हुए इस पुस्तक में कई ऐसी गलत धारणाओं को भी चुनौती दी गई है, जो वारलियों के समकालीन इतिहास लेखन में समायी हुई हैं।

इतिहास लेखन की पहली गलत धारणा, जो विद्वानों के लेखन और समकालीन बौद्धिक जन-धारणा में निहित रही है, यही है कि 1950 के दशक के शुरुआती वर्षों में शामराव और गोदावरी परुलेकर के नेतृत्व में संघर्ष का पहला चरण समाप्त होने के बाद से किसान सभा और वारलियों ने अपने संघर्ष के जुझारूपन और क्षमता को खो दिया था। बहुत से लेखन में तर्क दिया जाता है कि वामपंथ अब केवल एक चुनावी शक्ति बन गया है और हाल के दौर में उसने लोगों की वास्तविक लड़ाइयों को लड़ना बंद कर दिया है। बहरहाल, इस पुस्तक का विश्लेषण और संघर्षों का वर्णन ज़ोरदार तरीक़े से इस धारणा का खंडन करता है और तर्क पेश करता है कि वारलियों का समकालीन इतिहास निरंतर संघर्षों का इतिहास है, इनमें अनेक संघर्ष अपने चरित्र में जुझारू रहे हैं।

ऐसा करके यह पुस्तक समकालीन इतिहास लेखन में मौजूद महत्वपूर्ण खामियों और विचारधारात्मक पूर्वाग्रहों का पर्दाफाश करती है। संघर्षों की कहानी को फिर से सुनाकर वारलियों ने दिखाया है कि उन्होंने एक मजबूत राजनीतिक नेतृत्व विकसित किया है, जिसने कई दशकों तक संघर्ष के प्रभाव को बनाए रखा है और उसका विस्तार किया है। इस अर्थ में इस पुस्तक में एक कम्युनिस्ट आदिवासी संगठन के विकास को

दिखाया गया है, जो एक वर्ग आधारित दृष्टिकोण पर मजबूती से खड़ा रहा है। इस विकास को काफी हद तक राजनीतिक विश्लेषकों द्वारा नजरअंदाज किया गया है जिन्होंने कष्टकरी संघटना और अन्य वैकल्पिक संगठनों को अपने लेखन में अधिक स्थान देना पसंद किया है।

दूसरी महत्वपूर्ण आम गलत धारणा, जो वारलियों के संघर्षों के विश्लेषण में नज़र आती रही है, यह है कि एक बार जब शामराव और गोदावरी परुलेकर को निर्वासित कर दिया गया तो संघर्ष ख़त्म हो गया। इस तरह का परिप्रेक्ष्य वारलियों की किसी भी मनोगत सत्ता से जो संघर्ष की निरंतर प्रक्रिया में बेहद अहम है, इनकार ही करता है। वरिष्ठ साथियों के महत्वपूर्ण साक्षात्कारों से पता चलता है कि प्रारंभिक संघर्ष भी एक संगठनात्मक ढांचे के विकास और एक राजनीतिक रूप से परिपक्व वारली नेतृत्व के विकास के माध्यम से कायम था और यह बहुत ही कम समय में किया गया था। इसने संगठन को मजबूत करने का आधार भी रखा, जिसका विस्तार वारलियों में एक वर्ग चेतना के विकास पर निर्भर था। इस पुस्तक का विश्लेषण वारलियों के बीच वर्ग चेतना के विकास की प्रक्रिया को स्पष्ट करता है।

इस मायने में यह मूल रूप से इस विचार का प्रतिवाद करता है कि पूरी आदिवासी राजनीति, एक अपवर्जी समुदाय-केंद्रित पहचान बनाने पर ही आधारित है। वास्तव में वारली अनुभव स्पष्ट रूप से दिखाता है कि एक वैकल्पिक आदिवासी राजनीति संभव है। व्यापक कम्युनिस्ट अनुभव से सीखते हुए, वारली राजनीति भी व्यापक वर्ग आधारित संगठनों के साथ एक जीवंत संबंध पर और आदिवासियों और ग़ैर-आदिवासियों के बीच एकता पर आधारित है। यह अन्य पहचान आंदोलनों से मूलभूत रूप से अलग है जो खुद को दूसरों से अलग करने की कोशिश करते हैं और इस प्रक्रिया में कामगारों की एकता को तोड़ते हैं।

लाल झंडे के विरोधी अक्सर कहते हैं कि 'कम्युनिस्ट बाहरी हैं' और आदिवासी जीवन शैली के विरोधी हैं। लेकिन इस किताब में दिए गए सबूतों से पता चलता है कि कम्युनिस्ट और समाजवादी विचारधारा वारली संघर्ष में एक 'बाहरी इनपुट' नहीं थी। उल्टे वारली अपने राजनीतिक काम के माध्यम से और दुनिया की वैज्ञानिक समझ और आधुनिक दृष्टिकोण के विकास के माध्यम से कम्युनिस्ट बने थे। यह विशेष रूप उस तरीक़े में देखा जाता है जिससे मार्क्सवाद-लेनिनवाद को कई वरिष्ठ साथियों द्वारा

व्याख्यायित किया गया है, जिनके विवरण से पता चलता है कि वारली समतावादी राजनीति में समाजीकृत हुए हैं।

यह सामाजिक परिवर्तन के लिए उनकी रणनीतियों में भी स्पष्ट है, जो रचनात्मक कार्य और राजनैतिक संघर्ष के दो स्तंभों पर आधारित हैं। आंदोलन में वारली महिलाओं की निरंतर और जुझारू भूमिका शिक्षाप्रद है और इस आम धारणा का प्रतिवाद है कि संघर्ष मुख्य रूप से पुरुष प्रधान था। वास्तव में महिलाओं की भूमिका पर चर्चा से पता चला है कि कई मामलों में महिला नेता अपने परिवारों के भीतर संबंधों को प्रभावित करने में कामयाब रही हैं। इसके अलावा आदिवासी प्रगति मंडल के गठन ने वारलियों के बीच आधुनिक शिक्षा के प्रसार के प्रयासों के माध्यम से इस दुनिया को देखने के दृष्टिकोण को एक नया आयाम दिया है। इस प्रक्रिया का एक और पहलू यह है कि वारली पंचायत प्रतिनिधि आदिवासियों और मेहनतकश लोगों के भौतिक जीवन में परिवर्तन लाने में कामयाब रहे हैं।

इस बात पर ध्यान दिया जाना चाहिए कि यह रचनात्मक काम दृढ़ता से मज़दूर वर्ग की राजनीति में जुड़ा हुआ है, जो उत्पादन के संबंधों में मौलिक परिवर्तन की मांग करता है। इस संबंध में दशकों के संघर्ष का सकारात्मक प्रभाव पड़ा है। सबसे महत्वपूर्ण सफलता ग़ुलामी और उत्पीड़न से जो वारली जीवन की विशेषता थी, स्वतंत्रता सुनिश्चित करने में मिली है। वारलियों का भूमि पर नियंत्रण हुआ है और उस तक पहुंच मिली है। वे उचित मज़दूरी बनाए रखने में कामयाब हुए हैं और उन्होंने आजीविका छिनने की प्रक्रिया को, जो संघर्ष-पूर्व अवधि की विशेषता थी, पलटा है। लेकिन इन अधिकारों को कायम रखने के लिए निरंतर और तीव्र संघर्ष की प्रक्रिया और नेतृत्व की अगली पीढ़ी के विकास की आवश्यकता है। यह मुख्य रूप से इसलिए है कि भूमि के नियंत्रण का मतलब यह नहीं है कि आदिवासियों को भूमि के पट्टे मिल गए हैं। इसीलिए, वारली पूरी तरह से मानते हैं कि लाल झंडे के कमज़ोर होने पर उनकी आजीविका और अस्तित्व के आधार पर खतरा पैदा हो जाएगा।

लेकिन सबसे ऊपर, दशकों के संघर्षों को गरिमा की उस भावना ने कायम रखा है, जो वारली कम्युनिस्ट आंदोलन में महसूस करते हैं। लाल झंडा स्वतंत्रता और श्रम की गरिमा से जुड़ा हुआ है। यह 'मानव और सभ्य होने' की भावना से भी जुड़ा हुआ है। गोदावरी परुलेकर अपनी किताब में लिखती हैं कि उनकी कहानी एक ऐसी कहानी

है कि एक अन्यथा ' झुके हुए लोगों' की आकांक्षाओं ने उन्हें, 'साहसी और दृढ़-संकल्प योद्धाओं' में बदल दिया। सत्तर सालों का सतत संघर्ष उसी बात को दर्शाता है जो गोदावरी परुलेकर ने बहुत ही उपयुक्त तरीक़े से अनेक वर्ष पहले ही कही थी।

पुस्तक सूची

1. अशोक ढवले (2007), 'गोदावरी परुलेकरः ए सेन्टनेरी ट्रिब्यूट', *द मार्क्सिस्ट*, वर्ष 23, अंक 4, अक्टूबर-दिसंबर, 2007।

2. साकिब खान (2013), 'आदिवासी स्ट्रगल्स इन ठाणे सिंस 1947- द रोल ऑफ़ किसान सभा', टाटा इंस्टीट्यूट ऑफ़ सोशल साइंसेज, मुंबई में प्रस्तुत एमफिल शोध आलेख।

3. हन्नान मोल्ला (2007), 'एआईएडब्ल्यूयू टु सेलिब्रेट इट्स ट्वेंटी फिफ्थ एनिवर्सरी', *पीपल्स डेमोक्रेसी*, 4 नवंबर 2007।

4. गोदावरी परुलेकर (1975), *आदिवासीज रिवोल्ट : द स्टोरी ऑफ़ द वारली पीजेंट्स इन स्ट्रगल*, नेशनल बुक एजेंसी, कोलकाता।

5. शामराव परुलेकर (1948), *रिवोल्ट ऑफ़ द वारलीज*, पीपल्स पब्लिशिंग हाउस, मुंबई।

6. अर्चना प्रसाद (2016), 'वारलीज एंड देअर लिविंग मेमरीज', विजय प्रशाद द्वारा संपादित *कम्युनिस्ट हिस्टरीज*, भाग-1, लेफ़्टवर्ड बुक्स, नई दिल्ली।

7. एम.ए. रसूल (1974), *ए हिस्टरी ऑफ़ ऑल इंडिया किसान सभा*, नेशनल बुक एजेंसी, कोलकाता।

8 पी. सुंदरैया (1972), *तेलंगाना पीपल्स स्ट्रगल एंड इट्स लेसन्ज़*, सीपीआई (एम), नई दिल्ली।

9. पी.बी.रांगणेकर (1945-47) *पीपल्स वॉर* तथा *पीपल्स एज* में प्रकाशित रिपोर्ताज।

10. *पीपल्स वॉर* तथा *पीपल्स एज* के विभिन्न रिपोर्ताज (1945-47)।

परिशिष्ट 1

प्रारंभिक संघर्षों में किसान सभा के अग्रणी आदिवासी नेता

किसान सभा के पथनिर्माता वारली नेताओं की सूची निम्नलिखित है जिन्होंने ठाणे ज़िले में शुरुआती आदिवासी संघर्षों की कॉमरेड शामराव और गोदावरी परुलेकर के नेतृत्व में कमान संभाली। ये नाम आदिवासी विद्रोह के आख्यानों में भुला दिए गए हैं, परन्तु उनको भावी पीढ़ियों के लिए याद रखने और रिकॉर्ड करने की ज़रूरत है। इन सभी ने लाल झंडे के लिए जबर्दस्त योगदान दिया और महान त्याग किए। डॉ. अशोक ढवले ने यह सूची दो बुजुर्ग एआईकेएस नेताओं एल. बी. धनगर और लहानू कोम से जानकारी हासिल करके तैयार की है और इसे सीपीआई (एम) की ठाणे-पालघर ज़िला समिति में विस्तृत चर्चा के बाद अंतिम रूप दिया गया है। यह पहली बार है कि ऐसी सूची संकलित की गई है।

(गांवों के नाम बोल्ड टाइप में दिए गए हैं।)

तालुका तलासरी

जेठ्या गांगाड (**वेवजी**) – 10 अक्टूबर 1945 को प्रथम शहीद, **भिलाड** – महाला धोडी, **बोरलाई** – प्रथमा धोडी, **बोरमाल** – सावजी धनारे, **डोंगारी** – जेठू शालकर, गोपजी डोंगरकर, **घिमणिया** – धर्मा पारधी, **करजगाँव** – नागर्या, **कवाड़ा**

– जेठ्या केदार, झिपर जवलिया, काकड्या कटेला, महाद्या वांगा, चंद्रू बोदल्या, **कोचाई** – रूपजी कडू, चैत्या बामणिया, नावजी वरठा, पोसल्या मासमार, **सवणे** – धाक्या किंजारा, **उधवा** – बरक्या गडग, **उपलाट** – नवश कोढारी, हजारिया शेख, दसमा गांगड, **वडवली** – नथू ओझरे, **वसा** – महल्या इरीम, राडकीबाई इरीम, मरल्या सुतार, काकड्या दुमाडा, ऐतुल धोडी, **वेवजी** – राम दोहरा, **वरवाडा** – शिला सुभात्या, काकड़ कुर्हाडा, **झरी** – माह्या धांगड़ा।

तालुका डहाणू

आगवन – धुलसाडा, महालुंगे, **आंबासेरी** – कान्हा धुलसाडा, **आंबिवली** – विठू डिंगोरा, हेमाडा, **अंबोली** – नान्हू घरत, **आष्टे** – फेल्या धांगडा, **औंढाणी** – लाखात, **भराड** – रामजी सुतार, **भिनारी** – लक्ष्मण साप्ता, **बोर्डी** – लखमा भिमरा, **चलनी** – रावजी दोडे, **चारोटी** – जल्या माली, **चिखले** – भिवा रावत्या, **चिंबावे** – लाडक्या कोधा, नारल्या बरफ, **चिंचले** – काल्या पडवले, **दाभाड़ी** – बाला, **दाभले** – गोविंद मेर्या, **दाभोण** – काकड्या दलवी, सुतार, **दह्याले** – धाकट सुतार, नारायण मेघवाला, हिर्या कामडी, विठ धांगड़ा, पोशा सुतार, रघु कोरडा, **दापचरी** – नवशा गडग, जान्या गोरखाना, **डेहणे** – नवशा धांगडा, नवसु मोहरा, **धामणगाँव** – कोम, **धामरणे** – तांबडा, **धानिवरी** – शिडवा सपात्या, विठ्ठल मलावकर, गोरवाला, चव्हाण, साबले (शहीद), **गंजाड** – डावा कोम, लहान्या भोंनर, **घोल** – जाना खांझोडे, रामजी कावत्या, **घोलवड़** – काकड्या सुतार, देवजी काटेला, **गोवणे** – सोन्या मालकरी, **हल्दपाडा** – लाडक्या मुहुडल्या, **जलवाई** – रघु वरठा, **जामशेत** – गोपाल गोरवाला, **कैनाड** – जमना धोडी, गोपजी कोम, नवशा अंधेर, बाबू काटेला, राघीबाई उंबरसाडा, **कांदरवाडी** – रिशा पटारा, रध्या खरपडे, **कापसी** – वाज्य रावत्या, **करंजविरा** – पागी, **खानिव** – जानू लोखंडे, **खुनावड़ा** – रंगाजी म्हसे, **कन्हवली** – लक्ष्मण रावते, सावजी नाडगे, नवशा नडगे, **कोल्हन** – पंगा रावत्या, **कोसबाड** – विठ्ठल करबट, **महालक्ष्मी** – मांगल्या सातवी, **म्हसाड** – विठु काकरा, **मोडगाँव** – लाडक्या चौधरी, अंधेर, **मुरबाड** – रामजी चौधरी, भिकल कुंभारे, **नागणकस** – जमना धुलसाडा,

नागझरी – रामा पारधी, रिशा बोंड, लाडक्या भोनर, लक्ष्मण पारधी, बारक्या शनवार, वनशा वरठा, **निकवली** – रत्ना उमतोल, विठ्या लाडवी, रत्ना ओझरे, **निंबापूर** – रामा बेदर, **ओसरविरा** – वाज्या तल्हा, **पावन** – गंग्या बसवत, गोविंद तांबडा, **पाले** – बालसी, **पेठ** – राज्या केदार, **पुजावे** – वाज्या सुतार, **राइपाडा** – गोसामी माच्छी, राज्या कोर्धा, पद्मा माच्छी, **रायपूर** – राम माढा, **रायतली** – शिराड भोनर, लाडक्या भोनर, **रणकोल** – चैत्या उमटोल, **रानशेत** – उखरड्या घोड़ा, **सारणी** – राज्या बरड, **साखरे** – नवसू धांगडा, गोविंद गडग, नवशा दुमाडा, **सायवन** – रडकू वागदडा, महू वागदडा, **सारवली** – गोविंद अंधेर, वनशा सवरा, नवशा काठ्या, दलवी, **साये** – आब्या म्हसकर, भिवा लहंग्या, रामा थापड, **शेन्सरी** – महादू वरठा, **शिलोंडे** – जान्या ठाकरे, जानू वलवी, **सोगवे** – विक्या टंडेल, **सोनाले** – गंग्या भंडारी, **तलोटे** – वाज्या सुतार, लहान्या कोधा, चैत्या असाल्या, **तवा** – सखाराम नम, **उर्से** – बापजी शालकर, **वंधाना** – राघो गुहे, कान्हा शनवार, **वंकास** – रामजी करवट, जिव्या हाडल, **वरोतो** – हादल, **वेती** – रामा डोकफोड्या, **व्याहाली** – जल्या पागी, **वाघाडी** – गंग्या वाघात, **वाकी** – जेठ्या अंधेर, नवशा कोधा, राजीबाई कोधा, चंद्रू अंधेर, **वांधरजे** – महादू गुहे, शिनवार धांगड़ा, लाडक्या भोमट्या, कांबडी।

तालुका पालघर

अकोली – कामडी, **औंढानी** – कमल्या भुयाल, शिवराम दाभाड़े, **बोरशेती** – जानू गोरखाणा, **बुर्हानपुर** – लक्ष्या कारेला, दामा तुंबडा, देवू पुंजारा, **चिल्हार** – रघ्या डोवला, **गंजे ढेकाले** – राड्क्या खाचा, **गारगाँव** – वारठा, **कमारे** – सुकर वाढण, **करसोंड** – जानू गुहे, **कोंडगाँव** – नवशा वरठा, सुकर वरठा, **कोसबाड** – जयराम गोतरणे, **नानिवली** – देवजी तांडेल, तन्ह्या वलवी, कोम, **विलशेट** – झाटेबाबा, **वाडा खडकोना** – राम पारधी

तालुका जवाहर – विक्रमगड

आपटी – शितर लहांगे, सोमा गवली, **बांधन** – नथू गिंभल, रिशा भुरकुड,

रामजी वांगड, नाथ्या मुहुंदकर, **ब्राह्मणपाड़ा** – भिकल कुंभार्या, **चिंचघर** – रामजी गिंभल, दादड़े – भिवा लहांगे, **देहर्जे** – रामजी वांगड़, **धामणी** – मंगल्या भोगाड्या, **धानी डोल्हारी** – लक्ष्या गायकवाड, **कवडास** – जनू माली, **खडकी** – लड्क्या थापड, **खारोंडा** – जान्या नडगे, **कुंज** – तानाजी गोतारणे, **कुर्झे** – लक्ष्मण मातेरा, कृष्णा गुरोडा, लखमा राथड, **सारशी** – गावजी कुर्हाडा, **सवा** – जानु जनाठे, **तलवाडा** – सोमा गोंड, दाशमा गोंड, **उपराले** – कोंडू पडवले, बुध्या भुरकुड, **विक्रमगड** – कुंभारे।

संघर्ष में आदिवासी महिलाओं की भूमिका

हजारों वारली आदिवासी महिलाओं ने न केवल संघर्ष में भाग लिया, बल्कि वे उन कॉमरेडों को भोजन मुहैया कराती थीं जो संघर्ष के दौरान भूमिगत थे, उन्हें पुलिस के आने-जाने के बारे में सूचित करती थीं और वे पुलिस को गुमराह भी करती थीं। उन्होंने पुलिस और जमींदारों के अनकहे दमन और अत्याचार का बहादुरी से सामना किया और उसके ख़िलाफ़ लड़ीं।

प्रारंभिक अवधि में पार्टी और किसान सभा के पूर्णकालिक कार्यकर्ता

एल. बी. धनगर, रॉक कार्वाल्हो, हरिभाऊ वीरकर, सिकंदर सातारवी, ज्ञानेश्वर डेरे, शंकर ठाणेकर, सुकर वाढण, कमलाकर गव्हाणकर, बी एम नार्वेकर, सखाराम कुबल।

ग़ैर-आदिवासी कॉमरेड जो संघर्ष में मदद करते थे

कमलाकर राणदिवे, दलवी, रमाकांत गुप्ते, सुशीला गोखले, देवधेकर और बहुत सारे।

परिशिष्ट 1

संघर्ष का बचाव करने वाले वकीलों की टीम

मुंबई और ठाणे से कम्युनिस्ट पार्टी के प्रति सहानुभूति रखने वाले वकीलों की एक बचाव टीम कानूनी स्तर पर हर समय वारली आदिवासी संघर्ष की मदद करती थी। उनमें से कुछ थे – टी गोदीवाला, रजनी पटेल, निमचकर, मैना सुले, प्रभाकर हेगड़े, गजानन के शालीग्राम और भडकमकर।

परिशिष्ट 2

पीपल्स वॉर और *पीपल्स एज* में छपे रिपोर्ताज, 1945-1947

(1) *पीपल्स वॉर*, 4 फरवरी 1945

'पहले महाराष्ट्र किसान सम्मेलन में मांग की गई – कांग्रेस नेताओं को रिहा करो किसानों से अपील : तमाम अतिरिक्त अनाज दो, शहरों की खाद्यान्न में सहायता करो', एस वाय कोल्हटकर

'हम साहूकारों के खेतों में काम करने के लिए मजबूर हैं। कभी-कभी हमें उनके घरों में काम करने और यहाँ तक कि उनके जंगलों में भी काम करने के लिए मजबूर किया जाता है। अगर हम मना करते हैं तो हमें भूमि से बेदखल करने की धमकी दी जाती है और कई बार हमें पीटा भी जाता है। यह अभी तक हमारा भाग्य था। लेकिन हमने अब इस सब का विरोध करने का संकल्प किया है। हाल ही में हमने स्वयं को आपस में एकजुट किया और साहूकारों के लिए जबरन श्रम करने से इनकार कर दिया। इसके बाद, हम इस 'जुल्म' को बर्दाश्त नहीं करेंगे। अब से हम साहूकारों को हमें जानवरों की तरह पीटने की अनुमति नहीं देंगे। हमें उम्मीद है कि महाराष्ट्र के पूरे किसान हमारे संघर्ष में हमारी सहायता करेंगे।'

मराठी में बोले गए इन तीखे शब्दों का तालियों की गड़गड़ाहट के साथ स्वागत किया गया था और 'साहूकार राज ख़त्म करो' के नारों ने 7 जनवरी 1945 को कल्याण के पास टिटवाला में आयोजित महाराष्ट्र किसान सभा के पहले सम्मेलन में प्रमुख स्थान बनाया था।

कौन आए

यह उंबरगाँव तालुका के वारली आदिवासी किसानों के नेता माध्या लाडक्या धांगडा थे, जिन्होंने जबरिया श्रम की व्यवस्था के ख़िलाफ़ केवल दो महीने पहले ही सफल संघर्ष का नेतृत्व किया था। इन आदिवासी किसानों का प्रतिनिधित्व करने वाला पच्चीस किसानों का एक जत्था सम्मेलन में भाग लेने के लिए पैदल चलकर उनके साथ आया था। इसी तरह के जत्थे कई अन्य जगहों से भी आए, जिनमें से ज्यादातर पूरे रास्ते पैदल चलकर आए। एक जत्था शहापुर तालुका से आया था, जो लगभग तीस मील की दूरी पर था। एक तीसरा बदलापुर से आया था। चौथा और सबसे बड़ा अंबरनाथ से आया था। इनके अलावा पंद्रह मील के दायरे में चारों ओर के गांवों के किसानों के अन्य जत्थे दस और बीस की टुकड़ियों में आए थे। इन सभी से मिलकर लगभग 7,000 किसानों का वह मुख्य समूह बना था जो कि सम्मेलन के लिए टिटवाला में जमा हुआ था।

उनके साथ महाराष्ट्र के विभिन्न हिस्सों से बड़ी संख्या में किसान कार्यकर्ता आए थे। उनमें पुराने कांग्रेस किसान कार्यकर्ता शामिल थे, जो अपने-अपने जिलों में किसानों के मान्यताप्राप्त नेता भी थे।

शहापुर तालुका से बीस साल पुराने एक कांग्रेस किसान कार्यकर्ता गंगाराम माने, सम्मेलन की स्वागत समिति के अध्यक्ष थे।

7 जनवरी को सुबह से किसानों के एक के बाद एक समूह आने लगे, जिनमें आसपास के गांवों से पुरुष, महिलाएं और यहाँ तक कि बच्चे भी शामिल थे। अधिकांश समूह अपने साथ लाल झंडे लेकर आए थे और नारे लगा रहे थे। दोपहर में, लगभग 12.30 बजे अंबरनाथ से किसानों का सबसे बड़ा जत्था सम्मेलन पंडाल में पहुंचा। इसमें लगभग 500 किसान शामिल थे और उनका नेतृत्व अंबरनाथ के किसान नेता 63 वर्षीय मयप्पा कर रहे थे, जिन्होंने अपने हाथ में एक विशाल लाल झंडा लिया

हुआ था। जत्थे के आगे मराठा किसानों का एक पारंपरिक संगीत बैंड था और लंबे-तगड़े किसान युवाओं की एक लेज़िम पार्टी थी, जो नृत्य कर रहे थे और अपने लेज़िम और ड्रम की धुन पर मार्च कर रहे थे। जब यह जत्था 'किसान सभा की जय', 'लाल बाव्टा की जय' के नारे लगाते हुए सम्मेलन के स्थान पर पहुंचा, पहले से इकट्ठा तमाम किसानों ने उनका गर्मजोशी से स्वागत किया।

खुला सत्र

सम्मेलन का खुला सत्र 7 जनवरी को लगभग शाम 4 बजे शुरू हुआ। लगभग हर ज़िले के किसानों को श्रोताओं के बीच उनके विशिष्ट कपड़ों और पगड़ियों द्वारा स्पष्ट रूप से पहचाना जा सकता था। अपनी लाल रंग की पगड़ी और बड़ी मूंछों के साथ ठेठ खानदेशी किसान, अपनी भव्य पगड़ी और जैकेट के साथ नागर और अंबरनाथ के हट्टे-कट्टे किसान, अपने मोटे कंबल और धोती के साथ ठाकुर और वारली किसान और अपने फटे कपड़ों में काटकारी महिलाएं सम्मेलन के लिए आई थीं। लगभग सभी उम्र के लोगों, साठ से सत्तर वर्ष के बूढ़ों से लेकर दस या बारह वर्ष के युवा-बच्चों तक को, दर्शकों के बीच देखा जा सकता था।

स्वागत समिति के अध्यक्ष गंगारामजी माने के भाषण के साथ कार्यवाही शुरू हुई। उन्होंने ठाणे ज़िले में किसान आंदोलन के विकास को पिछले 6-7 वर्षों के दौर खंगाला और कहा, 'आज, हमारे पास इस ज़िले में किसान सभा के 7,000 सदस्य हैं और किसान संगठन की नींव रखी गई है। मुझे यह जानकर खुशी हो रही है कि किसान सभा का ऐसा ही विकास महाराष्ट्र के अन्य जिलों में हुआ है और मुझे पूरी उम्मीद है कि पहले महाराष्ट्र किसान सभा सम्मेलन से बंगाल और आंध्र की तर्ज पर एक मजबूत और सुव्यवस्थित आंदोलन हमारे प्रांत में उभरेगा।'

सम्मेलन के अध्यक्ष तेजा सिंह स्वतंत्र ने हिंदी में बोलते हुए बताया कि आज किसान सभा देश के सभी हिस्सों के दस लाख किसानों की एक शक्तिशाली सेना बन गई है। उन्होंने यह कहकर अपनी बात ख़त्म की कि 'महाराष्ट्र के किसानों का गौरवशाली अतीत है। महाराष्ट्र के महान नेता जैसे तिलक और गोखले हमारे राष्ट्रीय आंदोलन के संस्थापक थे। बंबई के मज़दूरों ने पहले देश में लाल झंडे को खड़ा किया और अन्य सभी प्रांतों में इसे फैलाया। इसलिए मुझे इसमें कोई संदेह नहीं है कि अगर

महाराष्ट्र के किसान अपनी हजारों की संख्या में किसान सभा के झंडे के नीचे गोलबंद होते हैं तो वे इस देश में किसान आंदोलन के अत्यधिक मजबूत स्तंभ होंगे।'

बिरादराना शुभकामनाएं

सम्मेलन की सचिव गोदुताई परुलेकर ने संदेश पढ़े। महाराष्ट्र कांग्रेस कमेटी के अध्यक्ष एन. वी. गाडगिल, बॉम्बे क्रॉनिकल के संपादक एस. ए. ब्रेल्वी, ठाणे में कांग्रेस के नेता सी. टी. रणदिवे, पूर्व खानदेश मुस्लिम लीग के सचिव श्री हनीफ ने इस सम्मेलन की सफलता के लिए शुभकामना संदेश भेजे थे।

एआईटीयूसी के महासचिव एन. एम. जोशी ने भारतीय मज़दूर वर्ग की ओर से सम्मेलन का स्वागत किया और बी. टी. रणदिवे ने भारतीय कम्युनिस्ट पार्टी की ओर से शुभकामनाएं दीं।

प्रसिद्ध मराठी नाटककार मामा वरेरकर ने, जो विशेष रूप से सम्मेलन में भाग लेने के लिए बंबई से आए थे, जब देखा कि कैसे महाराष्ट्र के किसानों के बीच बढ़ती हुई किसान जागृति मराठी कलाकारों और बुद्धिजीवियों को आकर्षित कर रही है, तो उन्होंने किसानों से बात की। उन्होंने कहा, 'मैं आपके बीच रह कर प्रसन्न हूं। मैं मराठा किसानों को जानता हूं, वे महान शिवाजी के साथ लड़े वीर योद्धाओं के पुत्र हैं। हालांकि आज आप गंभीर परिस्थितियों में हैं, मुझे पूरा विश्वास है कि भविष्य में मराठा किसान संगठित होंगे और साहूकारों और सरकार के शोषण के ख़िलाफ़ खड़े होंगे।'

प्रस्ताव

कुल मिलाकर सम्मेलन में चौबीस प्रस्ताव पारित हुए। राजनीतिक प्रस्ताव ने, जो जयगाँव से अंबोडकर बुवा द्वारा पेश किया गया और माने द्वारा समर्थित था, राष्ट्रीय नेताओं की रिहाई की मांग की और लोगों का आह्वान किया कि राष्ट्रीय सरकार लाने के लिए कांग्रेस-लीग की एकता कायम करें।

एक अन्य प्रस्ताव ने किसानों के बीच काम करने के लिए कांग्रेसियों की इच्छा का स्वागत किया और प्रतिद्वंद्वी किसान संगठन बनाने के प्रोफेसर रंगा और अन्य के आत्मघाती कदम के ख़िलाफ़ चेतावनी दी।

सबसे महत्वपूर्ण प्रस्ताव अनाज-लेवी और बंबई सरकार की खरीद योजना पर

था। इस प्रस्ताव ने अनिवार्य लेवी के सिद्धांत का समर्थन किया और मांग की कि व्यवस्था को सभी जिलों के लिए लागू किया जाए। प्रस्ताव में कहा गया कि सरकार के सभी खाद्य भंडारों पर नियंत्रण के बिना राशन के माध्यम से भोजन का कोई भी न्यायसंगत वितरण संभव नहीं हो सकता है।

प्रस्ताव में लोगों और सभी देशभक्त दलों से अपील की गई कि वे हर जगह संयुक्त खाद्य समितियों की स्थापना करें ताकि छोटे किसानों को सरकारी अधिकारियों द्वारा परेशान किए जाने से बचाया जा सके और यह सुनिश्चित किया जाए कि जमाखोरी का उन्मूलन हो ताकि शहरों में राशनिंग की सफलता और ग्रामीण इलाकों में नियंत्रित कीमतों पर अनाज का न्यायसंगत वितरण सुनिश्चित हो।

महाराष्ट्र के कुछ हिस्सों में प्रचलित जबरिया श्रम प्रणाली के उन्मूलन की मांग के प्रस्ताव ने इस सम्मेलन में बहुत रुचि पैदा की। सम्मेलन में वारली किसान (उपर्युक्त) का भाषण सबसे उत्साहवर्धक भाषण था। उन्होंने अपनी स्थानीय भाषा में बात की जिसे कुछ ही समझ सके, लेकिन उन्होंने इस तरह की गर्मजोशी और उत्साह से बात की कि उनके पांच मिनट के भाषण के दौरान बार-बार तालियां बजीं।

सांस्कृतिक कार्यक्रम

जब सत्र समाप्त हो गया, पास के गांवों से आए कई किसान पहले ही जा चुके थे और मुझे संदेह था कि रात में आयोजित होने वाले सांस्कृतिक कार्यक्रम के लिए कितने किसान रुके रहेंगे। लेकिन जब रात के 9.30 बजे सांस्कृतिक कार्यक्रम शुरू हुआ, करीब 4,000 किसान फिर से इकट्ठा हो गए और कड़ाके की ठंड के बावजूद देर रात तक बैठे रहे।

बेशक सांस्कृतिक कार्यक्रम का सबसे सफल आइटम बॉम्बे इप्टा के दस्ते द्वारा प्रस्तुत किया गया 'तमाशा' था। तमाशा महाराष्ट्र के किसानों के बीच मनोरंजन का सबसे लोकप्रिय रूप है। इसकी महाराष्ट्र के किसानों के मन पर एक ऐसी पकड़ है कि मेला स्थलों पर या गांवों में आयोजित तामाशों में हजारों लोग भाग लेते हैं।

तमाशा की तकनीक बहुत सरल और प्रत्यक्ष है। इसके लिए न्यूनतम कलाकारों की आवश्यकता होती है, आमतौर पर लगभग चार से पांच लोग। यह एक अस्थायी मंच के साथ खुली हवा में कहीं भी किया जा सकता है। कहानी पर्दे या पर्दे के

बदलाव या दृश्य में बदलाव की किसी रुकावट के बिना ही प्रदर्शित की जाती है। प्रखर और मजाकिया संवादों के माध्यम से लावनियों के साथ मिलाकर कहानी जीवंत और प्रभावी बनायी जाती है।

हालांकि सदियों के अधःपतन के बाद यह सबसे लोकप्रिय कला काफी बदनाम हुई है और तमाशा को आज आम तौर पर बहुत ही अशिष्ट और अश्लील मनोरंजन माना जाता है। लेकिन बॉम्बे इप्टा की टीम ने एक नया तमाशा तैयार किया था। तमाशा की कहानी बहुत सरल थी। एक लालची अनाज जमाखोर चुपचाप गाँव से अनाज को ले जाने की कोशिश करता है, लेकिन गाँववालों को इसके बारे में पता चल जाता है और वे उसके प्रयास को विफल करने की कोशिश करते हैं। यह सरल कहानी तमाशा की सामान्य तकनीकों के माध्यम से संवाद और लावनियों द्वारा कही जाती है।

किसानों ने इसका बहुत ही आनंद उठाया। तीखे और मजाकिया संवादों ने दर्शकों की प्रशंसा और हंसी बटोरी। उदाहरण के लिए, जब स्क्वैड लीडर गव्हाणकर, ने दोहा गाया : 'समादा गावकारी ताकाव्याल इगाला, तार कुठा जेल सवाकर बागला?' (साहूकार कहाँ जाएगा जब सभी ग्रामीणों द्वारा उसका बहिष्कार किया जाएगा?) किसानों ने तालियों की गड़गड़ाहट से प्रशंसा की।

जब तमाशा ख़त्म हो गया, तो कई किसानों ने मांग की कि यह तमाशा टीम उनके गांवों में भेजी जाए और वे किसान सभा के लिए कोई भी राशि एकत्रित करेंगे।

सांस्कृतिक कार्यक्रम का दूसरा सबसे लोकप्रिय आइटम अमर शेख के गीत थे। विशेषकर किसान सभा में भर्ती को लेकर उनका गीत दर्शकों को बहुत पसंद आया। इप्टा के दल ने भी कुछ गीत प्रस्तुत किए जिनमें हालिया युद्ध की रूसी शहीद नायिका जोया पर गाथागीत तथा किसान आंदोलन पर गीत शामिल थे, जो क्रमशः गव्हाणकर और शेख द्वारा गाए गए।

कार्यक्रम आधी रात में 12.30 बजे समाप्त हुआ। लेकिन किसानों को कार्यक्रम इतना आनंददायक लगा कि वे तीन घंटे और बैठने के लिए तैयार थे। जब गोदुताई ने घोषणा की कि कार्यक्रम समाप्त हो गया है, वे वास्तव में निराश थे।

(2) पीपल्स वॉर, 28 अक्टूबर 1945

'महाराष्ट्रीय आदिवासी किसानों पर पुलिस ने गोली चलाई। कम्युनिस्ट, किसान सभाकर्मी गिरफ्तार, निर्वासित', विनायक एम भावे

10 अक्टूबर 1945 को महाराष्ट्र में उंबरगाँव तालुका में 7,000 वारलियों (आदिवासियों) की सभा पर पुलिस ने गोलीबारी की। जेठ्या गंगाद की मौके पर ही मौत हो गई। दस से अधिक गंभीर रूप से घायल हो गए। इनमें से दो की बाद में मृत्यु हो गई।

पुलिस ने 'त्वरित कदम' उठाए। एक स्थानीय किसान सभा संगठनकर्ता दलवी को 'राजा-सम्राट के ख़िलाफ़ युद्ध छेड़ने' के लिए गिरफ्तार कर लिया गया। तीन कम्युनिस्टों फडके, प्रधान और पत्की को, जो दो दिन बाद मतदाता सूची में किसानों के नाम डलवाने के लिए गए थे, 'डकैती करने' के आरोप में गिरफ्तार किया गया।

विधायक व सचिव, महाराष्ट्र प्रांतीय किसान सभा, एस वी परुलेकर, प्रांतीय किसान सभा की संयुक्त सचिव गोदावरी परुलेकर और डहाणू तालुका किसान सभा के संयोजक कमलाकर रणदिवे को उंबरगाँव और डहाणू इलाके छोड़ने के नोटिस दिए गए थे और उनके अगले आदेश तक वहाँ उनका प्रवेश निषिद्ध कर दिया गया।

फोटोग्राफर सुनील जाना और मेरे ख़िलाफ़ भी, जो वहाँ *पीपल्स वॉर* के संवाददाता के तौर पर गए थे इसी तरह के आदेश जारी किए गए थे। सुनील के ख़िलाफ़ आदेश तुरंत लागू किया गया। लेकिन मैं पहले से ही वारलियों के बीच में था और इसलिए मैं यह रिपोर्ट करने में समर्थ हूं। मेरी वापसी पर मुझे भी यह आदेश दिया गया।

जमींदारों द्वारा पिटाई, हत्या

ये घटनाएं निश्चित रूप से अचानक नहीं हुई थीं। यह किसान सभा के झंडे तले इन आदिवासियों के बीच नए जागरण को कुचलने की साजिश का नतीजा है।

वारलियों को अब तक के सबसे बुरे सामंती शोषण का सामना करना पड़ा है। यहाँ सिर्फ़ दो उदाहरण प्रस्तुत हैं :

डहाणू तालुका के एक गाँव महालक्ष्मी के पास एक पारसी भूस्वामी ने अपने

काश्तकारों को लगान के बकाए का भुगतान करने के लिए मजबूर करने हेतु पीटने वाली छड़ी का इस्तेमाल किया। एक काश्तकार को ज़मीन पर गिरा दिया गया और दो पुरुषों ने छड़ी के दो छोरों को अपने पैरों से उसके पेट पर दबाया जब तक कि वह भुगतान करने के लिए राजी नहीं हो गया।

एक और गाँव कैनाड में एक पारसी साहूकार ने बकायों के भुगतान के लिए मजबूर करने के लिए मिर्च के धुएं का प्रयोग किया। इसके दौरान 'चूक करने' वाले काश्तकार को सिर नीचा करके बांधा गया और साथ ही कोड़े लगाए गए।

जमींदारों द्वारा मनमानी पिटाई, यहाँ तक कि कभी-कभी हत्याएं – यह एक आम बात थीं।

सामंती भू-दासता

सामंती भू-दासता को यहाँ 'विवाह सेवकों' का नाम दिया गया था और यह अनेक प्रथाओं में से सिर्फ़ एक थी। वारलियों को अत्यधिक गरीबी के कारण शादी जैसे अवसरों पर उधार लेना पड़ता है। बदले में, जमींदार उन्हें जीवन भर के दास बनाते हैं, उन्हें अपने काम के लिए केवल भोजन देते हैं। यह प्रथा फल के बागों वाले क्षेत्रों में है, जिनके मालिक अधिकतर ईरानी हैं। जमींदारों ने इसे अपने स्वीकृत अधिकार के रूप में लिया।

बर्बर जमींदारी उत्पीड़न के ख़िलाफ़ वारली किसानों का संघर्ष

लेकिन फिर किसान सभा आ गई। वारलियों ने जबरन श्रम के दास होने से इनकार कर दिया। 23 मई 1945 को किसान सभा ने झरी में आदिवासियों का एक सम्मेलन आयोजित किया। उंबरगाँव तालुका से हजारों ने इसमें भाग लिया। उन्होंने डहाणू तालुका में अपने भाइयों को नया संदेश दिया। अंबेसरी, धामणगाँव आदि से वारली किसान सभा के लाल झंडे तले गोलबंद हुए।

कवाडा के एक वारली चंदू बोधला ने एक किसान सभा संगठनकर्ता बनने के लिए अपनी 'सर्विस' छोड़ दी। एक शिक्षित वारली गोविंद मास्टर ने प्रचार अभियान शुरू किया। हर सप्ताह दस किमी दूर तक के गांवों से वारली भाग लेते थे। 8 अक्टूबर को कोसबाड में 7,000 लोगों की एक मीटिंग ने 'विवाह सेवक' की प्रथा को समाप्त करने का फैसला किया।

'विवाह सेवक' हड़ताल

अगले दिन 3,000 'विवाह सेवकों' ने जुए को उतार फेंका और 30 से 35 रु. मासिक मज़दूरी की मांग की। जब साहूकारों ने इनकार कर दिया तो वे हड़ताल पर चले गए। इन साहूकारों का जीवन इतना परजीवी रहा है कि एक पारसी साहूकार को हड़ताल के कारण अपनी महिलाओं की सेवा लेने के लिए मजबूर होना पड़ा ताकि वह अपने भैंसा चालित तांगे को सड़क पर चला सके।

लेकिन कटाई के मुद्दे पर मामला चरम पर आ गया। युद्ध की वजह से ऊंचे दामों के कारण पिछले तीन सालों में साहूकारों ने भारी मुनाफा कमाया था, लेकिन इस साल जब लोगों ने मज़दूरी मांगी तो उन्होंने मांग पर विचार करने से इनकार कर दिया। और मज़दूरी की मांग क्या थी?

फसल की कटाई के लिए, वे पुरुषों के लिए एक रुपया, महिलाओं के लिए बारह आना और बच्चों के लिए आठ आना मांग रहे थे। लगभग 500 पाउंड के घास के एक बंडल की कटाई लिए उन्होंने 2-8 रुपये की मांग की क्योंकि यह लगभग दो दिन का श्रम था।

यह वास्तव में किसान सभा का काम और लोगों की एकता ही थी, जो कुल 70,000 में से एक भी वारली कटाई के दिन काम पर नहीं था।

साहूकार ठाणे में कलेक्टर की मदद के लिए पहुंचे। कलेक्टर ने उत्तर दिया कि वह किसी को काम करने के लिए मजबूर नहीं कर सकता। वे बैरंग वापस आ गए।

उन्होंने बंबई में कम्युनिस्ट पार्टी के केंद्रीय मुख्यालय में बी. टी. रणदिवे से संपर्क किया। उन्होंने उनसे 'स्थानीय किसान सभा के साथ मामले को सुलझाने' के लिए कहा। साहूकारों ने अब अपनी अंतिम चाल चलने की कोशिश की।

साहूकारों का षड्यंत्र

10 अक्टूबर की रात को नांदगाँव, वरवाडा, नारगोल आदि गांवों में, 'किसी व्यक्ति' ने गलियों में चिल्लाकर वारलियों से कहा :

> बाई (गोदावरी परुलेकर) तलवाड़ा में एक सभा के लिए आ रही हैं। बैठक को भंग करने के लिए साहूकारों ने अपने 'मवालियों' को बुलाया है। बाई ने आपको

लाठियों और दरांतियों के साथ सशस्त्र होकर आने के लिए कहा है।

अन्य जगहों पर उन्हें बताया गया कि बैठक को तोड़ने के लिए सेना को बुलाया जा रहा है। 'उनसे लड़ने के लिए स्टेशन की ओर मार्च करें।' यह लगभग 40 मील के क्षेत्र में सात या आठ स्थानों पर किया गया था।

यह खेल खेला गया क्योंकि किसान सभा का कोई भी कार्यकर्ता आसपास के इलाकों में नहीं था। गोदावरी परुलेकर कल्याण में थीं। दलवी कोसबाड में थे। कमलाकर रणदिवे तलवाड़ा से बहुत दूर वारलियों के बीच थे।

चाल सफल रही। लगभग 7,000 लोग, जिनमें कुछ तो 20 मील दूर के गांवों से थे, जो कुछ भी उनके हाथों में आया उसे लेकर तलवाड़ा पहुंच गए।

पुलिस साहूकरों की सहायता के लिए पहुंची

इससे पहले रात में, तलवाड़ा के निकट आच्छाड के पारसी साहूकार 'झुठा' मानेकशॉ, ने डी.एस.पी. को तार भेजा:'मेरे घर को सशस्त्र डाकुओं ने घेरा। फ़ौरन सहायता भेजो।' डी.एस.पी. ने एक सशस्त्र पुलिस दल भेजा। लेकिन मानेकशॉ के घर के आसपास कोई भी नहीं था। पुलिस ने वापस लौटते हुए रास्ते में वारलियों के इस समूह को एक मींटिग के लिए जाते देखा। उन्होंने फायरिंग की। हमला अचानक था। लेकिन उनमें जो साहसी थे वे डट गए क्योंकि उन्हें लगा कि 'सेना मीटिंग को तोड़ने के लिए गोलीबारी कर रही थी।' अन्य जंगल में भाग गए।

पुलिस का कहना है कि वारलियों ने उन पर पत्थर फेंके थे, इसलिए उन्हें फायरिंग करनी पड़ी। लेकिन यह भी उन्होंने 'हवा में' की थी। लेकिन, तथ्य कुछ और ही कहते हैं। जेठ्या की पेट में गोली लगने से मौत हो गई। वरवाडा के एक वारली की जांघ में गोली लगी थी। दो अन्य के ऐसे ही घाव थे।

लोगों ने बताया है कि 'जैसे ही उन्होंने हमें देखा. फायर किए।' यह भी बताया कि पुलिस की कार पूरी रात घूमती रही और उन्होंने जब भी वारलियों के एक समूह को इकट्ठा देखा फायरिंग की।

फिर भी इस गोलीबारी के बावजूद इस विचार से कि 'लाल झंडे' ने एक मीटिंग की घोषणा की थी, अगले दिन उसी स्थान पर लगभग 4,000 वारली पहुंचे थे। इस

बीच किसान सभा का एक कार्यकर्ता घटनास्थल पर पहुंचा। उसने मीटिंग आयोजित की और कहा कि 'लाल झंडे ने कोई मीटिंग नहीं घोषित की थी। किसी ने एक घटिया चाल चली थी। सभी घर जाएं।'

लेकिन तब तक पुलिस लॉरी भी मौके पर आ गई। एक बार फिर उन्होंने यह पता करने की ज़रूरत नहीं समझी कि क्या हो रहा था। उन्होंने सीधे मीटिंग पर गोली चला दी। दो वारली घायल हो गए। लेकिन लॉरी फायरिंग के परिणामों को देखने के लिए रुके बग़ैर आगे चली गई। किसान सभा कार्यकर्ता ने लोगों को इकट्ठा किया और उन्हें अनुशासित तरीक़े से घर जाने के लिए कहा। वे घायल को साथ लेकर चले गए। लेकिन यह पहला खून बहा था। उनका 'झंडा' स्वयं अपने खून में रंगा था।

अगले दिन धारा 144 लगा दी गई। किसी को भी लाठी आदि ले जाने की इजाजत नहीं थी। कम्युनिस्ट कार्यकर्ता फडके, पत्की और प्रधान, जो 12 अक्टूबर को विधानसभा चुनाव के लिए नामांकन कार्य के लिए खत्तलवाड़ गए थे, को डीएसपी शरीफ खान ने डकैती के आरोप लगाकर गिरफ्तार कर लिया। और यह एक पुलिस पटेल और साहूकार वसंत वीरकर के बयान पर किया गया। यह वीरकर वारलियों को परेशान करने के लिए कुख्यात है। तीनों 'अभियुक्त' मजिस्ट्रेट के आदेश के बिना और उनके बयान दर्ज हुए बिना ही, चार दिनों तक लॉक-अप में थे।

उसी शाम किसान सभा के संगठनकर्ता दलवी को गिरफ्तार कर लिया गया। दो दिनों तक उनके ख़िलाफ़ कोई आरोप नहीं था। तीसरे दिन उन पर 'राजा-सम्राट के विरुद्ध युद्ध छेड़ने' का आरोप लगाया गया। उन्हें हथकड़ी लगाई गई थी, रस्सी से बांधा गया और एक अज्ञात ठिकाने पर ले जाया गया। दस वारलियों को 'डकैती के आरोप' में गिरफ्तार किया गया और रस्सियों से बांधकर ठाणे जेल ले जाया गया।

14 अक्टूबर को कलेक्टर ने साहूकारों की बैठक बुलाई। एक हिन्दू सभाई साहूकार श्री देवधेकर ने कहा, 'कम्युनिस्ट अशांति के लिए जिम्मेदार हैं। उन्हें फ़ौरन निर्वासित करो।' श्री देवधेकर वारलियों के ख़िलाफ़ अपनी वर्गीय नफरत में इतने अंधे थे कि उन्हें इसकी भी चिंता नहीं थी कि यह निर्वासन यदि लागू किया जाता है, तो उनके अपने बेटे पर भी लागू होगा जो बंबई में एक पूर्णकालिक कम्युनिस्ट कार्यकर्ता था।

साहूकारों ने कलेक्टर को भरोसा दिलाया कि वे 'कम्युनिस्टों के साथ समझौता

नहीं करेंगे' और 'वारली दो दिनों के भीतर काम फिर से शुरू कर देंगे।' उनमें से एक कांग्रेसी-विचार के साहूकार ने असली सच उजागर कर दिया। उसने शेखी मारी कि इस सबके बाद कम्युनिस्ट विधानसभा में वापस नहीं आ सकेंगे।

बाद में जब एस. वी. परुलेकर ने वारलियों की मांगें कलेक्टर के सामने रखीं, तो साहूकारों ने किसी भी समझौते के बारे में सुनने से ही इनकार कर दिया।

किसानों की कहानी

हम वारलियों को देखने के लिए गए। उनकी झोपड़ियां जंगल में बिखरी हुई थीं। और हमें उन तक पहुंचने के लिए लगभग 30 मील दूर पैदल चलना पड़ा।

वे साहूकारों के बारे में बहुत ही संदेहग्रस्त थे। लेकिन जब उन्हें पता चला कि हम कौन थे, पूरी मदद की पेशकश की गई। एक ने हमारे लिए खाना पकाया। एक दूसरा हमारे संदेश ले गया। रात में हमें जगाया गया। वारली हमें देखने आए थे। वे यह सुनकर काफी उत्साहित थे कि 'बाई खत्तलवाड आई थीं', जो किसान सभा का केंद्र था। उन्होंने घटनाओं पर चर्चा की। एक युवा ने कहा : 'पारसी साहूकार मुझे सड़क पर मिला था। वो मुझे धमकी देता है। कहता है कि यदि आप सभी काम फिर से शुरू नहीं करते हैं, तो जो तलवाडा में हुआ था, हर जगह दोहराया जाएगा।'

एक अन्य ने बताया : 'साहूकार कहते हैं कि लाल बाव्टा मर चुका है। अब हम फिर से वेठबिगार (जबरन श्रम) शुरू कर सकते हैं।'

हमने उनसे उनकी हड़ताल के बारे में पूछा। वे एकमत थे : 'तब तक नहीं जब तक लाल झंडा हमें फिर से काम शुरू करने के लिए नहीं कहता। और हम क्यों करें? वे हमारी मांगों को स्वीकार नहीं करते हैं।'

जाहिर तौर पर पुलिस इस मामले में जांच करने को अपना कर्तव्य नहीं मानती है। उसके लिए, साहूकारों का बोलना ही, वारलियों के पीछे पड़ने के लिए पर्याप्त सबूत है।

कांग्रेस-नीत 'आदिवासी सेवा मंडल' की भूमिका

लेकिन कांग्रेस के नेता क्या कर रहे हैं? उनके पास एक 'आदिवासी सेवा मंडल' है जिसमें बंबई राज्य के पूर्व-प्रीमियर बालासाहेब खेर हैं और आचार्य भिसे उसके

अध्यक्ष हैं। यह देखने से बहुत कुछ खुलासा होता है कि ये कांग्रेसी नेता और उनका मंडल, आदिवासियों के लिए क्या कर रहे हैं।

कांग्रेस के ज्यादातर स्थानीय नेता खुद साहूकार हैं। एक स्थानीय वकील और साहूकार पेठे को पिछले विधानसभा चुनाव की पूर्व संध्या पर कांग्रेस का टिकट मिला था। वह 'वेठ' व्यवस्था का बखूबी उपयोग करता है। वह वारलियों के ख़िलाफ़ साहूकारों के केस लड़ने के लिए उनका विश्वसनीय वकील भी है। दो अन्य कांग्रेसी नेता दांडेकर और वर्तक, दोनों बड़े साहूकार हैं।

ऐसे लोगों की नकदी से ही 'आदिवासी सेवा मंडल' अपना धंधा चलाता है। फिर उनसे यह उम्मीद कैसे की जा सकती है कि वे उनके साथ दगा करेंगे?'

नेता के ओछे बोल

आचार्य भिसे 'मंडल' के एक बड़े नेता हैं। 'वेठ' समस्या को सुलझाने में उनका योगदान साहूकारों के अच्छे भावों को संबोधित उनके कुछ दिखावे वाले उपदेश थे। जब किसान सभा इसमें आ गई तो उन्होंने उसे बुरा-भला कहना शुरू कर दिया। इन आचार्यजी ने 8 अक्टूबर की कोसबाड मीटिंग में, जिसका संदर्भ पहले दिया गया है, बोलने की अनुमति मांगी थी। उन्होंने स्वेच्छा से कहा था कि वे किसान सभा पर हमला नहीं करेंगे। और जैसे ही वे बोलने के लिए खड़े हुए, बस शुरू हो गए : 'कांग्रेस साठ साल से लड़ रही है। लाल झंडा भारतीय किसानों का नहीं है। यह रूसी झंडा है।'

आचार्यजी के इस हल्के बयान ने वारलियों को क्रोधित कर दिया। एक वृद्ध वारली उछलकर खड़ा हो गया और गरजा : 'किसी को अब तक इसकी परवाह नहीं थी कि हम पर ध्यान दे। अब हमारा लाल झंडा हमारी सहायता के लिए आया है। आप इन सभी वर्षों में महज पांच मील दूर थे। और फिर भी कभी पता नहीं लगा कि आप हमारे संघर्ष के बारे में जानते हैं। केवल पिछले साल ही झंडा हमारे पास आया था। और उसने हमारी 'वेठ' समाप्त कर दी है। अब हम अपनी बड़ी मीटिगें भी कर सकते हैं।'

इस दो टूक जबाव ने आचार्यजी को 'दूसरी तरफ' पहुंचा दिया। उन्होंने प्रेस में एक बयान दिया। इसमें उन्होंने कम्युनिस्टों पर 'वारलियों को उकसाने' का आरोप लगाया। उन्होंने यह भी झूठ बोलने का प्रयास किया कि कम्युनिस्ट 10 अक्टूबर को

हड़ताल को वापस लेने के लिए तैयार थे। आखिरकार उन्होंने कम्युनिस्टों को बाहर करने के लिए सरकार के लिए एक प्रछन्न सुझाव के साथ अपनी बात समाप्त की। और वारलियों पर गोलीबारी के बारे में क्या ? क्या भिसे ने एक जांच की मांग की? ऐसा कुछ नहीं हुआ।

जनता के दुश्मनों के पक्षधर

19 अक्टूबर के प्रेस वक्तव्य में 'आदिवासी सेवा मंडल' के सचिव ने कहा कि 'कम्युनिस्टों ने आदिवासियों की मीटिंगों में और प्रतिपक्ष की अनुपस्थिति में उकसावेपूर्ण भाषण दिए। इन भाषणों ने इस कुसंगठित विशाल जन समूह के बीच भारी अशांति और गहरा विक्षोभ उत्पन्न किया।' बयान आगे कहता है : 'कुछ जगहों में हड़ताली अनियंत्रित हैं। ज़िला मजिस्ट्रेट को उंबरगाँव और डहाणू में धारा 144 लागू करने के लिए बाध्य होना पड़ा है। पुलिस को आदिवासियों की दो बड़ी भीड़ों पर फायरिंग करनी पड़ी है। कुछ आदिवासियों को चोटें आईं, कुछ घायल हो गए।

इन तालुकों में कांग्रेस सरकार ने इस 'वेठ' को ख़त्म कर दिया था। लेकिन जमींदारों ने इस क़ानून का उल्लंघन ही ज्यादा किया था। फिर भी श्री खेर ने कभी भी कोई कार्रवाई नहीं की। अब जब आदिवासी मनुष्य के रूप में अपने अधिकारों पर ज़ोर दे रहे हैं, तो 'आदिवासी सेवा मंडल' उन्हें दबाने के नौकरशाही के प्रयासों में कुछ भी गलत नहीं देखता है!

मुंबई के कम्युनिस्ट विरोधी राष्ट्रवादी दैनिकों लोकमान्य, जन्मभूमि, वंदे मातरम आदि ने पहले यह छापा कि हड़ताल 'मंडल द्वारा आयोजित' की जा रही थी। लेकिन यह बात लोगों के गले नहीं उतरी। इसलिए अब धुन बदलकर 'बाहरी लोग वारलियों को उकसा रहे हैं' की हो गई। रोजाना खबरें उड़ेली जा रही हैं कि हड़ताल टूट गई है, आदि।

सरकार के समान

गौरतलब है कि कम्युनिस्ट विरोधियों द्वारा आज किया जा रहा प्रचार एकदम पूरे मामले की सरकारी प्रस्तुति के समान ही है। दोनों ने कम्युनिस्टों की निंदा करने में हाथ मिला लिए हैं। इस प्रकार 19 अक्टूबर के बंबई सरकार के प्रेस नोट में कहा

गया है : 'वारलियों, जो बहुत अधिक पिछड़े लोग हैं, के बीच कम्युनिस्ट गतिविधियों से अशांति पैदा हुई है . . .।

'जमींदारों से भूमि लेने और काश्तकारों को देने की राजनीतिक बातों के बाद एक कृषि हड़ताल चलाई गई . . .।

'अराजकता के प्रकोप को दबाने में हालांकि पुलिस को आत्मरक्षा में फायरिंग करनी पड़ी।'

यह 'आदिवासी सेवा मंडल' के सचिव के बयान की लगभग एक सटीक गूंज है।

लेकिन वारली अकेले नहीं हैं। तालुका शहर संजान में करीब 500 मुस्लिम घर उनके साथ खड़े हैं। कलेक्टर के साथ समझौता वार्ता के विफल होने के बाद हम वापसी के रास्ते में कुछ लीगियों से मिले। उन्होंने कहा, 'मुसलमान वारलियों का समर्थन करेंगे।'

बाद में हमें पता चला कि साहूकारों ने इन मुसलमानों से घास काटने के लिए 150 रुपये प्रति माह तक की पेशकश की थी। लेकिन उन्होंने अपने वारली भाइयों के साथ धोखा करने से इनकार कर दिया।

आज सभी 70,000 वारली दमन के बावजूद हड़ताल को बहादुरी से चला रहे हैं और कांग्रेस नेता साहूकारों के साथ हाथ मिलाकर काम कर रहे हैं। उन पर यह हमला किसान सभा पर हमला है। लोगों को फायरिंग की तत्काल और निष्पक्ष जांच और इन भूमि जोतने वालों का खून बहाने के दोषियों को कड़ी सजा दिए जाने की मांग करनी चाहिए।

(3) *पीपल्स एज*, 27 अक्टूबर 1946

'15000 वारली किसान हड़ताल पर, बंधुआ गुलामों की मुक्ति, जबरन मज़दूरी ख़त्म', हमारे संवाददाता द्वारा

एक साल पहले 1945 में डहाणू और उंबरगाँव तालुका के डेढ़ लाख वारली किसानों ने अपने साहूकारों के ख़िलाफ़ जबरन श्रम की लंबे समय से चली आ रही प्रथा के ख़िलाफ़ सबसे बड़ी हड़ताल की थी। पुलिस की गोलीबारी और आतंक के बावजूद

और नेताओं के निर्वासन के बावजूद किसानों में किसान सभा के लाल झंडे के नेतृत्व में पहली बार चेतना जागृत हुई, वे लड़े और जीते। आज उनमें से 15,000 लोग एक बार फिर अपने साहूकारों और ठेकेदारों के ख़िलाफ़ संघर्ष के क्षेत्र में प्रवेश कर चुके हैं, इस बार लकड़ी कटाई के लिए वेतन वृद्धि के मुद्दे को लेकर।

डहाणू और उंबरगाँव के जंगलों से लकड़ी की भारी मात्रा का निर्यात होता है। युद्ध के समय की कीमतों ने इसे सबसे लाभदायक व्यापारों में से एक बना दिया है। और हां, लकड़ी काटने वाले वारलियों को, जिन्हें जंगल में अपने घरों से दूर काम करना पड़ता है, 12 आना या 14 आना की 'उदार' मज़दूरी दी जाती है।

वारलियों का नया रास्ता

लेकिन पिछले साल से एक नया वारली अस्तित्व में आया है। इस सितंबर, जैसे ही काम शुरू हुआ, उन्होंने 1-4 रुपये की मजदूरी की मांग की। साहूकारों और ठेकेदारों ने उनकी मांगों को स्वीकार करने से इनकार कर दिया और 15,000 वारली फ़ौरन लाल झंडे के नेतृत्व में हड़ताल पर चले गए। यहाँ तक कि जहाँ-जहाँ काम शुरू भी हो चुका था, वारलियों ने अपना काम छोड़ दिया और वापस गांवों में चले गए।

साहूकार, जिनमें से कई स्थानीय कांग्रेसी 'नेता' थे, अब ज़िला कलेक्टर के पास पहुंचे। उन्होंने पंडित नेहरू और प्रीमियर खेर को भी तार देकर सूचित किया और उनसे 'कम्युनिस्टों को नियंत्रित' करने की मांग की। शायद वे चाहते थे कि अमलनेर को दोहराया जाए।

विवाद का निपटारा करने के लिए उन्होंने क्या किया? आदिवासी सेवा मंडल के नेताओं ने साहूकारों का समर्थन किया। दो महीने पहले जब किसान सभा के नेताओं ने साहूकारों, ज़िला कलेक्टर और किसान सभा के बीच घास कटाई और लकड़ी कटाई के लिए मज़दूरी के मुद्दे को सुलझाने के लिए संयुक्त चर्चा की व्यवस्था करने की कोशिश की, तो कांग्रेस के कुछ प्रांतीय नेताओं ने इसे इस आधार पर खारिज कर दिया कि इससे 'कम्युनिस्टों को मान्यता' मिलेगी।

किसान नेताओं को बुलाया

लेकिन अब जबकि वारली वास्तव में हड़ताल पर चले गए थे, कलेक्टर को

किसान सभा के नेताओं, गोदावरी परुलेकर और रमाकांत गुप्ते को फोन करने के लिए मजबूर होना पड़ा। गुप्ते ने मजबूती से वारलियों की मांग को दोहराया और चेतावनी भी दी।

साहूकारों और किसान सभा के बीच पिछले साल के समझौते में डहाणू और उंबरगाँव तालुकों में प्रति बंडल घास कटाई के लिए 2-8 रुपये और पालघर तालुका में 3 रुपये दरें तय की गई थीं।

इस समझौते का साहूकारों द्वारा सम्मान नहीं किया जा रहा था। किसान सभा के नेताओं ने चेतावनी दी कि इस समझौते को लागू करने में निरंतर असफलता, तीनों तालुकों में वारलियों की एक आम हड़ताल का कारण बनेगी।

जब ये वार्ताएं चल रही थीं, साहूकार बेकार नहीं बैठे थे। 10 अक्टूबर (जब पिछले साल फायरिंग हुई थी) तेजी से निकट आ रही थी। वारलियों के 'हिंसक इरादों' के बारे में अफ़वाहें फिर से फैलाई गईं।

सशस्त्र पुलिस सक्रिय हुई

28 और 29 सितंबर को सशस्त्र पुलिस को एक केंद्रीय स्थान भिलाड पर पहुंचा दिया गया। उस रात थोड़ी दूरी पर धानोली में कुछ शॉट फायर किए गए और इसके साथ ही इलेक्ट्रिक टॉर्चों से तेज रोशनी फैंकी गई, जो स्थानीय साहूकर आदेर्सिक के घर से आ रही थी। नतीजतन, कुछ वारली साहूकारों के दमन से बचने के लिए जंगलों में चले गए।

आज लगभग 100 सशस्त्र पुलिसकर्मियों को इस क्षेत्र में लाया गया है। और उनमें से कुछ को, विशेष रूप से कुख्यात साहूकारों में से प्रत्येक की जागीर पर तैनात किया गया है। पुलिस उप-अधीक्षक ने भी अपना मुख्यालय डहाणू में स्थापित किया है।

गुंडे छोड़े गए

इसके साथ ही साहूकारों के गुंडे वारली पुरुषों और यहाँ तक कि महिलाओं को पीट रहे हैं और पुलिस उनका इस काम में हाथ बंटा रही है। यह बोरीगाँव, उंतलवाड आदि में हुआ। उंतलवाड में एक वारली को पूरी रात लॉकअप में रखा गया।

कुछ साहूकार कम्युनिस्टों के 'निर्वासन' और यहाँ तक कि क्षेत्र में धारा 144 लागू करने के बारे में खुलेआम बात कर रहे हैं। वारली इन सारी रणनीतियों के ख़िलाफ़ निरंतर लड़ रहे हैं।

कुछ जगहों पर साहूकारों ने वारलियों को कम मज़दूरी पर काम करने के लिए वास्तविक रूप से मजबूर किया और उन्हें वास्तव में बंदी बनाकर रखा गया। हड़ताल के साथ, वारली जिस सरल हथियार का इस्तेमाल कर रहे थे, वह यह था कि उनमें से सैकड़ों लोग इन स्थानों पर मार्च करते थे और अपने सहयोगियों को उनकी 'कैद' से मुक्त करा देते थे।

कैनाड में साहूकारों ने इस भयानक चाल का सहारा लिया। दो हजार वारली पड़ोसी गांवों से आए, मार्च किया और लकड़ी की कटाई को रोक दिया। 'बंदी' वारली केवल इस मदद का इंतजार कर रहे थे और वे एक साथ मार्च करते हुए चले गए – 'बंदियो' को मुक्त कर दिया।

किंतु एक साहूकार गुस्से से पागल था। उसने तुरंत प्रीमियर खेर और डीएसपी को तार भेजे और वारलियों पर गुंडई का आरोप लगाया। तुरंत पुलिसकर्मियों को उनकी मदद के लिए भेजा गया, लेकिन उनके सभी प्रयासों के बावजूद पुलिस को वहाँ कोई गड़बड़ी नहीं मिली और उन्हें खाली हाथों आना पड़ा।

जबरन श्रम द्वारा कोई लकड़ी कटाई नहीं

शिसना में 4000 वारलियों ने जबरन लकड़ी कटाई का अंत कर दिया। अपने गुंडों के साथ मुकादम असहाय होकर रह गए। वारलियों ने वापस जाने से पहले सिर्फ़ यह दंड दिया कि मुकादम से 100 'बैठक' लगवाए, 'सिर्फ़ यह बताने के लिए कि जबरन श्रम क्या होता है!'

इन साहूकारों की एक और अपमानजनक और बर्बर प्रथा है। शादी के खर्च के लिए उधार लिए गए दो या तीन सौ रुपये के बदले में वारलियों को साहूकारों की भूमि या घर पर आजीवन दास बनना पड़ता है। इस व्यवस्था के विरुद्ध वारलियों ने लंबे समय तक संघर्ष किया है। लेकिन कई स्थानों पर यह प्रथा अब भी जारी है।

इस वर्ष बोरलाई के वारलियों ने कुख्यात मारवाड़ी जुगल किशोर से ऐसे 40 'विवाह दासों' को मुक्त कराया। उन्होने तुंख गाँव के एक साहूकार को रोजाना 12

बार दूध लाने के लिए जबरन मज़दूरी पर वारलियों को लगाने से रोक दिया।

'विवाह दास' मुक्ति

6 अगस्त को वासा में 1000 वारलियों ने बेहराम साहूकार के घर के सामने एक मीटिंग आयोजित की। उसके पास भी 'विवाह दास' थे। इस कायर ने उन्हें गोली मारने की धमकी दी, अगर उन्होंने अंदर कदम रखा तो। लेकिन वारली डरने वाले नहीं थे। वे एक वारली गाड़ी चालक से मिले, जो खुद एक 'विवाह दास' था। उसे मुक्त कर दिया और बेहराम की जागीर के संरक्षित परिसरों में उसके साथ मार्च किया।

उन्होंने वहाँ सभी 'विवाह दासों' को मुक्त कर दिया और 'लाल बाव्टे की जय' के गगनभेदी नारों के साथ बाहर आए। अपनी बंदूक के साथ बेहराम कहाँ था? जैसे ही उसने एक बड़ी भीड़ को अंदर दौड़ते देखा, वह तुरंत पीछे के दरवाज़े से चंपत हो गया।

वंकास में, साहूकार होमी डबियरवाला एक माननीय मजिस्ट्रेट भी है। और फिर भी आस-पड़ोस में विवाह दासों का काम के लिए उपयोग करने में क़ानून का उससे अधिक उल्लंघन कोई नहीं करता है। जब वारली अपने सहयोगियों को आजाद कराने के लिए उसके घर गए, तो सशस्त्र पुलिस उसे बचाने के लिए तैयार थी, उन्होंने अपनी बंदूकें तान लीं और 'मुक्तिदाताओं' को गाली देना शुरू कर दिया।

पुलिस भाग खड़ी हुई

किसान अपना काम शांतिपूर्वक करना चाहते थे। वे वापस आ गए। सशस्त्र पुलिस ने सोचा कि उन्होंने वारलियों को डराकर भगा दिया है और उन्होंने उनका पीछा करना शुरू कर दिया। लेकिन जब वारली, होमी के घर से एक मील दूर आ गए, वापस मुड़कर पुलिस को अपने पीछे आते देखा तो वे इन कायरों का सामना करने के लिए तैयार हो गए।

इन गुस्साए किसानों के दृश्य ने सशस्त्र पुलिस के दिलों में ईश्वर का भय पैदा कर दिया। अपनी राइफलों को बगल में दबाए वे जितनी तेजी से आए थे, उससे अधिक तेजी से वापस भागे। उनके पीछे-पीछे 5000 वारली दौड़े, दौड़ते-दौड़ते होमी के परिसर में भी घुस गए।

यहाँ पुलिस ने, जिसने कुछ मिनट पहले ही वारलियों के ख़िलाफ़ अपनी बंदूकें तान दी थीं, उनसे विनती की कि 'कोई भी यह नहीं बताए कि हमने आपका अपनी बंदूकों के साथ पीछा किया था।' लेकिन वारलियों ने उनके इस रिरियाने का जवाब नहीं दिया। वे वहाँ होमी के 'विवाह दासों' को मुक्त कराने गए थे। उन्होंने उन सभी को मुक्त कर दिया और बाहर मार्च किया।

यही वारली किसान सभा का वारली है।

(4) *पीपल्स एज*, 24 नवंबर 1946

'महाराष्ट्र में लाल झंडे के तले वारली किसानों की शानदार विजय, घृणित साहूकार-पुलिस गठजोड़ ने घुटने टेके', पी.बी. रांगणेकर

डहाणू और उंबरगाँव तालुकों के पंद्रह हजार वारली किसानों ने महाराष्ट्र के किसान संघर्ष में सबसे शानदार जीत हासिल की है।

इस महीने भर की हड़ताल के दौरान, हां किसानों की हड़ताल के दौरान दमन और उत्पीड़न के हर हथियार का उन पर उपयोग किया गया था – जैसे बड़े पैमाने पर गिरफ्तारियां, बाहर से हड़ताल तोड़ने वाले लाने की धमकियां, यहाँ तक कि साहूकारों द्वारा गोलीबारी, पुलिस द्वारा कैदियों को जमानत पर रिहा करने से इनकार, उन्हें काम में शामिल करने के लिए फर्जी दस्तावेज बनाना आदि। किसानों ने हर हथियार को नाकाम कर दिया।

इस क्षेत्र के साहूकारों के लिए 'टोडी' (लकड़ी काटने) का काम एक बहुत ही आकर्षक व्यापार है। न केवल युद्ध के समय की कीमतें बल्कि भारत सरकार ने जो मज़दूरी तय की है उससे हास्यास्पद रूप से कम मज़दूरी भी उनके मुनाफे में भारी बढ़ोतरी करती है।

उनके निवेश की हद का इस तथ्य से अंदाजा लगाया जा सकता है कि 'टोडी' के लिए निविदाएं इस वर्ष डेढ़ करोड़ के आस-पास तक पहुंच चुकी हैं।

किंतु इस साल 'टोडी' इन साहूकारों के लिए एक स्वर्ग होना बंद हो गई। किसान सभा ने काम के लिए उचित मज़दूरी और काम के दौरान लगी चोटों के लिए मुआवजे

की मांग की। (वार्षिक रूप से 6-7 वारली 'टोडी' का शिकार होते हैं और मृतकों के परिवारों को किसी भी मुआवजे का भुगतान करने की कभी भी साहूकारों की कोई प्रथा नहीं रही है)

स्वाभाविक रूप से साहूकारों ने इस तरह की 'चौंकाने वाली' शर्तों को स्वीकार करने से मना कर दिया और उसी तरह से स्वाभाविक रूप से किसान सभा के वारली हड़ताल पर चले गए।

हड़ताल का संदेश

यह एक ऐसी लड़ाई थी जिस पर किसी भी संगठन को गर्व होगा। जो वारली एक साल पहले तक असंगठित थे, उन्होंने आश्चर्यजनक संगठन का प्रदर्शन किया।

हड़ताल का संदेश पूरे वन क्षेत्र में बिजली की तरह फैल गया। हजारों वारलियों ने अपना काम छोड़ दिया और अपने घर चले गए।

जहाँ-जहाँ संदेश नहीं पहुंचा था वहाँ 'टोडी' चलता रहा। वारली हड़ताली हजारों में मार्च करते थे और अपने साथियों को साथ ले जाते थे। कैनाड, शिसना और अन्य जगहों में यही हुआ।

साहूकार हड़बड़ाए हुए थे, उन्होंने 35 लाख रुपये (कुल निविदा राशि का एक चौथाई) का निवेश किया था। और अगर हड़ताल समाप्त नहीं होती या समय पर टूट नहीं जाती, तो 'टोडी' का काम मार्च तक ख़त्म नहीं होता, जो जंगलों को साफ करने का निर्धारित समय था और 35 लाख रुपये जब्त कर लिए जाते।

साहूकारों ने पहले आतंक फैलाने की कोशिश की। ज़िला मजिस्ट्रेट से मदद मांगी गई। प्रीमियर खेर और पंडित नेहरू को टेलीग्राम भेजे गए थे और उनसे कम्युनिस्टों पर नियंत्रण करने की मांग की गई। लेकिन कुछ भी हड़ताल को समाप्त नहीं करा सका।

वारलियों ने साहूकारों की घास गाड़ी चलाना बंद कर दिया था। अब साहूकारों ने एक और चाल चलने की कोशिश की। वे जानते थे कि वारली किसी भी आदेश का सम्मान करेंगे अगर उसे किसान सभा जारी करेगी। आखिरकार, अशिक्षित वारली एक 'परमिट' से दूसरे में अंतर नहीं कर सकते थे। फिर क्यों नहीं किसान सभा के 'परमिट' की जालसाजी की जाए जो वारलियों को काम करने का आदेश दे?

जालसाजी नाकाम

लेकिन वारली इन चालबाजियों को समझते थे। जब एक साहूकार ने उन्हें इस तरह का परमिट दिखाया तो उन्होंने उस पर थूक दिया।

हमें धोखा देने की कोशिश करते हो, वे चिल्लाए। यह कभी हमारे लाल बाव्टे का परमिट नहीं हो सकता। इस पर हमारा दरांती और हथौड़ा कहाँ है? बाई (गोदावरी परुलेकर) ने हमें सब पर उसे देखने के बारे में सिखाया है।

और साहूकार गूंगे बन गए

जब ये सब हड़ताल को तोड़ नहीं सके, तो ठाणे राष्ट्रीय सेवा दल के स्वयंसेवक ने साहूकारों की मदद करने की पेशकश की। वे लाल झंडे को गाली देने और वारलियों को काम पर वापस जाने के लिए कहने के लिए समूहों में गांवों में गए।

लेकिन वारलियों से उनको इतना 'गर्म' स्वागत मिला कि वे जितनी तेजी से आए थे, उससे अधिक तेजी से वापस चले गए। कुछ गांवों में वारलियों ने उन्हें अपना खाना बनाने के लिए अपनी झोपड़ियों में जगह देने से भी इनकार कर दिया।

अंतिम चाल

हताशा में साहूकारों ने अंतिम चाल चलने की कोशिश की।

पिछले साल अक्टूबर के दौरान साहूकारों ने वारलियों को एक झूठे बहाने से तलवाड़ा में एक जगह इकट्ठा किया था कि उनकी बाई खतरे में थी। इसके साथ ही उन्होंने वारलियों को नियंत्रित करने के लिए पुलिस को आदेश दिया था। यह फसल की गहाई और घास कटाई के लिए मज़दूरी तय करने के लिए चल रही हड़ताल को कुचलने के लिए था।

साहूकार उस समय बच गए थे तो इस साल वे इस प्रदर्शन को दोहराना चाहते थे।

यह योजना सफल होती लग रही थी, क्योंकि वही पुलिस अधिकारी (डीएसपी) जिसने पिछले साल फायरिंग करायी थी, वह इस साल भी ड्यूटी पर था।

शुरू करने के लिए उन्होंने झूठी अफ़वाहें फैलाईं, वारलियों के साथ दुर्व्यवहार किया ताकि उन्हें उत्तेजित किया जा सके। दूसरी ओर उन्होंने प्रीमियर खेर और ज़िले के कलेक्टर को सशस्त्र पुलिस को भेजने के लिए तार भेजा। फिर भी वे वारलियों को भड़का नहीं सके।

30 अक्टूबर को क्षेत्र के एक साहूकार नेरकर ने वारलियों से दुर्व्यवहार किया। जब वारलियों ने इसका विरोध किया, तो उसने उनमें से दो पर अपने पचास रुपये की चोरी करने का आरोप लगा दिया। अगले दिन एक पुलिस दल ने रायतली में उनके घरों पर छापा मारा। बेशक कुछ भी नहीं मिला।

लेकिन जब खोज चल रही थी, नेरकर के भाई ने चुपचाप झोपड़ी के दरवाज़े पर 50 रुपये गिरा दिए और पुलिस आ गई तो उन्हें 'सबूत' दिखाया गया।

लेकिन कई वारलियों ने इस कार्य में अपराधी को देखा था और उन्होंने ज़ोर-शोर इस आरोप का विरोध किया।

उसके बाद साहूकारों ने एक एसओएस डहाणू में डीएसपी को भेजा। इतिहास को दोहराते हुए, उन्होंने यह भी अफ़वाह फैला दी कि बाई उस रात रायतली जा रही थीं (वह मीलों दूर कल्याण में थीं) और सभी को वहाँ एकत्रित होना चाहिए।

साहूकारों के आज्ञाकारी डीएसपी उस रात (31 अक्टूबर) सशस्त्र पुलिस के साथ रायतली पहुंचे। स्थानीय मजिस्ट्रेट उसके साथ थे।

लेकिन उनके दुर्भाग्य से किसान सभा के नेताओं को इसके बारे में समय पर पता चल गया। उन्होंने अफ़वाह को बेनकाब करते हुए हर जगह संदेश भेजे और षड्यंत्र को कामयाब नहीं होने दिया गया।

पुलिस जुल्म

निश्चित रूप से कोई भी वारली रायतली के पास इकट्ठा नहीं हुआ था। लेकिन फिर भी पुलिस ने ज्यादती की। सुबह 4 बजे रायतली के वारलियों, पुरुषों और महिलाओं को उनकी झोपड़ियों से खींचकर बाहर निकाला गया। यहाँ तक कि बूढ़ी महिलाओं को भी नहीं बख्शा गया।

55 वारलियों को गिरफ्तार किया गया। दरअसल जो कोई भी वारली डीएसपी की बिजली के टॉर्च के दायरे में आया उसे उठा लिया गया।

जो अधिक महत्वपूर्ण बात थी वह यह कि इस क्षेत्र के कम से कम तीन कुख्यात साहूकार डीएसपी के साथ उसकी कार्रवाइयों के दौरान उपस्थित थे।

लेकिन वारली भयभीत नहीं हुए। उस शाम जब उन्हें डहाणू की सड़कों से होकर मार्च कराकर ले जाया जा रहा था, अपनी खुशी व्यक्त करने के लिए साहूकार अपने

घरों से निकल आए। लेकिन उनको देखकर गिरफ्तार हुए वारलियों ने इतनी ज़ोर से लाल बाव्टे की जय के गगनभेदी नारे लगाए कि वे तेजी से वापस अपनी खोहों में घुस गए।

वारलियों ने इन सभी चालों के विरुद्ध संघर्ष किया। उनकी एकता ऐसी थी कि एक भी वारली हड़ताल को नहीं तोड़ सकता था।

साहूकार हारे

जैसे-जैसे दिन बीते और यहाँ तक कि एक महीना भी ख़त्म हो गया, साहूकार भयभीत होते गए। 35 लाख रुपये दांव पर लगे थे और उस बारे में उदासीन होना बहुत महंगा सौदा था। इसके अलावा वारलियों के कमज़ोर पड़ने के कोई संकेत नहीं थे।

और इसीलिए जो अपरिहार्य था, हुआ। सरकारी कल्याण अधिकारी के हस्तक्षेप से साहूकारों ने किसान सभा के प्रतिनिधियों के साथ एक समझौते पर हस्ताक्षर किए।

- विभिन्न परिधि के पेड़ों की कटाई के लिए किसान सभा ने दरें तय कीं और इन्हें स्वीकार किया गया।
- काम के दौरान चोटों के लिए मुआवजा देने का सिद्धांत स्वीकार किया गया।
- सबसे बड़ी बात वे उन सभी वारलियों को बोनस देने के लिए सहमत हुए जिन्होंने दो महीने का कार्य किया था।
- पॉलिश और दूसरे कामों के लिए, जो पहले मुफ्त में कराए जाते थे, एक रुपया अलग से तय किया गया।
- कल्याण अधिकारी वारलियों के ख़िलाफ़ सभी केसों की वापसी के बारे में हस्तक्षेप करने के लिए सहमत हुए।

अगर समझौते का कोई उल्लंघन किया जाता है तो यह निर्णय लिया गया कि किसान सभा समझौते का सम्मान करने के लिए बाध्य नहीं होगी।

पिटे हुए कुत्तों की तरह साहूकारों ने इन सभी शर्तों को स्वीकार कर लिया है और सभी वारलियों के साथ इंसान की तरह व्यवहार करने का वादा किया।

महाराष्ट्र का सबसे बड़ा किसान संघर्ष लाल झंडे के तहत जीता गया है।

(5) *पीपल्स एज*, 8 दिसंबर 1946

'वारली किसानों पर फिर से पुलिस का कोड़ा, निर्वासन, गुंडा एक्ट के तहत गिरफ्तारियां', पी. बी. रांगणेकर

20 नवंबर को मुंबई सरकार के उस विशेष आदेश के दस दिनों के बाद, जिसने 15,000 वारली किसानों की लकड़ी कटाई की अधिक मज़दूरी के लिए हड़ताल को हल कर दिया था और जिसमें किसानों के ख़िलाफ़ तमाम दमन का अंत करने का वादा किया गया था, ठाणे ज़िला प्रशासन ने गुंडा एक्ट का उपयोग करते हुए चार किसान नेताओं को ज़िलाबदर कर दिया।

एक दिसंबर को दो और नेताओं को ज़िलाबदर किया गया, जिनमें से एक महिला नेता भी थी!

और यही सब कुछ नहीं है। 250 पुलिसकर्मी और 25 उप-निरीक्षक इस क्षेत्र : डहाणू-उंबरगाँव तालुकों में गश्त कर रहे हैं। 'आइरन करटेन' के पीछे बड़े पैमाने पर वारलियों की गिरफ्तारियां (लगभग 50), उन्हें काम करने के लिए मजबूर करने का प्रयास, गोली मारने की धमकियां आदि सब खुलेआम हो रहा हैं। यह सब गुंडा एक्ट के तहत हो रहा है।

वारलियों ने इस विश्वासघात का जवाब साहूकारों के काम को, मुख्य रूप से लकड़ी कटाई और फसल कटाई को पूरी तरह ठप करके दिया है।

इस क्षेत्र के 15000 वारलियों ने हाल ही में लकड़ी कटाई की बेहतर मज़दूरी के लिए साहूकारों के ख़िलाफ़ एक महान हड़ताल की और जीती थी। चूँकि यह महीने लंबी हड़ताल दमन या विश्वासघात से नहीं तोड़ी जा सकी, इसलिए सरकार के विशेष प्रांत अधिकारी ने हस्तक्षेप करना आवश्यक महसूस किया।

10 नवंबर को साहूकारों ने वारलियों की मांगों को स्वीकार किया और हड़ताल वापस ले ली गई।

आपातकालीन स्थिति

इस समझौते के एक भाग के रूप में प्रांत अधिकारी ने यह सुनिश्चित करने की सहमति दी थी कि सभी दमन रोक दिए जाएंगे।

लेकिन इस समझौते पर हस्ताक्षर होने और इस उल्लेखनीय शांतिपूर्ण हड़ताल के सौहार्दपूर्ण अंत के चार दिनों के भीतर, सरकार ने बिना किसी बहाने के इन तालुकों में आपातकाल की स्थिति घोषित कर दी।

कलेक्टर और ज़िला मजिस्ट्रेट श्री अलमौला ने, जिन्होंने विवाद को सुलझाने के लिए किसी भी आधार को तलाशे बिना समस्या को खिंचते रहने दिया था, अब तेजी से काम किया।

20-21 नवंबर को महाराष्ट्र किसान सभा के सचिव एस.वी. परुलेकर और किसान सभा के पूर्णकालिक संगठनकर्ताओं रमाकांत गुप्ते, हरिभाऊ विरकर तथा कमलाकर रणदिवे को अचानक ठाणे ज़िला से ज़िलाबदर कर दिया गया।

पुलिस अत्याचार

नेताओं को सुरक्षित तरीक़े से रास्ते से हटाने के बाद पुलिस ने 'आदेश के तहत' वारलियों से प्रतिशोध लेना शुरू कर दिया। साहूकारों ने जिस किसी का नाम लिया, उसे लॉकअप में डाल दिया गया। वास्तव में एक आतंक राज कायम था। कुछ उदाहरण नींचे दिए गए हैं :

- यह साबित किया जा सकता है कि पुलिस ने रायतली में दो महिलाओं के साथ बदसलूकी की थी; कि उसने दो वारलियों को रानशेत में गिरफ्तार किया था, जिनमें से दोनों बहुत बीमार थे; कि उसने घोलवड में गिरफ्तार करते समय लोगों को पीटा हैं – एक वारली महिला, लाड़की सुतार का जब से पुलिस आतंक शुरू हुआ, पता नहीं चल रहा है।
- वंकास में फौजदार पुलिस वालों के साथ, जाहिर तौर पर 'बारिश की वजह से फसल को हुए नुकसान का निरीक्षण करने के लिए' आया था, लेकिन, जैसे ही वारली इकट्ठे हुए, उसने उनमें से तीन लोगों को यह आरोप लगाकर गिरफ्तार

कर लिया कि वे लाल झंडे के नेता थे और उन्होंने साहूकारों के ख़िलाफ़ हड़ताल का नेतृत्व किया था।

- कैनाड (डहाणू तालुका) के एक कुख्यात साहूकार की जागीर पर 30 पुलिसकर्मी तैनात थे। किसान सभा नेताओं की अनुपस्थिति में वे वारलियों को आतंकित कर रहे हैं ताकि 10 नवंबर के समझौते को ख़त्म किया जा सके।
- बताते हैं कि ज़िला मजिस्ट्रेट अलमौला ने मलमतदारों के लिए एक गुप्त परिपत्र जारी किया और उनसे कहा कि वे किसान सभा के ख़िलाफ़ वारलियों में प्रचार करें और उन्हें अपनी शिकायतें अधिकारियों के सामने लाने के लिए राजी करें, लेकिन किसी वारली ने इस पर ध्यान नहीं दिया।
- इस सब के अलावा, वारलियों की रिहाई के लिए, जिन पर मुकदमा चल रहा है, विशेष रूप से भारी जमानत मांगी जा रही है। आदेश जारी किए गए हैं कि उनके मामलों पर एक के बाद एक दिन सुनवाई की जाए ताकि किसान सभा द्वारा उनके कानूनी बचाव को लगभग असंभव बना दिया जाए।

यह ख़बर शिद्दत से दोहराई गई कि ज़िला प्रशासन का इस बात पर जोर है कि वारली रिहा होने से पहले बॉन्ड पर हस्ताक्षर दें। बॉन्ड में उनसे लाल झंडे के तहत किसी भी आंदोलन में भाग न लेने का वचन भरवाया जाए।

एक सबक सिखाना

स्पष्ट रूप से साहूकारों के दबाव में और कलेक्टर की विकृत रिपोर्टों के आधार पर सरकार इन वारलियों पर अपने स्वयं के इस अनुभव को भूलकर, भारी दमन कर रही है कि कोई भी दमन कभी जायज संघर्ष को दबा नहीं सकता है। लेकिन अगर वे इसे भूल गए हैं, तो इस क्षेत्र के 70,000 वारली नए सिरे से सबक सीखने में उनकी मदद करने के लिए दृढ़प्रतिज्ञ हैं।

रायतली, रैंकोल आदि की (जहाँ 55 वारलियों को हड़ताल के दौरान गिरफ्तार किया गया था) पूरी आबादी ने जेल में बंद साथियों के खेतों की फसल की स्वेच्छा से कटाई करके दमन का जवाब दिया है।

500 वर्ग मील के क्षेत्र में पहले से ही काम को स्वतःस्फूर्त ढंग से रोकना शुरू हो गया है।

और अगर सरकार दीवार पर लिखे हुए को पढ़ने में नाकाम रहती है, नेताओं को रिहा करने में विफल रहती है, दमन समाप्त करने और निर्वासन के सभी आदेशों को वापस लेने में विफल रहती है, तो 70,000 वारलियों की एक आम हड़ताल जल्द ही भड़क उठेगी और साहूकारों के सारे कामों – घास कटाई, फसल कटाई, लकड़ी कटाई आदि को ठप कर देगी।

(6) *पीपल्स एज*, 5 जनवरी 1947

'किसान नेताओं के निर्वासन के बाद वारलियों पर साहूकार-पुलिस का आतंक, महिला-पुरुषों का साहसिक प्रतिरोध', पी. बी. रांगणेकर

बंबई सरकार द्वारा नौकरशाहों की 'कड़ी उपायों' की नीति के पूरे दिल से बचाव के कारण वारली किसानों पर स्थानीय पुलिस और साहूकारों के हमले बढ़ गए हैं। और चूँकि साहूकारों का स्थानीय कांग्रेस संगठनों पर राज चलता है, ये संगठन क्षेत्र से 'कम्युनिस्ट प्रभाव को दूर करने' के प्रयास में ज़ोर-शोर से लगे हैं।

लेकिन वारली इस तिहरे हमले के ख़िलाफ़ वास्तविक जन वीरता के साथ मुकाबला कर रहे हैं।

जैसे ही किसान सभा के नेताओं को गुंडा एक्ट के तहत गिरफ्तार कर लिया गया और 75 वारलियों को बिना मुकदमे के हिरासत में लिया गया, अधिकारियों के साथ 300 सशस्त्र पुलिसकर्मी डहाणू और उंबरगाँव तालुकों में पहुंचे। उन्होंने क्षेत्र में इसे एक लड़ाई के मैदान का रूप देकर गश्त लगाई।

लोहे की दीवार

एक सप्ताह में 18 वारली गिरफ्तार किए गए थे, जिनमें कुछ गिरफ्तारियां बिना वारंट के थीं। 100 से ज्यादा के ख़िलाफ़ वारंट लंबित हैं। महिलाओं के साथ छेड़छाड़ की गई है और यहाँ तक कि अपहरण कर लिया गया है। इसके बारे में कोई ख़बर लीक

करने की अनुमति नहीं थी। वास्तव में हरेक किसान सभा समर्थक को, दो वकीलों गोदीवाला और नीमचवाला सहित, जो इस 'संरक्षित क्षेत्र' में प्रवेश करने की हिम्मत रखते थे, तुरंत इलाका बदर कर दिया गया। नौकरशाहों ने गिरफ्तार वारलियों के कानूनी बचाव की भी अनुमति नहीं दी।

इस 'लोहे की दीवार' के पीछे स्थानीय कांग्रेसियों ने पुलिस अधिकारियों के साथ मिलकर वारलियों पर 'लाल झंडा छोड़ देने' का दबाव डाला। इसके बदले उन्होंने 75 वारलियों की रिहाई और दमन के अंत का वादा किया।

बोरलाई में उन्होंने यहाँ तक कि गाँव के पटेल को, उनके सामने झुक जाने पर, उसकी 'पटेलकी' भी वापस दिला दी। बताते हैं कि दानसिंग नाम के व्यक्ति को, जो वारली नहीं बल्कि राजपूत है, 'लाल झंडा' छोड़ने के वादे के बदले कांग्रेस का संगठनकर्ता बनाया गया है।

इस अभियान में बिलाल के अरेरकर, पालघर के परुलेकर जैसे साहूकार सक्रिय हैं। इसी बीच इसके ही दूसरे हिस्से के तौर पर साहूकार लोगों को पीट रहे हैं। हर जगह साहूकार खुलेआम कहते थे, 'पुलिस वाले हमारे हैं।' पुलिस ने उनके इस दावे को झुठलाया नहीं।

यहाँ तक कि स्थानीय मलमतदार और पिछड़ा वर्ग के अधिकारी गांवों का दौरा कर किसानों से लाल झंडे को छोड़ने के लिए कह रहे हैं। उनकी हरेक बैठक का आयोजन स्थानीय कांग्रेसियों द्वारा किया जाता है।

महिलाओं को पीटा गया

23 दिसंबर 1946 को यह सब उस समय चरम पर पहुंच गया, जब लगभग एक दर्जन पुलिसकर्मी और लगभग 30 सशस्त्र गुंडों ने गाँव वाकी पर छापा मारा और महिलाओं को बेरहमी से पीटा। बेशक वे एक ऐसे समय पर आए थे जब सब बाहर काम पर थे।

फिर उन्होंने किसानों के सभी सामान और झोपड़ियों को तोड़ दिया और उनके अनाज के छोटे भंडारों को तोड़ डाला, यहाँ तक कि उनके छोटे-छोटे सामान भी लूट लिए। और यह सब इसलिए किया गया क्योंकि किसान अपने एक ईरानी साहूकार द्वारा प्रस्तावित कुछ शर्तों से सहमत नहीं थे।

आखिरी बात यह कि साहूकार पिछले साल कलेक्टर के स्पष्ट निर्देशों के ख़िलाफ़ काश्तकारों से अवैध वसूलियां कर रहे हैं। यह मंत्रालय द्वारा 'निर्वासन' के बचाव के बाद के परिणाम हैं।

लेकिन वारली पलटवार कर रहे हैं। बोरलाई में ही किसान सभा के एक योद्धा प्रथमा चैत्या की पत्नी ने, जब साहूकार और पुलिस उसके पास आए तो, उत्तर दिया :

'आप कभी यह सोचना भी मत कि हम लाल झंडा छोड़ देंगे। यदि आप चाहें तो मेरे पति को दस साल के लिए जेल में डाल दें। लेकिन हम किसान सभा के हैं। और हमारे दिन बदलने जा रहे हैं। अब तब तक अपना चेहरा नहीं दिखाइएगा जब तक कि आप मुझे गिरफ्तार नहीं करना चाहते हों।'

फैलता संघर्ष

इसका सबसे अच्छा उदाहरण कि कैसे आतंक इस संघर्ष को ख़त्म नहीं कर पाया है, यह है कि यह अब पड़ोसी पालघर तालुका में भी फैल रहा है।

इस साल जून में वहाँ यह मशाल ले जाई गई थी। 1500 लोगों की एक किसान मीटिंग ने साहूकारों द्वारा लिए जा रहे जबरिया काम के ख़िलाफ़ फैसला किया और उन्होंने इस फैसले को लागू करना भी शुरू कर दिया।

मानसून के अंत तक किसान सभा इस तालुका में 51 से अधिक गांवों में फैल गई। लगभग 200 विवाह दासों ने (यानी वो वारली जो उन साहूकारों के लिए एक तरह से दास बन गए थे, जिन्होंने उन्हें शादी के खर्च के लिए 200 रुपये कर्ज़ पर दिए थे) अपनी गुलामी का जुआ उतार फैंका और अपने श्रम के लिए उचित मज़दूरी की मांग की। यहाँ तक कि कांग्रेस के विधायक दांडेकर को भी अपने विवाह दासों को छोड़ना पड़ा।

साहूकार अब आक्रामक हो गए। उनके गुंडों ने औंढाणी की लगभग 100 वारली महिलाओं पर हमला किया जो बाजार से घर लौट रही थीं और उनके सभी सामान लूटकर ले गए। उसके बाद बंदूकधारी साहूकार गांवों में छुट्टा घूमने लगे।

डहाणू और उंबरगाँव तालुकों में गिरफ्तारियां और निर्वासन भी, किसानों को आतंकित करने में इन परजीवियों की मदद नहीं कर पाए और वे अपनी लड़ाई को निरंतर जारी रखे हुए हैं।

लेकिन यह केवल पालघर की ही बात नहीं है, यहाँ तक कि दमण (पुर्तगाली क्षेत्र) में भी वारली जागृत हुए हैं।

यहाँ अरकोली बाजार में चार वारलियों ने, जिन्होंने लाल झंडे के बारे में सुना था, अपने आप ग्रामीणों को एक मीटिंग में एकत्रित किया। यह निर्णय लिया गया कि वारली भविष्य में साहूकार के यहाँ पर पानी नहीं भरेगा, जबरन श्रम नहीं करेगा, दालों में अवैध निकासियां नहीं देगा और अवैध लेवी का भुगतान करने से इनकार करेगा।

निस्संदेह पुर्तगाली 'क़ानून और व्यवस्था' के संरक्षकों ने तुरंत 'नेताओं' को गिरफ्तार कर लिया। जैसे ही समाचार वारलियों तक पहुंचा, 2000 वारलियों ने पुलिस स्टेशन पर मार्च किया और उनकी रिहाई की मांग की। फौजदार ने उनसे पूछा : 'क्या यहाँ लाल झंडा आया है? आपको यह प्रतिलिपि कहाँ मिली?' वारलियों ने उत्तर दिया, 'हमने अभी तक झेला है। इसलिए हमें यह प्रतिलिपि मिली। आप हमें बताओ कि क्या आप उन्हें रिहा कर रहे हैं या नहीं। हम उन्हें पाने के लिए कहीं भी मार्च करेंगे।'

हर जगह लाल झंडा

फौजदार ने चार नेताओं को मुक्त करने की बुद्धिमानी की क्योंकि उसे पता था कि 2000 गुस्साए वारलियों को देखकर उसके पुलिसकर्मी भाग खड़े हुए थे।

इसी मनोबल के साथ डहाणू और उंबरगाँव तालुकों के 40,000 वारली लकड़ी की कटाई की बेहतर मज़दूरी के लिए और अपने नेताओं की रिहाई के लिए अपनी हड़ताल चला रहे हैं। यदि वे अपने नेताओं के बिना लड़ सकते हैं तो इसलिए कि किसान सभा ने उन्हें इतनी अच्छी तरह से प्रशिक्षित किया है और उनकी अपनी मुश्किल जिंदगी उनसे इसकी मांग करती है।

(7) *पीपल्स एज*, 19 जनवरी 1947

'40,000 वारलियों का अमानवीय स्थितियों के ख़िलाफ़ संघर्ष जारी, कांग्रेस मंत्रालय के तहत दमन का सामना', पी. बी. रांगणेकर

बंबई की नौकरशाही ने ठाणे ज़िले के वारली इलाके में अपना आतंक अभियान कायम रखा है। 60 वारली अभी भी नजरबंद हैं। किसान सभा के आठ नेताओं को निर्वासित कर दिया गया है, यहाँ तक कि वकील भी उनके कोड़े से बच नहीं पाए हैं।

180 वारलियों के ख़िलाफ़ आपराधिक मामले लंबित हैं, केवल एक ही मामले में 56 वारली शामिल हैं। 100 और के ख़िलाफ़ वारंट लंबित हैं।

सिर्फ़ एक सप्ताह के दौरान दो बार गोलीबारी हुई है। एक नानिवली में जहाँ पांच लोगों की मौत हुई है और 13 घायल हुए हैं, दूसरी कोसबाड में, जिसमें दो लोग मारे गए हैं (हालांकि सरकार अब भी इस संबंध में चुप्पी साधे है) और 10 से अधिक घायल हुए हैं। जनवरी के पहले सप्ताह में उस क्षेत्र में सेना आई। बाद में उसे कुछ मील की दूरी पर कल्याण में वापस कर लिया गया। लेकिन ऐसा कोई आश्वासन नहीं है कि इसका उपयोग नहीं किया जाएगा। इस इलाके में सिर्फ़ दो दिनों के अपने निवास के दौरान 6 सैनिकों ने कोसबाड़ के पास एक औरत के साथ बलात्कार किया।

दो डीएसपी के नेतृत्व में इस क्षेत्र में 600 सशस्त्र पुलिसकर्मियों की तैनाती हुई है, इन दो में से एक शरीफ खान हैं जिसने अक्टूबर 1945 में नौकरशाहों के इशारे पर वारलियों पर गोलीबारी की थी। दूसरे एस.एम. मूर-गिल्बर्ट हैं जिसके पास 1942 के आंदोलन के दौरान सातारा की 'पत्री सरकार' का दमन करने का एक विशेष रिकॉर्ड है।

बदतर आतंक

वारलियों ने कई गांवों को छोड़ दिया है। लेकिन जब भी पुलिसकर्मियों के सामने कोई पुरुष वारली आता है तो वे उसे जंगल में काम करने के लिए मजबूर करते हैं।

जहाँ तक साहूकारों के आतंक का संबंध है यह पहले से भी बदतर है। उनके गुंडों ने एक पूरे गाँव वाकी को मटियामेट कर दिया है। उन्होंने डहाणू तालुका में वानगाँव के पास कम से कम एक वारली की हत्या कर दी है। अनेक महिलाओं को पीटा गया है। कोसबाड के पास पिटाई इतनी गंभीर थी कि इसके परिणामस्वरूप एक वारली लड़के की आँखें बाहर निकल आईं।

(साहूकार के प्रभाव में) फौजदार महिलाओं को धमकी देते हैं कि अगर उनके पुरुष समय पर नहीं पहुंचे तो उनकी और पिटाई होगी।

व्यावहारिक रूप से प्रत्येक गाँव में साहूकार के (आवार) अहाते में पुलिस तैनात की गई है जिसे वारलियों की कीमत पर साहूकरों द्वारा खिलाया-पिलाया जाता है।

यह वारलियों के ख़िलाफ़ आतंक की गंभीर कहानी है, जिसका उन्हें लकड़ी कटाई की मज़दूरी के लिए शांतिपूर्ण हड़ताल समाप्त होने के बाद से सामना करना पड़ रहा है।

उन्होंने आत्मरक्षा में अपनी हड़ताल फिर शुरू कर दी है और जैसी कि टाइम्स ऑफ इंडिया की रिपोर्ट पुष्टि करती है, सभी आतंकों के बावजूद, यहाँ तक कि साहूकार भी मानते हैं कि हड़ताल लगभग मुकम्मल है।

जंगल के काम लगभग ठप हैं। इसी तरह साहूकरों के दूसरे व्यवसायों, घास कटाई, लकड़ी का कोयला, चावल, आदि की स्थिति भी यही है।

क्या मंत्रालय ने इस बर्बरता को रोकने के लिए कुछ भी किया है? एकदम नहीं। इसके बजाय रोज साहूकार वारलियों द्वारा किए गए अत्याचारों की कहानियों की, और यहाँ तक कि तस्वीरों के साथ, गोदी प्रेस (टाइम्स ऑफ इंडिया और गोयनका के नेशनल स्टैंडर्ड) में बाढ़ ला रहे हैं।

मंत्रालय की लाइन

और मंत्रालय भी उसी लाइन पर चल रहा है। उदाहरण के लिए दिसंबर में प्रीमियर खेर (अन्य मंत्रियों और कई साहूकारों के साथ) ने पालघर तालुका में मासवण में वारली सम्मेलन को संबोधित किया। प्रीमियर के भाषण (और उनके अन्य सहयोगियों के भाषणों में भी) में केवल कम्युनिस्टों के लिए गालियां दी गयीं, वारलियों को उनकी दुर्दशा के लिए दोषी ठहराया गया। वे साहूकारों के सामने असहाय बने रहे। उन्होंने वारलियों को गिरफ्तारी की धमकी भी दी, अगर वे 'साहूकारों के सर फोड़ते हैं'।

सम्मेलन के बाद खेर को स्थानीय साहूकारों ने 5185 रुपये की थैली भेंट की!

सम्मेलन के बाद प्रशासन को और कड़ा कर दिया गया। संसदीय सचिव वांद्रेकर और उप-कलेक्टर सावे क्षेत्र का दौरा कर रहे हैं और कम्युनिस्टों की 'गुंडई' पर गालियां बक रहे हैं। साहूकारों और उनके कामों की निंदा का एक शब्द भी नहीं है।

इसके बजाय वांद्रेकर ने अब महालक्ष्मी में एक बैठक में वारलियों को धमकी दी

है कि भविष्य में फौजदार उन्हें गाँव में दैनिक नाम पुकारी का उत्तर देने के लिए मजबूर करेंगे यानी उनको अपराधियों के रूप में लिया जाएगा। उन्होंने कहा 'नाम पुकारी का जवाब देने में विफलता को बहुत ही कड़ाई से ट्रीट किया जाएगा, हालांकि मैं अभी नहीं बताउंगा कैसे'।

कांग्रेस मंत्रालय के राज की इन घृणित प्रथाओं के ख़िलाफ़ जन असंतोष बढ़ रहा है। एन. एम. जोशी (क्षेत्र से विधायक) और प्रख्यात राष्ट्रवादी अर्थशास्त्री प्रो. पी. ए. वाडिया मंत्रालय की नीति की पहले ही निंदा कर चुके हैं।

3 जनवरी को बांबे सिविल लिबर्टीज यूनियन, जो एक ग़ैर-पार्टी संगठन है, कांग्रेसियों, कांग्रेस सोशलिस्टों, ग़ैर-पार्टी नेताओं और कम्युनिस्टों के साथ इसके ख़िलाफ़ विरोध की आवाज में शामिल हो गया।

मराठी अखबारों ने भी इसकी निंदा की है हालांकि हरेक अखबार जिसने ऐसा लिखा है, वह निश्चित रूप से एक ग़ैर-कम्युनिस्ट अखबार है।

नवशक्ति ने लिखा है :

'साहूकार और जमींदार दो शिकारी जंगली जानवर हैं जो वारलियों के जीवन में घुस गए थे। अपने सिर पर गांधी टोपी लगाने से ये जानवर दुधारू पशुओं में नहीं बदल सकते हैं . . . कम्युनिस्टों ने इन आदिवासियों को विरोध करने की चेतना देने का आवश्यक कार्य किया है।'

जमींदारों पर कोई रोक नहीं

कम्युनिस्टों के ख़िलाफ़ गुंडा एक्ट के इस्तेमाल के लिए नौकरशाही की निंदा करते हुए चित्रा ने लिखा है : 'आश्चर्य है कि सरकारी अधिकारी पांच या छह कम्युनिस्ट 'षडयंत्रकारियों' के पीछे पड़े हैं, जमींदारों में से एक को भी नहीं पकड़ा जा सका जो जोंक की तरह आदिवासियों का खून पीकर मोटे हो गए हैं।'

'लोग अधिक प्रभावित होते अगर (सरकार उन्हें बता सकती कि) आदिवासियों को आतंकी साहूकारों और जमींदारों से (आतंक से) मुक्त कर दिया गया है।'

लोकमान्य के संपादक पी.वी. गाडगिल ने मराठी लेखकों के एक समूह के सामने कहा (नवयुग 5 जनवरी में उद्धृत):

'ग़रीब आदिवासी अत्यधिक आश्चर्यजनक यातनाओं से गुजर रहे हैं। दयालु

गांधीवादियों की बजाय 'नास्तिक' और 'निर्दयी' कम्युनिस्टों ने उन्हें स्वयं के बारे में जागरूक बनाने का काम थोड़े ही समय में बहुत अच्छी तरह पूरा किया है।'

'वह वारली जो सभ्यता की सबसे निचली सीढ़ी पर खड़ा है, जो तब भी क्रोध से पागल नहीं होता था जब उसकी अपनी पत्नी को उसकी अपनी उपस्थिति में भी, उसका दुश्मन उठा ले जाए, वह वारली आज विरोध करने लगा है और संगठित हो गया है।'

प्रभात ने लिखा:

'हमें लगता है कि इस घटना (वारली) में सच्चाई तब तक बाहर नहीं आएगी और योजनाएं तब तक लागू नहीं की जाएंगी जब तक कोई स्वतंत्र जांच समिति गठित नहीं की जाती है।'

(8) *पीपल्स एज*, 19 जनवरी 1947

'मोरारजी देसाई की नज़रों में वारली : कल और आज'

29 दिसंबर 1946 को मासवण सम्मेलन में बम्बई के गृह मंत्री मोरारजी देसाई (और प्रीमियर खेर) ने वारलियों से कहा:

'यह आपके दोष थे, शराब की आपकी लत थी जिसने आपकी भूमि को साहूकारों के हाथों में पहुंचा दिया। उन्हें इतनी जल्दी वापस कैसे लाया जा सकता है!'

सात साल पहले बॉम्बे काश्तकारी विधेयक (13 सितंबर 1939) पर बहस के दौरान मोरारजी देसाई (तब राजस्व मंत्री) ने बंबई विधान सभा में कुछ और बात कही थी। उन्होंने कहा था:

'ठाणे ज़िले के इन इलाकों में . . . कुछ साल पहले सारी भूमि इन लोगों की थी। लेकिन बुरे समय में, अकाल या अभाव के समय, भूमि मामूली राशि के लिए उनके हाथों से निकल कर साहूकारों या अन्य लोगों के हाथों में चली गई।'

'ऐसे उदाहरण हैं जिनमें भूमि – अनेक एकड़ ज़मीन – 5 पाउंड अनाज के लिए और अन्य मामलों में 5 रुपये प्रति एकड़ या एक रुपये प्रति एकड़ या 8 आना प्रति एकड़ की दर से उनसे ले ली गई। इस तरह इन लोगों के हाथों से भूमि निकल गई है।'

(9) *पीपल्स एज*, 19 जनवरी 1947

'वारलियों को दबाने के लिए ब्रिटिश सेना बुलाई गई'

पी.सी.जोशी का बयान

भारतीय कम्युनिस्ट पार्टी के महासचिव पी. सी. जोशी ने वारलियों के ख़िलाफ़ सेना बुलाए जाने के ख़िलाफ़ एक बयान में कहा:

एक लोकप्रिय मंत्रालय के तहत पहली बार सेना को सांप्रदायिक दंगों से निपटने के लिए नहीं बल्कि किसानों के सबसे उत्पीड़ित और शोषित तबके के पूरी तरह वैध और जायज संघर्ष को दबाने के लिए बुलाया गया है।

नौकरशाही और सेना निहित स्वार्थों के ख़िलाफ़ हर लोकप्रिय संघर्ष को कुचलने के लिए साम्राज्यवाद के हथियार हैं। एक लोकप्रिय मंत्रालय इस लाइन पर चलते हुए केवल राष्ट्रीय कांग्रेस को शर्मिंदगी ही देगा और हमारी जनता के हर लोकतांत्रिक आंदोलन को लगभग असंभव बना देगा।

पहले से ही सिविल लिबर्टीज यूनियन और जिम्मेदार नेताओं ने इस दमन की निंदा की है। लेकिन स्थिति बहुत ही गंभीर है।

कांग्रेस और आजादी को प्यार करने वाले नेताओं को मंत्रालय से मांग करनी चाहिए कि वे तुरंत न केवल सैनिकों को वापस बुलाएं बल्कि पुलिस-साहूकार आतंक को सकारात्मक रूप से समाप्त करने के लिए हस्तक्षेप करें जिसने वारलियों की जिंदगी को एक वास्तविक नरक बना दिया है।

यह बताया गया है कि सेना को अस्थायी रूप से निकटवर्ती कल्याण में वापस बुला लिया गया है। लेकिन किसी भी आधिकारिक आश्वासन की अनुपस्थिति में इसकी कोई जानकारी नहीं है कि इसे फिर से कार्रवाई में नहीं उतारा जाएगा।

किसान सभा ने क्षेत्र में शांति और सामान्य हालात को बहाल करने के लिए मंत्रालय को अपना सहयोग देने की पेशकश की है। मंत्रालय को इसे समझना चाहिए और वर्तमान कठोर नीति को समाप्त करना चाहिए।

(10) *पीपल्स एज*, 19 जनवरी 1947

'वारलियों के बारे में तथ्य – आधिकारिक रिपोर्ट से अंश'

आखिर वारलियों में इतनी भयानक गरीबी क्यों? डी. साइमिंग्टन, आईसीएस, वारली ऋणग्रस्तता को लेकर निम्नलिखित उदाहरण प्रस्तुत करते हैं :

(क) 'एक वारली ने तीन साल पहले अपने बेटे की शादी के लिए अपने जमींदार से 100 रुपये का उधार प्रति रुपये एक आना प्रति माह यानी, 75 प्रतिशत ब्याज (इस ज़िले में यह बहुत आम है) पर लिया था। उसने 100 रुपये चुकाए हैं और शेष राशि का पता नहीं। संभवतः यह 225 रुपये है।'

(ख) 'एक धोडी लड़के ने इस वर्ष अपने विवाह के लिए अपने जमींदार से 140 रुपये प्रति रुपया एक आना प्रति माह ब्याज पर उधार लिए थे। उसे कर्जे के लिए हरेक सीजन में ढुलाई का काम करना है।'

'इन शर्तों पर वह अपनी मौत के समय भी अपने जमींदार के लिए ढुलाई करेगा और उस पर 1500 रूपये का बकाया होगा!'

'आम तौर पर होता यह है कि मृतक व्यक्ति का कर्ज़, जैसा खानदेश में है, नए वचनपत्रों पर हस्ताक्षर कराकर जबरन उसके वारिसों पर लाद दिया जाता है और परिवार वंशानुगत दास बन जाते हैं।'

'यदि कोई कर्ज़दार भुगतान या सेवाएं देने में धीमा है या इनकार करता है, तो उसे साहूकारों के एजेंटों, जो अक्सर पठान या भैय्या होते हैं, द्वारा धमकाया या पीटा जाता है। जो आदमी अपना वह काम करने से इनकार करता है, जिसके लिए उसने कर्ज़ लिया होता है, तो उस पर कभी-कभी धोखाधड़ी के लिए अनुचित तरीक़े से मुकदमा चलाया जाता है और मुझे यह कहते हुए अफसोस होता है कि मजिस्ट्रेटों ने कभी-कभी ऐसे मुकदमों के प्रति विकृत नजरिया अपनाया है।'

वारलियों के ये दोष थे जिन्होंने उनकी भूमि को साहूकारों के हाथों में पहुंचा दिया!

दयनीय स्थिति

एक सख्त नौकरशाह को फिर से उद्धृत करते हैं :

'जिन परिस्थितियों में आदिवासी काम करते और रहते हैं, वे अत्यधिक दयनीय हैं और जो ज्यादतियां उनके साथ की जाती हैं, प्रशासन पर धब्बा हैं।'

(क) सभी वन क्षेत्र के काश्तकारों को, जो 'खण्ड' से खेती करते हैं, अपने जमींदारों के लिए काम करने के लिए बुलाया जाता है।

(ख) यदि वे इनकार कर देते हैं या विलंब करते हैं तो उन पर हमला किया जा सकता है या पीटा जा सकता है। ये आम घटनाएं हैं और आमतौर पर जमींदार के स्थानीय एजेंट द्वारा इन्हें अंजाम दिया जाता है। मुझे विश्वसनीय लोगों द्वारा बताया गया है कि लोगों को खंभे से बांधा और पीटा जाता है। इस तरह की घटनाओं को मैं सत्यापित कर सकता हूं। अतीत में लोगों की हत्या किए जाने की भी अफ़वाहें हैं।

(ग) उतने ज्यादा दिनों के लिए जितने की जमींदार को ज़रूरत होती है वेठ (जबरन श्रम) की मांग की जाती है।

(घ) यदि जमींदार एक वन ठेकेदार भी है, तो वह वेठ द्वारा अपने काश्तकारों के श्रम का उपयोग अपने काम करवाने के लिए करेगा।

(ड.) मुझे यह पता लगा कि वेठ के लिए अधिकतम मज़दूरी एक आना प्रति दिन है।

(च) जमींदार को अपनी ताकत का उपयोग दूसरे उद्देश्यों के लिए करने से भी परहेज नहीं है, उदाहरण के लिए अपने 'काश्तकारों' की महिलाओं का अपनी वासना की पूर्ति के लिए उपयोग करना।

यह एक नौकरशाह के निष्कर्षों से था। लेकिन स्थितियां उससे भी बदतर थीं। साहूकारों के पूरे आतंक की वजह से यह सब रोशनी में नहीं आ पाया है।

साइमिंग्टन इसके बारे में कहते हैं :

वे (वारली) अपने जमींदारों से इतना डरते हैं कि अपनी शिकायतों को अपने

आप रखने की हिम्मत नहीं करते। उन्हें डर है कि शिकायतकर्ताओं के नाम जमींदारों के कानों तक पहुंच जाएंगे (उंबरगाँव पेठा के बड़े जमींदार-साहूकारों में से एक ने वास्तव में अपने कुछ काश्तकारियों और वारलियों को मुझे सूचना न देने की चेतावनी भी दी थी) और उनसे इसका बदला लिया जाएगा।

आज एक नया वारली

केवल 18 महीने पहले (मई 1945) तक वारलियों का यही जीवन था, जब किसान सभा ने इस क्षेत्र में प्रवेश किया।

इन 18 महीनों में उसने भू-दासता को जड़-मूल से उखाड़ फेंका है। कोई वारली अब अपने जमींदार की भूमि पर खेती नहीं करता है, जब तक कि उसे 12 रुपये की दैनिक मज़दूरी नहीं मिले।

जबरन श्रम भी समाप्त हो गया है। लगभग 1000 ऋण दास मुक्त करा दिए गए हैं। काश्तकारों ने जमींदारों की कानूनी देय राशि को छोड़कर अंडे, मुर्गी, सब्जियों और दूसरे ग़ैरकानूनी तक़ाजों का भुगतान रोक दिया है।

यह किसान सभा ही थी जिसने घास कटाई और लकड़ी कटाई के लिए दरें तय की थीं।

इस सबसे ऊपर उसने वारली स्त्री के सम्मान को बचाया।

किसान सभा की इन्हीं उपलब्धियों के ख़िलाफ़ साहूकारों और जमींदारों ने एक गंदा आक्रामक रुख अपनाया है। यह दयनीय है कि एक लोकप्रिय मंत्रालय सीधे उनके हाथों में खेलने लगा, खासकर तब जब प्रीमियर खेर को आदिवासी सेवा मंडल के अध्यक्ष के रूप में इन वारलियों के जीवन का अनुभव था।

परिशिष्ट 3

गोदावरी परुलेकर को शताब्दी श्रद्धांजलि :

अशोक ढवले

2007 गोदावरी परुलेकर का जन्म शताब्दी वर्ष है।[1] वे एक दृढ़ साम्राज्यवाद विरोधी स्वतंत्रता सेनानी, ऐतिहासिक वारली आदिवासी विद्रोह की एक जुझारू नेता, महाराष्ट्र राज्य किसान सभा के संस्थापकों में से एक, अखिल भारतीय किसान सभा के अपने लंबे इतिहास में एकमात्र महिला अध्यक्ष, एक चौथाई सदी के लिए सीपीआई (एम) केंद्रीय समिति की सदस्य, मशहूर कृति 'आदिवासी विद्रोह' की लेखिका, महाराष्ट्र में पहली महिला क़ानून स्नातक, एक समर्पित समाजसेवी और भारत में कम्युनिस्ट और किसान आंदोलन की एक महान नेता थीं।

गोदावरी और उनके पति शामराव परुलेकर – यह एक अनोखी क्रांतिकारी टीम थी, जो वारली आदिवासी विद्रोह के अग्रणी नेतृत्व के लिए प्रसिद्ध थी, जो 1945-47 के दौरान महाराष्ट्र के ठाणे ज़िले के विभिन्न हिस्सों में चल रहा था। यह विद्रोह जमींदारी के ख़िलाफ़ आजादी-पूर्व किसान आंदोलन का एक अभिन्न अंग था जिसमें गौरवशाली संघर्ष, जैसे बंगाल में तेभागा, केरल में पुन्नप्रा वायलार, असम में सुरमा घाटी, त्रिपुरा में गण मुक्ति परिषद का आदिवासी संघर्ष और सब से ऊपर, आंध्र में शानदार तेलंगाना सशस्त्र किसान विद्रोह शामिल हैं।

वारली आदिवासी विद्रोह का नेतृत्व किसान सभा के लाल झंडे और कम्युनिस्ट पार्टी के तहत परुलेकरों ने किया था। लेकिन इस संघर्ष से डेढ़ दशक पहले से गोदावरी

[1] *मार्क्सिस्ट*, अंक 13, अक्टूबर-दिसंबर 2007 में प्रकाशित लेख का एक अद्यतन संस्करण।

गोखले और शामराव परुलेकर ब्रिटिश साम्राज्यवादी शासन से स्वतंत्रता के लिए भारत के संघर्ष में शामिल थे। सुधारवादी भारतीय समाज सेवकों से क्रांतिकारी भारतीय कम्युनिस्ट पार्टी में उनका विचारधारात्मक परिवर्तन एक आकर्षक वृत्तांत है, जिसकी तुलना सिर्फ़ कुछ ही लोगों से हो सकती है जो महाराष्ट्र में आजादीपूर्व युग में कम्युनिस्ट बन गए थे। इस अवधि के दौरान उन दोनों के नेतृत्व में हुए बहुआयामी संघर्ष भी उल्लेखनीय हैं लेकिन उस रिकॉर्ड की कम जानकारी है। इन दोनों दिग्गजों की जिंदगी एक-दूसरे के साथ इतनी गुंथी थी कि उन्हें एक साथ देखना चाहिए।

प्रारंभिक वर्ष

गोदावरी गोखले का जन्म 14 अगस्त 1907 को पुणे में एक संपन्न परिवार में हुआ था। उनके पिता प्रसिद्ध वकील लक्ष्मणराव गोखले भारतीय राष्ट्रीय कांग्रेस के महान भारतीय स्वतंत्रता सेनानी और नरमपंथियों के नेता गोपाल कृष्ण गोखले के चचेरे भाई थे। गोदावरी ने फर्गुसन कॉलेज, पुणे से अर्थशास्त्र और राजनीति में स्नातक किया और उनके समकालीनों में एस.एम. जोशी, एन.जी. गोरे और अच्युतराव पटवर्धन थे, जो सभी बाद में स्वतंत्रता संग्राम और समाजवादी पार्टी के नेता बने। फिर उन्होंने क़ानून का अध्ययन किया और महाराष्ट्र में पहली महिला क़ानून स्नातक बनने की विशिष्टता हासिल की। उनके पिता चाहते थे कि वे उनकी क़ानून की प्रैक्टिस में शामिल हो जाएं, लेकिन ऐसा नहीं होना था।

गोदावरी, जो ब्रिटिश शासन के ख़िलाफ़ छात्र आंदोलन में सक्रिय थीं, स्वतंत्रता संग्राम के प्रति पूर्ण रूप से आकर्षित हुईं और व्यक्तिगत सत्याग्रह में कूद पड़ीं, जिसके लिए उन्हें 1932 में ब्रिटिश शासन ने दोषी ठहराया था। जेल से रिहा होने के बाद उनके पिता, जो एक राजनीतिक नरमपंथी थे, उन पर क्रोधित थे और उन्होंने उन्हें अपनाने से इनकार कर दिया। इस तरह गोदावरी का परिवार से संबंध टूट गया। तब गोदावरी मुंबई आईं, जहाँ उन्होंने 1930 के प्रारंभ में सरवेंट्स ऑफ़ इंडिया सोसाइटी से जुड़कर सामाजिक सेवा की। वे इस संगठन के आजीवन सदस्य के रूप में शामिल होने वाली पहली महिला बनीं।

शामराव परुलेकर का जन्म 2 अक्टूबर 1902 को कर्नाटक के बीजापुर के एक

जमींदार परिवार में हुआ था। उनके पिता विष्णुपंत परुलेकर एक ज़िला न्यायाधीश थे, जिनकी सेवाएं एक शाही परिवार ने मांगी थी, और तब वे अक्कलकोट के दीवान बने। पुणे में अपने स्कूल और कॉलेज की शिक्षा पूरी करने के बाद, शामराव उच्च शिक्षा के लिए मुंबई विश्वविद्यालय में आए। यहाँ उन्होंने प्रथम श्रेणी के साथ दर्शनशास्त्र में परास्नातक की डिग्री प्राप्त की, जो उन दिनों में अत्यंत दुर्लभ उपलब्धि थी। उनके पिता उन्हें क़ानून का अध्ययन करने के लिए इंग्लैंड भेजना चाहते थे, लेकिन शामराव पहले ही आजादी के संघर्ष की राष्ट्रवादी भावना को आत्मसात कर चुके थे।

उन्होंने इंग्लैंड जाने से इनकार कर दिया। इसके बजाय मुंबई में क़ानून की डिग्री हासिल की। और फिर 1920 के दशक के अंत में मामूली वेतन में सरवेंट्स ऑफ़ इंडिया सोसाइटी के एक पूर्णकालिक कार्यकर्ता बन गए। यहाँ उन्होंने निःस्वार्थ सामाजिक सेवा का अपना काम शुरू किया, जिसमें मज़दूर वर्ग को संगठित करना भी शामिल था। घटनाओं के इस चक्र ने उनके पिता अक्कलकोट के दीवान को क्रोधित कर दिया। ऐसा कहा जाता है कि जब उनके पिता ने गुस्से में उन्हें जायदाद से वंचित करने की धमकी दी, तो युवा शामराव ने तुरंत जवाब दिया कि उन्होंने पहले ही कानूनी दस्तावेज़ तैयार कर अपने परिवार की भूमि और संपत्ति के दावे को छोड़ दिया है!

सरवेंट्स ऑफ़ इंडिया सोसाइटी

1905 में गोपाल कृष्ण गोखले ने सरवेंट्स ऑफ़ इंडिया सोसाइटी की स्थापना की थी। यह अपने संस्थापक की तरह एक नरमपंथी लेकिन देशभक्त संगठन था। इसका संविधान कहता है :

> दिल में देश से इतना प्यार भरा होना चाहिए कि इसके आस-पास सभी कुछ छोटा नजर आए। एक ऊंचे दर्जे की देशभक्ति, जो मातृभूमि के लिए बलिदान के हर अवसर को आनंदविभोर कर देती है, एक निर्भीक दिल जो कठिनाई या खतरे को देखकर अपने उद्देश्य से पीछे हटने से इनकार कर देता है, विधाता के उद्देश्य में एक गहरा विश्वास जिसे कोई हिला न सके – इनसे सुसज्जित होकर, कार्यकर्ता को अपने मिशन की शुरुआत करनी चाहिए और अपने देश की सेवा

में स्वयं को समर्पित करने से जो खुशी मिलती है, उसका आदर करना चाहिए।

सोसाइटी के छह उद्देश्यों में से एक को छोड़कर सभी सौम्य और सामान्य प्रकृति के थे। अपवाद था: 'राजनीतिक शिक्षा और आंदोलन के काम का आयोजन करना, इसे सार्वजनिक प्रश्नों के सावधानीपूर्वक अध्ययन पर आधारित करना और आम तौर पर देश के सार्वजनिक जीवन को मजबूत करना।'

उस समय एन.एम. जोशी सोसाइटी की मुंबई शाखा के अध्यक्ष थे, जो एक निहायत ईमानदार और एक प्रसिद्ध ट्रेड यूनियन नेता थे, जो 1927-29 के दौरान और फिर 1940-48 के दौरान एआईटीयूसी के महासचिव रहे थे। राजनीतिक रूप से वे गोखले के अनुयायी थे और इसलिए उदार और नरमपंथी थे। लेकिन उस समय के कई नरमपंथियों के विपरीत, जोशी कम्युनिस्ट विरोधी नहीं थे और आम तौर पर एआईटीयूसी में कम्युनिस्टों और वामपंथी राष्ट्रवादियों के साथ सहयोग करते थे, भले ही उनके विश्वास के कुछ मामलों पर वे उनके साथ असहमत हों। जोशी ने गोदावरी और शामराव को सरवेंट्स ऑफ़ इंडिया सोसाइटी में अपने साथ ले लिया। वे अंत तक उन दोनों के साथ अडिग रूप से खड़े रहे।

मज़दूरों और किसानों के बीच काम की शुरुआत

सरवेंट्स ऑफ़ इंडिया सोसाइटी के तत्वावधान में गोदावरी और शामराव ने पहले मज़दूर वर्ग को संगठित करना शुरू किया और फिर किसानों को। 1930 के दशक में उनकी गतिविधियों में, कम्युनिस्ट पार्टी में शामिल होने से पहले ही, उनकी बढ़ती हुई वर्गीय मनोस्थिति प्रकट हो गई थी। उनके लिए स्वतंत्रता का अर्थ केवल ब्रिटिश राज का अंत नहीं था। इसका मतलब श्रमिकों के लिए आर्थिक, सामाजिक और राजनीतिक न्याय भी था और इसलिए वे बुनियादी वर्गों को संगठित करने में लग गए।

शामराव ने पहले मुंबई के कपड़ा और चमड़ा मज़दूरों के बीच काम किया और फिर ठाणे ज़िले के अंबरनाथ में कार्यकर्ताओं को संगठित करने पर ध्यान केंद्रित किया, जो मुंबई से करीब साठ किलोमीटर दूर था। 1934-38 के दौरान अंबरनाथ

के मज़दूरों की हड़तालें विशेष रूप से बड़ी विमको मैच फैक्ट्री की हड़तालें शामराव के नेतृत्व में कड़ाई से लड़ी और जीती गईं। 1936 में विमको में छह महीने लंबी हड़ताल चली थी, जिसके परिणामस्वरूप मज़दूरों का भारी दमन और बड़े पैमाने पर उत्पीड़न हुआ। लेकिन अनेक उत्पीड़ित मज़दूरों ने, जो खुद किसान परिवारों से थे, कल्याण, मुरबाड और शहापुर की तहसीलों के आसपास के किसानों को संगठित करना शुरू किया। मज़दूर वर्ग के इन संघर्षों के दौरान शामराव को नेशनल ट्रेड यूनियन फेडरेशन का महासचिव और बाद में एआईटीयूसी का संयुक्त सचिव चुना गया।

1937-39 में किसानों ने जमींदारों के उत्पीड़न के ख़िलाफ़ बड़े संघर्ष किए, जिनमें सबसे ज्यादा प्रसिद्ध है जमींदारों द्वारा वस्तु के रूप में अदा किए जाने वाले भारी लगानों के जरिए किसानों को लूटने के लिए नकली तराजू-बाटों के उपयोग के ख़िलाफ़ संघर्ष। संघर्ष सफल रहा और सरकार को आधिकारिक तथा सही तराजू-बाटों को लागू करने के लिए मजबूर किया गया। इस सफलता के साथ किसान आंदोलन फैला और कल्याण व मुरबाड तहसीलों में हजारों लोगों के बड़े सम्मेलन आयोजित किए गए, जहाँ शामराव के नेतृत्व में एक संगठन, जिसका नाम शेतकारी संघ था, का गठन किया गया।

स्वतंत्र लेबर पार्टी, खोटी प्रणाली के ख़िलाफ़ संघर्ष

1930 के मध्य में शामराव डॉ. बाबासाहेब आंबेडकर द्वारा स्थापित इंडिपेंडेंट लेबर पार्टी में शामिल हो गए और कुछ समय के लिए इसके सचिव भी रहे। यह उन्हें जाति-विरोधी संघर्ष में ले गया और उनके बाद के राजनीतिक मतभेदों के बावजूद आंबेडकर के साथ उनके संबंध अंत तक मधुर बने रहे। 1937 में शामराव कोंकण के रत्नागिरी ज़िले से स्वतंत्र लेबर पार्टी के टिकट पर बंबई विधान सभा (गवर्नर-इन-काउंसिल) के लिए चुने गए। उन्होंने मज़दूरों, किसानों, दलितों और उत्पीड़ितों की हिमायत में अपने पैने भाषणों से विधानसभा में अपनी अलग पहचान बनाई।

बंबई विधानसभा में आंबेडकर ने एक विधेयक पेश किया, जिसमें जमींदारों की खोटी व्यवस्था को समाप्त करने की मांग की गई थी, जो तब कोंकण क्षेत्र में व्यापक रूप से प्रचलित थी। इस विधेयक के समर्थन में शामराव ने रत्नागिरी ज़िले से

विधानसभा तक 10,000 से अधिक किसानों की एक बड़ी रैली का आयोजन किया था। इस रैली की उल्लेखनीय विशेषता यह थी कि सभी किसान समुद्र मार्ग से नाव द्वारा मुंबई आए थे। बाद के संघर्षों के परिणामस्वरूप क़ानून द्वारा जमींदारी की खोटी व्यवस्था को समाप्त कर दिया गया।

इस संघर्ष के अन्य नेताओं में से एक आर. बी. मोरे थे, जो आंबेडकर के करीबी सहयोगी और महाड में ऐतिहासिक चवदार झील सत्याग्रह के मुख्य संयोजक थे। वह बाद में कम्युनिस्ट पार्टी में शामिल हो गए और सीपीआई (एम) राज्य साप्ताहिक 'जीवन मार्ग' के संस्थापक और प्रथम संपादक बने। दूसरे नारायण नागू पाटिल थे, जो रायगढ़ ज़िले में शेतकारी कामगार पक्ष (पीडब्ल्यूपी) के संस्थापकों में से एक बने।

जुलाई 1938 में शामराव को जिनेवा में आईएलओ के अंतर्राष्ट्रीय श्रम सम्मेलन के लिए भारतीय मज़दूरों के प्रतिनिधि के रूप में चुना गया, जहाँ उन्होंने भारत में मज़दूर वर्ग की दयनीय परिस्थितियों का विश्लेषण करते हुए एक शानदार भाषण दिया। इस भाषण के कुछ हिस्सों को रजनी पाम दत्त ने अपनी क्लासिक पुस्तक इंडिया टुडे (द्वितीय संस्करण, पृ. 388-89) में उद्धृत किया है।

साक्षरता अभियान, घरेलू मज़दूरों को संगठित करना

गोदावरी ने 1937-38 में बंबई के मज़दूर वर्ग के इलाकों में बड़े पैमाने पर वयस्क साक्षरता अभियान का आयोजन करके सरवेंट्स ऑफ़ इंडिया सोसाइटी में अपनी अलग पहचान बनाई, जो शायद महाराष्ट्र में पहली बार आयोजित साक्षरता अभियान था। यह इतना सफल था कि बंबई प्रांत के कांग्रेसी मुख्यमंत्री बी.जी. खेर ने उन्हें राज्य सरकार द्वारा शुरू किए जाने वाले वयस्क साक्षरता के एक नए विभाग का अध्यक्ष बनाने की पेशकश की। लेकिन इस समय तक गोदावरी पहले से ही अपने विचारों में और अधिक मूलगामी परिवर्तकारी हो गई थीं और इस प्रस्ताव को अस्वीकार करते समय, उन्होंने मुख्यमंत्री से अपनी अनोखी शैली में कहा था कि 'अभी कुछ लोग हैं जो खरीदे नहीं जा सकते हैं'!

गोदावरी ने ट्रेड यूनियन आंदोलन में भी अपनी छाप छोड़ी जब उन्होंने एक नए हिस्से यानी घरेलू श्रमिकों का संगठन किया। सात नवंबर 1938 को उन्होंने 10,000

घरेलू श्रमिकों के एक मजबूत प्रदर्शन का नेतृत्व करके कई लोगों को चकित कर दिया था, जिस दिन मुंबई के मज़दूर वर्ग ने एक ऐतिहासिक हड़ताल के जरिए कांग्रेस के मज़दूर विरोधी काले क़ानून की निंदा की थी। इस हड़ताल का नेतृत्व संयुक्त रूप से कम्युनिस्ट पार्टी और डॉ. आंबेडकर के नेतृत्व में स्वतंत्र लेबर पार्टी ने किया था। 1938-39 में गोदावरी ने ठाणे ज़िले की कल्याण और मुरबाड तहसीलों में किसानों को संगठित करने में मदद की और उनके संघर्षों का नेतृत्व किया।

गोदावरी गोखले और शामराव परुलेकर का विवाह 24 मई 1939 को हुआ था और यह एक उल्लेखनीय राजनीतिक और व्यक्तिगत साझेदारी की शुरुआत थी, जो 25 साल से अधिक समय तक चली।

कम्युनिस्ट पार्टी में शामिल होना और दूसरे विश्व युद्ध की शुरुआत

गोदावरी और शामराव, दोनों को उपरोक्त संघर्षों और अभियानों के माध्यम से जो समृद्ध अनुभव प्राप्त हुए थे, उनसे उनके भीतर गहन विचारधारात्मक मंथन हो रहा था। वे दोनों भारत में सरवेंट्स ऑफ़ इंडिया सोसाइटी और स्वतंत्र लेबर पार्टी की अंतर्निहित सीमाओं को तेजी से समझने लगे थे और यह महसूस करते थे कि ये उस मौलिक सामाजिक परिवर्तन के सही माध्यम नहीं हो सकते हैं, जिसे वे बेहद चाहते थे।

दोनों ही पहले से मार्क्सवाद के अध्ययन की शुरुआत कर चुके थे और उन्होंने अपने वर्ग संघर्ष के अनुभव पर इसे लागू करना शुरू कर दिया था। शामराव खुद दर्शन के एक गंभीर छात्र थे और उन्होंने सभी आदर्शवादी और बुर्जुआ दार्शनिक धाराओं को दृढ़ता से खारिज कर दिया और मार्क्सवादी दर्शन को अपने सच्चे मार्गदर्शक के रूप में स्वीकार कर लिया। यही वह कठोर प्रक्रिया थी जिसने उन्हें अंततः 1938-39 में कम्युनिस्ट पार्टी में शामिल करा दिया। द्वितीय विश्व युद्ध की शुरुआत ने इस प्रक्रिया पर मुहर लगाई और इसके परिणामस्वरूप सरवेंट्स ऑफ़ इंडिया सोसाइटी में भी एक गहरा संकट आया, जिससे वह कभी भी फिर उभर नहीं सकी।

1972 में प्रकाशित एन.एम. जोशी की जीवनी में वी.बी. कार्णिक, युद्ध के परिणामस्वरूप सरवेंट्स ऑफ़ इंडिया सोसाइटी में पैदा हुए संकट को एक पूरा

अध्याय समर्पित करते हैं। वे इसकी उत्पत्ति को 1930 के शुरुआती दिनों में खोजते हुए लिखते हैं :

> उस अवधि में आधे दर्जन नए सदस्यों को सोसाइटी में भर्ती किया गया था। वे युवा थे और सामाजिक, आर्थिक और राजनैतिक क्षेत्रों में एक जुझारू लाइन पर चलना चाहते थे। वे पुराने, नरमपंथी व संवैधानिक रास्ते पर विश्वास नहीं करते थे। वे चाहते थे कि सोसाइटी उस रास्ते को छोड़ दे, समय के साथ आगे बढ़े और देश में विकसित हो रही सामूहिक कार्रवाइयों में भाग ले . . . उनमें सबसे अधिक जुझारू, सक्रिय और ऊर्जावान श्री एस. वी. परुलेकर थे। बाद में वे कम्युनिस्ट पार्टी में शामिल हो गए और उसके बाद वे अधिक जुझारू मार्क्सवादी कम्युनिस्ट पार्टी के सदस्य बने। वे ट्रेड यूनियन और किसान आंदोलन में सक्रिय थे . . . उनके सामाजिक और राजनीतिक विचार सोसाइटी के स्वीकृत विचारों से भिन्न थे . . . कुछ अन्य युवा सदस्य, जैसे कु. गोदावरी गोखले भी, जिन्हें जोशी की सिफारिश पर सोसाइटी के सदस्य के रूप में भर्ती किया गया था और बाद में जिन्होंने परुलेकर से शादी कर ली और वामपंथी कम्युनिस्ट आंदोलन में उनके साथ सक्रिय हो गईं, अपनी गतिविधियों में एक तरह से सोसाइटी की स्थापित परंपरा के अनुरूप नहीं थीं।

इस अध्याय में कार्णिक ने एक दिलचस्प किस्से का जिक्र किया है जो शामराव द्वारा अंबरनाथ में विमको फैक्ट्री के मज़दूरों के सामने दिए गए भाषण से संबंधित है। इस भाषण ने स्थानीय कांग्रेस के नेताओं को इतना क्रोधित कर दिया कि उन्होंने सीधे महात्मा गांधी से शिकायत की। महात्मा गांधी ने एन.एम. जोशी को पत्र लिखकर उस भाषण में वास्तव में शामराव ने जो कहा था उसकी एक रिपोर्ट मांगी। 4 दिसंबर 1938 को जोशी ने महात्मा गांधी को जवाबी पत्र लिखा और यह पत्र किताब में पुनः प्रकाशित किया गया है। उस पत्र में जोशी ने न केवल शमराव का बचाव किया बल्कि कांग्रेस के उन नेताओं पर आक्षेप भी लगाया जिन्होंने महात्मा से शिकायत की थी!

जब एक सितंबर 1939 को द्वितीय विश्व युद्ध शुरू हो गया, तो सरवेंट्स ऑफ़

इंडिया सोसाइटी के भीतर तीन अलग-अलग विचार स्पष्ट रूप से ध्यान के केंद्र में आ गए। पहला, युद्ध के प्रयासों में ब्रिटेन को बिना शर्त समर्थन देने का था, जिसे शीर्ष नेतृत्व, जैसे वी.एस. श्रीनिवास शास्त्री और एच.एन.कुंजरू ने रखा था। दूसरा, सशर्त समर्थन देने का था, जो एन.एम. जोशी और अन्य ने रखा था। और तीसरा, निरंतर विरोध करने का था, जिसे शामराव और गोदावरी परुलेकर और उनके समर्थकों ने रखा था।

तीसरे समूह ने 18 सितंबर 1939 को चुनिंदा लोगों में वितरित किए जाने के लिए एक गोपनीय पत्र लिखा था। परुलेकरों और तीन अन्य लोगों ने इस पर हस्ताक्षर किए थे। शामराव द्वारा लिखा गया पत्र अपनी स्पष्टता में रोशनी फैलाने वाला है। उसमें कहा गया है :

> ब्रिटेन युद्ध में शामिल है। हमारे राष्ट्रीय हित ब्रिटेन के हितों से टकराते हैं . . . हमारे संबंध स्पष्ट रूप से शोषक और शोषित के बीच के हैं। ब्रिटेन को हमारे किसी भी समर्थन का परिणाम शोषकों के हाथों को मजबूत करना होगा। इस तरह के संकट एक राष्ट्र के इतिहास में दुर्लभ होते हैं। इस तरह के संकट का फायदा न उठाना हमारे राष्ट्रीय हितों, जो प्राथमिक महत्व के हैं, के साथ एक गंभीर विश्वासघात होगा। इसलिए, हम सोचते हैं कि युद्ध के प्रति हमारा दृष्टिकोण पूर्ण विरोध का होना चाहिए। इसलिए यह हमारे ऊपर है कि ब्रिटेन को किसी भी तरह की मदद करने की नीति के ख़िलाफ़ लगातार आंदोलन और प्रचार करें। हमारी सहानुभूति पूरी तरह पोलिश लोगों के साथ है, लेकिन हम जितना ब्रिटेन के ख़िलाफ़ हैं, उतना ही हम जर्मनी के हैं।

युद्ध-विरोधी अभियान के लिए ब्रिटिश जेलों में

परुलेकरों ने साम्राज्यवादी युद्ध का विरोध करने वाले पत्रों को सर्कुलेट ही नहीं किया था, वे युद्ध-विरोधी अभियान में सीधे उतर गए। वे विभिन्न स्थानों का दौरा करते हुए और ज़ोरदार भाषण देते हुए ब्रिटिश युद्ध प्रयासों का समझौताहीन विरोध करने की वकालत कर रहे थे। उन्होंने भारत पर ब्रिटिश साम्राज्यवादी शासन के दमन, अन्याय

और शोषण का पर्दाफाश किया। कम्युनिस्ट पार्टी के अन्य नेताओं के साथ उन्होंने 2 अक्टूबर 1939 को मुंबई में मज़दूर वर्ग की विश्व की पहली युद्धविरोधी हड़ताल के आयोजन में मदद की।

3 मार्च 1940 को कपड़ा मज़दूरों की महंगाई भत्ते की बढ़ोतरी के लिए हड़ताल मुंबई में शुरू हुई। एक सप्ताह के भीतर कम्युनिस्ट पार्टी के शीर्ष नेताओं जैसे बी. टी. रणदिवे, एस ए डांगे, एस. एस. मिराजकर और अन्य लोगों को सलाखों के पीछे डाल दिया गया। अगले सप्ताह शामराव और अन्य नेताओं को भी युद्ध विरोधी भाषणों के लिए गिरफ्तार कर लिया गया। तब गोदावरी और अन्य कॉमरेड ही थे जिन पर कपड़ा मज़दूरों की 40 दिवसीय हड़ताल का नेतृत्व करने की ज़िम्मेदारी आ गई, जिसे उन्होंने धैर्य और दृढ़ संकल्प से पूरा किया। इसके तुरंत बाद गोदावरी को भी उनके युद्ध-विरोधी प्रचार के लिए हिरासत में ले लिया गया। ब्रिटिश युद्ध प्रयासों के विरोध के लिए पूरे देश में सैकड़ों अग्रणी कम्युनिस्टों को 1940 से 1942 तक दो वर्षों तक ब्रिटिश जेलों में डाल दिया गया। उनमें परुलेकर दंपती शामिल थे।

1940 में परुलेकरों की गिरफ्तारी के साथ सरवेंट्स ऑफ़ इंडिया सोसाइटी का उदार नेतृत्व भी उन पर टूट पड़ा और सोसाइटी की उनकी सदस्यता समाप्त कर दी गई। जोशी, जो अंत तक उनके साथ खड़े थे, ने भी सोसाइटी के साथ अपना संबंध तोड़ लिया।

इस प्रकार शामराव और गोदावरी के जीवन का एक महत्वपूर्ण अध्याय समाप्त हुआ। लेकिन एक नया, अधिक चुनौतीपूर्ण और सही मायने में ऐतिहासिक अध्याय शुरू होने वाला था।

महाराष्ट्र राज्य किसान सभा की स्थापना

1942 में जेल से रिहा होने के बाद शामराव और गोदावरी ने स्वयं को पूरी तरह से किसानों को संगठित करने के काम में लगाया। इसके लिए उन्होंने अपना पूरा जीवन समर्पित कर दिया। इस निर्णय को बाद के वर्षों में इस लेखक को और कई अन्य लोगों को समझाते हुए, गोदावरी हमेशा एक साधारण सच्चाई पर ज़ोर देती थीं :

हमारे देश में 70 प्रतिशत लोग किसानों से संबंधित हैं। अगर इस विशाल जनता को संघर्ष के अपने अनुभव और ठोस राजनीतिक शिक्षा के माध्यम से किसान सभा और कम्युनिस्ट पार्टी में नहीं लाया जाता है, तो भारतीय क्रांति का हमारा उद्देश्य केवल कागज पर ही रहेगा! हमारे पड़ोसी देश चीन का अनुभव लें। उस देश में सभी कठिनाइयों पर काबू पाते हुए क्रांति क्यों सफल रही, जो हमारे से भी अधिक बड़ा है? मुख्य कारणों में से एक यह है कि माओ त्से तुंग के नेतृत्व में कम्युनिस्ट पार्टी ने क्रांतिकारी संघर्ष में मज़दूर वर्ग के साथ विशाल किसान जनता को उतारा। एक शक्तिशाली और जुझारू किसान सभा के निर्माण के बिना किसानों को राजनीतिक रूप से जागृत करने और उन्हें कम्युनिस्ट पार्टी के प्रभाव में लाए बिना, भारत में एक समाजवादी क्रांति असंभव है!

अखिल भारतीय किसान सभा (एआईकेएस) ने शामराव को महाराष्ट्र में अपने संयोजक के रूप में चुना था। एआईकेएस का गठन 11 अप्रैल 1936 को उसके लखनऊ सम्मेलन में किया गया था। लेकिन इसके बाद कुछ वर्षों तक इसका महाराष्ट्र में कोई आंदोलन या संगठन नहीं था। जेल से 1942 में रिहा होने के बाद परुलेकरों ने यह काम ठीक से शुरू किया। तीन सालों तक वे कई जिलों में गए, किसान संघर्षों को प्रोत्साहन दिया और किसान सभा की स्थापना के लिए भारी प्रयास किए। 1944 में ठाणे ज़िले के कल्याण, मुरबाड और शहापुर तहसीलों में किसान सभा शुरू की गई।

अप्रैल 1943 में पंजाब में भाकना कलां में आयोजित एआईकेएस के सातवें सम्मेलन में, शामराव केन्द्रीय किसान परिषद (सीकेसी) के लिए चुने गए थे। मार्च 1944 में आंध्र प्रदेश के विजयवाड़ा में अपने आठवें सम्मेलन में शामराव को एआईकेएस ने कोषाध्यक्ष चुना। बाद में वे संयुक्त सचिव या उपाध्यक्ष के रूप में एआईकेएस के शीर्ष नेतृत्व में रहे। शामराव और गोदावरी ने पी. सुंदरैया और एम. बसबपुनैया जैसे नेताओं के साथ मुलाकात की, जिनके साथ उन्होंने जीवनभर बहुत निकट संबंध बनाए रखा।

इसके बाद परुलेकरों ने महाराष्ट्र राज्य किसान सभा का पहला सम्मेलन आयोजित करने का निर्णय लिया। गोदावरी ने इस बात को दर्ज किया है कि वह अन्य कार्यकर्ताओं के साथ पैदल 700 से अधिक गांवों में गईं और इस सम्मेलन के लिए

160 सार्वजनिक सभाओं को संबोधित किया। सांस्कृतिक दिग्गजों जैसे अमर शेख, अण्णाभाऊ साठे और डी. एन. गव्हाणकर के नेतृत्व में कम्युनिस्ट पार्टी के लाल बाव्टा कलापताक ने इस सम्मेलन का प्रचार करने के लिए दूर-दूर का दौरा किया। महाराष्ट्र राज्य किसान सभा का स्थापना सम्मेलन बहुत ही अनुकूल राजनीतिक परिस्थिति में 7 जनवरी 1945 को ठाणे ज़िले के टिटवाला में आयोजित किया गया।

द्वितीय विश्व युद्ध का अंत हो रहा था। जोसेफ स्टालिन के नेतृत्व में लाल सेना, कम्युनिस्ट पार्टी और सोवियत संघ की जनता अकल्पनीय अग्नि परीक्षाओं से गुजरने के बाद, हिटलर के नाजी जर्मनी पर एक ऐतिहासिक जीत की कगार पर थी। चीन, वियतनाम और कोरिया अपनी क्रांतियों की दहलीज पर थे। हालांकि ब्रिटिश साम्राज्यवाद विश्व युद्ध में विजेताओं में से था, पर यह बहुत कमज़ोर हो गया था। ऐसी स्थिति में भारतीय स्वतंत्रता संग्राम को बहुत बढ़ावा मिला। जन असंतोष, जिसे युद्ध की स्थिति में ब्रिटिश शासन द्वारा दमित कर दिया गया था, खुले में फूट पड़ा। कम्युनिस्ट पार्टी, एआईटीयूसी और एआईकेएस के नेतृत्व में पूरे देश में बड़े संघर्ष हुए।

किसान सभा के पहले राज्य सम्मेलन में कई जिलों के 7,000 से अधिक ग़रीब और मंझले किसानों और खेत मज़दूरों ने भाग लिया। गोदावरी परुलेकर ने किसान सभा के संक्षिप्त इतिहास पर एक छोटी सी पुस्तिका में लिखा है, जिन शीर्ष नेताओं ने सम्मेलन को संबोधित किया उनमें पी. सुंदरैया, बी. टी. रणदिवे, पी. कृष्ण पिल्लई, एम. ए. रसूल, तेजा सिंह स्वतंत्र और एन. एम. जोशी थे। सम्मेलन में एक 33 सदस्यीय राज्य परिषद का चुनाव हुआ। अहमदनगर ज़िले की अकोले तहसील के बुवा नवले को महाराष्ट्र राज्य किसान सभा का पहला अध्यक्ष, शामराव परुलेकर को पहला महासचिव और गोदावरी परुलेकर को पहली संयुक्त सचिव चुना गया।

वारली आदिवासियों के साथ पहला संपर्क

किसान सभा के पहले राज्य सम्मेलन के लिए प्रचार करने के लिए शामराव ने दिसंबर 1944 में पहली बार ठाणे ज़िले की आदिवासी पट्टी का दौरा किया। इस क्षेत्र में प्रमुख जनजाति को वारली जनजाति के रूप में जाना जाता था। बैठक के लिए

लगभग 300 आदिवासी एकत्रित हुए और शामराव को उन मध्ययुगीन शोषण और अमानवीय अत्याचारों के बारे में बताया गया, जो जमींदारों और साहूकारों द्वारा उन पर वर्षों से किए जा रहे थे। शामराव उस भयानक जमींदारी उत्पीड़न को देखकर सहम गए, जिसे आदिवासी लगभग एक सदी से झेल रहे थे।

शामराव ने उनसे टिटवाला सम्मेलन में प्रतिनिधियों को भेजने के लिए कहा। वे एक शर्त पर सहमत हुए – किसान सभा के कार्यकर्ताओं को उनके संघर्ष में उनकी मदद करने के लिए आना चाहिए। शामराव सहमत हो गए। इस क्षेत्र के पंद्रह जनजातीय प्रतिनिधियों ने टिटवाला सम्मेलन में भाग लिया। ये पंद्रह प्रतिनिधि अपने हजारों आदिवासी भाइयों के साथ थे, जो छह महीने के भीतर एक विद्रोह शुरू करने वाले थे जिसे भारत के किसान आंदोलन के इतिहास में सोने के अक्षरों में लिखा जाना था। सम्मेलन से प्रेरित होकर आदिवासी लाल झंडा अपने साथ वापस लेकर गए और किसान सभा के कार्यकर्ताओं से आने और उनके संघर्षों का नेतृत्व करने की अपील की।

1947 में, जब आदिवासी विद्रोह के पहले चरण में कठिनाई से अर्जित जीत हासिल हुई थी, शामराव परुलेकर ने अंग्रेजी में रिवोल्ट ऑफ़ वारलीज नाम की एक महत्वपूर्ण पुस्तक लिखी थी। इस पुस्तक ने पूरे संघर्ष का, एक प्रगतिशील इतिहासकार के अलग और वस्तुपरक दृष्टिकोण से विश्लेषण किया, हालांकि वह खुद इस संघर्ष के प्रमुख नेताओं में से एक थे।

गोदावरी परुलेकर ने बाद में 1960 के दशक के मध्य में जेल में अपनी मशहूर पुस्तक आदिवासी रिवोल्ट लिखी। यह पहली बार 1970 में जेव्हा माणूस जागा होतो (जब इंसान जाग उठा) शीर्षक के तहत मराठी में प्रकाशित हुई और बाद में इसका अंग्रेजी और कई अन्य भारतीय भाषाओं में अनुवाद किया गया। उनकी किताब में न केवल बहादुरीपूर्ण विद्रोह का वर्णन किया गया है बल्कि इस आंदोलन के कई भावोत्तेजक व्यक्गित अनुभवों को भी शामिल किया गया है, जो केवल आदिवासियों के जीवन के साथ उनकी पूर्ण एकरूपता के कारण ही हो सकता था।

अपनी पुस्तक रिवोल्ट ऑफ़ वारलीज में शामराव परुलेकर ने विद्रोह की पहली हलचल का एक सजीव वर्णन किया है :

(टिटवाला) सम्मेलन ने वारलियों पर एक जादुई प्रभाव डाला। इसने उन्हें प्रेरित किया और बदल दिया। उनमें से एक, झरी के माह्या धांगडा ने, जिसने अपने पूरे जीवन में कुछ शब्दों से ज्यादा कुछ नहीं बोला था, जबरन श्रम के उन्मूलन के प्रस्ताव पर बोलने के लिए स्वयं को पेश किया। बोलते हुए वह कांप रहा था, लेकिन वह दृढ़ संकल्प के साथ बोला। उसकी मनोगत भावनाओं को बाहर आने का एक मार्ग मिल गया था और वे बरस पड़ीं। उसने अपने करुणामय कथन से सम्मेलन को मंत्रमुग्ध कर दिया। निष्कर्ष में उसने गंभीरता से घोषणा की कि वारली भू-दासता का अंत करेंगे और अपने उत्पीड़कों का विरोध करेंगे।

वारलियों ने प्रस्ताव और सम्मेलन के महत्व के बारे में जो समझा, वह बाकी से अलग था। उन्होंने अपनी घोषणा को जबरन श्रम को समाप्त करने के लिए अपने भाई-बंधुओं को दिलाई गई एक गंभीर शपथ के रूप में लिया, जिसका उन्हें किसी भी बलिदान और जोखिम की कीमत पर भी सम्मान करना चाहिए। वारली, जो सम्मेलन से घर लौटे थे, वे, वही वारली नहीं थे, जिन्होंने इसमें भाग लिया था। सम्मेलन ने उन्हें पहचान से परे बदल दिया था। अब वे अपने उत्पीड़कों की उपस्थिति में कांपते नहीं थे, बल्कि उन्होंने उनकी अवज्ञा करना शुरू कर दिया था। उन्होंने अपने साथ कुछ लाल झंडे ले लिए थे, जिनसे सम्मेलन के पंडाल को सजाया गया था। उन्हें लगा कि ये उनके मार्गदर्शक, मित्र और दार्शनिक के रूप में काम करेंगे। उन्होंने अपने दैनिक जीवन के तरीक़े को बदल दिया और गाँव-गाँव मिशनरियों के रूप में गए, वारली किसानों की ग्रुप मीटिंगे कीं और सम्मेलन के संदेश का प्रचार किया। इस संदेश ने वारली किसानों की पूरी आबादी में हड़कंप मचा दिया और इसकी अनुगूंज से पूरा जंगल क्षेत्र गुंजायमान था।

अमानवीय शोषण, अंतहीन यातना

आदिवासी विद्रोह के अगले चरण पर आने से पहले इस क्षेत्र में प्रचलित शोषण, अत्याचार और दमन की घृणित प्रकृति को देखना आवश्यक है। इसके बिना इस

विद्रोह के निर्णायक महत्व को और जो जीत इसने हासिल की है, उसे समझना मुश्किल है।

एक सदी पहले आदिवासी पूरी भूमि के मालिक थे। लेकिन धीरे-धीरे उस पूरी भूमि पर जमींदारों और साहूकारों ने ब्रिटिश शासन के पूरे सहयोग से, कब्जा कर लिया। 1945 तक आदिवासियों के पास कृषि भूमि डहाणू तहसील में सिर्फ़ 6.8 प्रतिशत और उंबरगाँव तहसील में 2.2 प्रतिशत थी, बाकी की सारी कृषि भूमि लुटेरे जमींदारों और साहूकारों के पास थी।

आदिवासियों की भूमि लूटने के बाद जमींदारों ने उन्हें अपना भू-दास बना लिया और क्षेत्र में भू-दास काश्तकारी की शुरुआत की। आदिवासियों से जबरन श्रम लिया गया, जिनको जमींदारों को सभी सेवाएं मुफ्त मुहैया करानी पड़ती थीं। ऋण दासता की व्यवस्था शुरू हुई। ऋण दास की पत्नी भी जमींदार की ग़ुलाम थी और वह नियमित रूप से उसे अपनी रखैल के रूप में इस्तेमाल करता था। भारी लगान और अवैध वसूलियां आम थीं। वन ठेकेदारों और सरकार के वन विभाग द्वारा शोषण और उत्पीड़न निरंतर जारी था। अदालत, पुलिस और प्रशासन पूरी तरह से जमींदारों के नियंत्रण में थे। कहीं कोई निवारण नहीं था। इस सबसे एक ओर लाखों आदिवासी बहुत ग़रीब हो गए और दूसरी ओर मुट्ठी भर जमींदार अकूत धन के मालिक हो गए। नतीजतन, जमींदारों के अत्याचार और उत्पीड़न की कोई सीमा नहीं थी।

आदिवासी रिवोल्ट में, गोदावरी परुलेकर ने इस यातना के कुछ चौंकाने वाले उदाहरण दिए हैं :

> एक दिन रूपजी आम खाने के प्रलोभन को रोक नहीं सका। इस दौरान चौकीदार कहीं से आ गया और उस पर टूट पड़ा। उसने उसे एक ज़ोर का थप्पड़ मारा और घसीटकर जमींदार के सामने ले गया। अपराध के प्रमाण के रूप में आम को साथ ले गया . . . रूपजी को पेड़ से बांध दिया गया और उस पर तब तक कोड़े बरसाए गए जब तक उसकी पीठ का मांस निकल कर बाहर नहीं आ गया। इस पिटाई के कारण वह जानवर की तरह चीखता-चिल्लाता रहा, लेकिन किसी की भी उसकी सहायता के लिए जाने की हिम्मत नहीं हुई . . . एक और आदिवासी को उसके पैर की उंगलियों से एक पेड़ पर लटका दिया गया था और उसके एकदम

नीचे आग जलाकर मिर्च डाली गई थी। जब आग से उठे तीखे धुएं ने उसका दम घोट डाला तो, वे उसकी पीठ पर कोड़े बरसाने लगे . . . उन दिनों में अधिकांश जमींदार और साहूकार अपने घरों के बरामदों में एक कोड़ा तैयार रखा करते थे। ये कोड़े वारलियों के लिए उनकी दासता का ज्वलंत प्रतीक थे।

. . . वारली महिलाओं को भी यातनाओं से बख्शा नहीं गया था। जमींदारों ने अपने काश्तकारों की पत्नियों और अपने ऋण दासों की पत्नियों को अपनी व्यक्तिगत संपत्ति मान लिया था। उनका दृढ़ विश्वास था कि उनके पास इन महिलाओं का, वे जब चाहें, आनंद लेने का आनुवंशिक अधिकार था। उन महिलाओं पर, जो उन लोगों के लिए काम करती थीं, अश्लील टिप्पणी करना, उन्हें छूना, उन्हें चुटकी काटना, उन्हें धक्का देना और उन्हें छेड़ने के लिए अकेले कोनों में ले जाना एक आम बात थी . . . एक महिला गोद में लगभग चार या पांच दिन का बच्चा लिए हुए थी। उसके बच्चे के जन्म के तीन दिन बाद, जमींदार ने उसे काम पर आने का आदेश दिया था। जब वह आने में नाकाम रही, तो उसने उसे मनाकर अपने घर आने के लिए फुसलाया और फिर उसे एक के बाद एक थप्पड़ जड़े, जबकि उसने अपने बच्चे को अपनी गोद में ले रखा था। वह उसे अश्लील गालियां देता रहा और अगले दिन काम पर आने का आदेश दिया। जब वह नहीं पहुंची, तो जमींदार ने उसके पति को पीटा।

. . . खेत में एक हल चलाया जा रहा था। हल में जुते दो बैलों में से एक को मुक्त कर दिया गया और उसकी जगह एक आदिवासी को, जिसका नाम झिपर था, जोत दिया गया और दूसरी ओर जुते बैल के साथ हल चलाने का आदेश दिया गया। थका हुआ झिपर मुश्किल से ही हल खींच सकता था। इसके लिए सजा के रूप में, फोरमैन ने उसे एक पैना मारा जिसके कारण खून निकल आया। फिर भी झिपर ने किसी न किसी तरह हल खींचते हुए खेत के दो चक्कर लगाए। इसके बाद मेहता ने चिल्लाकर कहा, 'क्या तू फिर कामचोरी करेगा?' फिर, दूसरे वारलियों की ओर मुड़कर उसने कहा, 'अच्छी तरह देख लो! यदि तुम ठीक से काम नहीं करोगे तो तुम्हारी भी सजा यही होगी।'

यही झिपर जवलिया था जिसने बाद में आदिवासी विद्रोह में एक जुझारू भूमिका

निभाई थी। कुछ साल पहले उसका सीपीआई (एम) के एक सम्मानित सदस्य के रूप में निधन हो गया। 1995 में तलासरी रैली में उसे हरकिशन सिंह सुरजीत द्वारा सम्मानित किया गया था।

गोदावरी द्वारा दर्ज किए गए दो और उदाहरण हैं जो गुस्से से किसी का भी खून खौला देने के लिए पर्याप्त हैं।

> एक बार पूरा भट्टी-भर कोयला गलती से खराब हो गया था। मालिक इतने गुस्से में था कि उसने एक आदिवासी को उठाया और उसे भट्टी में फेंक दिया। आदिवासी जल कर राख हो गया। जमींदार आदिवासियों को जिंदा जलाने में भी संकोच नहीं करते थे। यह पाशविकता की पराकाष्ठा है।
>
> मुझे एक और घटना के बारे में बताया गया था, जहाँ जानू नामक एक आदिवासी के भाई को जीवित दफ्न कर दिया गया था। जानू के भाई की पत्नी एक सुंदर दिखने वाली महिला थी। एक रात, जब उसका पति दूर था, उसे खींचकर जमींदार के घर ले जाया गया . . . अगले दिन अपनी वापसी पर महिला के पति ने पूरी कहानी सुनी। वह एक जोशीला व्यक्ति था। उसने गाँव के बुजुर्गों, निर्वाचित नेताओं और जनजाति के पंच को एक साथ एकत्रित किया और मामले को लेकर शोर मचाया। जब जमींदार ने इस बारे में सुना, तो वह पति की आंखों के सामने ही पत्नी को खींचकर ले गया। एक ज़ोर का वाद-विवाद हुआ और फिर हिंसक हाथापाई, लेकिन वारली कुछ भी नहीं कर सके। जमींदार ने ज़मीन में एक गड्ढ़ा खुदवाया और उसमें उस वारली को जिंदा दफना दिया। उसके भाई जानू को भयावह नतीजों की धमकी दी गई, अगर उसने अपने भाई की नियति के बारे में एक शब्द भी किसी से कहा तो . . .। जमींदार ने कहा, 'अगर किसी को इसके बारे में पता चला, तो मैं तेरे हाथ और पैर काट दूंगा!' जानू गाँव से भाग गया। उसके भाई की पत्नी ने भी यही किया। गाँव में हरेक को डराकर चुप कर दिया था। फिर भी किसी तरह कहानी सामने आ गई। एक पुलिस जांच का स्वांग चला, फिर मुकदमा चला, जिसमें सिविल सर्जन ने गवाही दी कि जहाँ जानू के भाई को दफ्न किया गया था, वहाँ गड्ढ़े में मौजूद हड्डियां एक जानवर की थीं, न कि इंसान की। जमींदार को बरी कर दिया गया।'

लाल झंडा और मुक्ति का संदेश

इसी तरह आदिवासियों की भयानक परिस्थितियों का वर्णन करते हुए शामराव ने लिखा,

> संक्षेप में यही दुनिया थी जिसमें ये आदिवासी पहाड़ी जनजातियां रहती थीं। वे मानव जाति के इतिहास में ज्ञात सबसे क्रूर उत्पीड़न के बीच में रहते थे। यह एक ऐसी दुनिया थी जिसमें गरीबी, दुःख और निराशा की कोई सीमा नहीं थी। आदिवासी पहाड़ी जनजातियां नैतिक गिरावट के सबसे निचले स्तर पर पहुंच गई थीं। वे जमींदारों के अत्याचार के सामने विनम्रतापूर्वक झुक गए, जिनकी उपस्थिति में वे कांपते थे। वे डरपोक थे और चुप रहकर पीड़ित थे, जिसका यहाँ तक कि जानवर भी विरोध करने का प्रयास करते। इस दुनिया में उनकी मदद करने के लिए कोई भी नहीं था और इसलिए उन्हें पूरी तरह असहायता की भावना ने दबोच लिया था। उन्होंने सोचा कि उनका उद्धार कभी नहीं होगा। 1945 में मुक्ति के अपने संदेश के साथ लाल झंडे ने इस दुनिया में प्रवेश किया।

23 मई 1945 को, उंबरगाँव (अब तलासरी) तहसील के गाँव झरी में 5000 से अधिक आदिवासियों का एक सम्मेलन हुआ, जिसमें से 500 महिलाएं थीं। शामराव और गोदावरी ने इस सम्मेलन को संबोधित किया गया और इसने चार मुख्य और सरल नारों के गिर्द एक समझौताहीन संघर्ष शुरू करने आह्वान किया। ये थे :

- जमींदार की निजी भूमि पर खेती न करो, जब तक कि वह नकद में 12 आना की दैनिक मज़दूरी का भुगतान न करे!
- जमींदार को कोई मुफ्त सेवा प्रदान न करो!
- यदि वह आप पर हमला करता है तो उसका विरोध करो!
- आप सभी एकजुट हो जाओ!

इस प्रकार, एक शताब्दी की भू-दासता, बंधुआ मज़दूरी, ऋण दासता, ऊंचे

लगानों और इन सभी से ऊपर जमींदारों, साहूकारों, सूदखोरों और वन ठेकेदारों के अमानवीय उत्पीड़न और शोषण के ख़िलाफ़ प्रसिद्ध वारली आदिवासी विद्रोह शुरू हुआ। इन शोषकों को बेरहम और दमनकारी राज्य मशीनरी का पूरा समर्थन था, जो लंबे समय तक ब्रिटिश साम्राज्यवाद के हाथों में रही थी। गोदावरी ने इस संघर्ष के अभियान के लिए बड़े पैमाने पर इस क्षेत्र का दौरा किया और उन्होंने आदिवासियों से एक बनकर, उनकी परीक्षाओं और कष्टों, सुखों और दुःखों को साझा करते हुए खुद को आदिवासियों के साथ एकाकार कर लिया।

भू-दास व्यवस्था, जबरन श्रम और 'विवाह दासता' का खात्मा

झरी सम्मेलन और उसके नारों ने उंबरगाँव तहसील की आदिवासी जनता को ऊर्जा प्रदान की और 24 घंटों के भीतर इसका संदेश जंगल के कोने-कोने तक पहुंच गया। शत प्रतिशत एकता की ताकत पर आदिवासियों ने अपनी एक शताब्दी की जंजीरों को तोड़ दिया और सिर्फ़ तीन हफ्तों के भीतर जबरन श्रम (वेठबिगार) को हमेशा लिए समाप्त कर दिया गया। जमींदार और साहूकार इस नव-स्थापित एकता और आदिवासियों की ताकत से भयभीत थे और इसलिए हमले और यातनाएं देना भी अपने आप बंद हो गए।

अगले महीने जून 1945 में मानसून की शुरुआत के साथ उंबरगाँव तहसील के आदिवासियों ने भी भू-दास व्यवस्था को ख़त्म कर दिया। उन्होंने जमींदारों की भूमि को मुफ्त जोतने से इनकार कर दिया और किसान सभा द्वारा निर्धारित दरों पर मज़दूरी की मांग की। अभूतपूर्व तीव्रता के इस विद्रोह के सामने जमींदारों के पास झुकने के सिवाय और कोई विकल्प नहीं था। सितंबर और अक्टूबर 1945 में विद्रोह प्रचंड रूप से पड़ोस की डहाणू तहसील तक फैल गया। यहाँ भी एक विशाल जन उथल-पुथल हुई और जबरन श्रम के साथ-साथ भू-दास व्यवस्था भी ख़त्म हो गई।

लेकिन डहाणू के जुझारू आदिवासी एक कदम आगे और गए। हजारों की संख्या में लामबंद होकर वे चार ग्रुपों में तहसील में हर गाँव और खेडा में गए और हजारों ऋण दासों को उनके सदी-पुराने बंधन से मुक्त करा लिया। इन ऋण दासों को 'विवाह दास' (लग्नगड़ी) कहा जाता था क्योंकि वे अपनी शादी के खर्चों के लिए

उठाए गए ऋण के बदले में जीवन भर जमींदारों के लिए मुफ्त में काम करने के लिए मजबूर कर दिए गए थे। 'विवाह दास' की पत्नी को पहली कुछ रातें जमींदार के साथ बितानी पड़ती थी और उसके बाद ही वह अपने पति के पास जा सकती थी। यह एक घृणित प्रथा थी जिसे आदिवासियों ने अपने एकजुट और दृढ़ संघर्ष के माध्यम से उखाड़ फेंका।

जमींदारों के षडयंत्र के परिणामस्वरूप पहली शहादतें

आदिवासी विद्रोह का पहला चरण शानदार विजय में समाप्त हुआ। दूसरा और अधिक कठिन चरण अक्टूबर 1945 में शुरू हुआ, जब वारली 500 पाउंड घास काटने के लिए 2.50 रुपये की न्यूनतम मज़दूरी की मांग के साथ हड़ताल पर गए और दोनों तहसीलों में हड़ताल पूर्ण हुई। इस बार जमींदारों ने झुकने से इनकार कर दिया। ब्रिटिश पुलिस मशीनरी के साथ मिलीभगत करके एक साजिश रची गई।

1500 वर्ग मील से ज्यादा के इलाके में आदिवासियों को एक झूठा संदेश भेजा गया कि गोदावरी 10 अक्टूबर की रात को तलवाड़ा में एक बैठक को संबोधित करने जा रही हैं, लेकिन जमींदारों ने उन पर हमला करने की योजना बनाई है और इसलिए लाल झंडे ने सभी आदिवासियों को निर्देश दिया है कि वे उनकी रक्षा करने के लिए लाठी और दरांती के साथ वहाँ पहुंचे। यह संदेश हर गाँव में चला गया और आधी रात तक 30,000 आदिवासी किसान तलवाड़ा में इकट्ठा हो गए, जिनमें से कई वहाँ पहुंचने के लिए 50 किमी से अधिक पैदल चलकर आए थे। दूसरी ओर पुलिस को सूचित कर दिया गया कि जमींदारों की हत्या के लिए एक बड़ी सशस्त्र आदिवासी भीड़ इकट्ठी हुई है। विश्वासघाती साजिश ने काम किया। ब्रिटिश शासन द्वारा फायरिंग इसकी परिणति थी।

शामराव मार्मिक तरीक़े से बताते हैं कि क्या हुआ था :

> सशस्त्र पुलिस 10 अक्टूबर को मध्यरात्रि में सभा स्थल पर पहुंची और चलती मोटर वैन की छत से वारलियों की शांतिपूर्ण सभा पर फायरिंग शुरू कर दी। सभा बिखरी नहीं, हालांकि गोलीबारी में उनमें से एक की मौत हो गई थी और

कुछ घायल हो गए थे। पुलिस 11 अक्टूबर को अपराह्न 3 बजे तक चलती हुई वैन से रुक-रुक कर अंधाधुंध और सभी दिशाओं में फायरिंग करती रही। उन्होंने एक ही जगह और एक ही सभा पर 15 घंटे के अंतराल के दौरान तीन बार गोली चलाईं। फायरिंग में पांच वारली मारे गए। घायलों की संख्या बहुत थी। घायल लोगों में 12 साल की उम्र का एक लड़का भी था। फिर भी सभा ने बिखरने से इनकार कर दिया।

यह घटना वारलियों द्वारा मृत्यु की दुस्साहसिक अवज्ञा, लाल झंडे के प्रति उनकी निष्ठा और उनमें दुर्लभ साहस के जन्म का एक रोमांचक प्रदर्शन थी। 15 घंटों तक उन्होंने गोलियों की बौछार की अवहेलना की थी, जो समय-समय पर उन पर चलाई गई थीं। फायरिंग उन्हें उस जगह से हटाने में विफल रही और यह अनुमान लगाना मुश्किल था कि वे कितने समय तक बने रहेंगे, यदि किसान सभा का कार्यकर्ता 11 अक्टूबर को शाम 3 बजे वहाँ नहीं पहुंचता और सभा को विसर्जित न करता।

15 घंटों तक उन्होंने लाल झंडे को सुरक्षित रखा था, जिसे उन्होंने अपने शरीर से रक्षा करके फहराया था। जब पुलिस वैन मौके से गुजरती थी और पुलिस गोली चलाती थी, वे लाल झंडे के चारों ओर इकट्ठा हो जाते थे। उन्होंने सोचा कि पुलिस लाल झंडे को शूट करने के लिए निशाना साध रही है और उन्होंने अपने जीवन की कीमत पर इसे बचाने को अपना पवित्र कर्तव्य माना। गोलीबारी मीटिंग को तितर-बितर करने में सफल नहीं हो सकी और न ही सफल हो सकती थी। विसर्जित होने के लिए लाल झंडे से इस उद्देश्य के लिए एक शब्द की ज़रूरत थी . . . वे लाल झंडे की अनुमति के बिना विसर्जित होने की बजाए जीवन में कोई भी कीमत चुकाने के लिए तैयार थे।

अपने वर्ग शत्रुओं के ख़िलाफ़ गहरी घृणा और तीव्र क्रोध से भरा अपना हृदय लेकर आदिवासी वहाँ से चले गए। लेकिन उन्होंने अपनी पूरी ताकत से संघर्ष जारी रखने की कसम खाई। 10 अक्टूबर की गोलीबारी के बाद सरकार ने खुलकर आतंक का शासन चलाया। हजारों आदिवासियों को सलाखों के पीछे डाला गया, पीटा गया और यातनाएं दी गईं। उनकी पत्नियों के साथ बलात्कार की धमकी दी गई। पूरे इलाके

में दो महीने तक सभा के अधिकार पर प्रतिबंध लगा दिया गया। शामराव, गोदावरी और अन्य प्रमुख कॉमरेडों को इस क्षेत्र से बाहर निकाल दिया गया।

लेकिन इस सारे दमन के बावजूद हड़ताल बिना रुके चलती रही। अंत में जमींदार उचित मज़दूरी की मांग को स्वीकार करने के लिए मजबूर हुए। आदिवासी विद्रोह के दूसरे चरण को, क्रूर शासकीय दमन और पुलिस गोलीबारी का सामना करते हुए जीत हासिल हुई थी। लेनिन की पुण्यतिथि पर 21 जनवरी 1946 को महालक्ष्मी में एक विशाल विजय रैली आयोजित की गई। पुलिस और जमींदारों के दमन का सामना करते हुए मिली जीत की ऐतिहासिक प्रकृति ने आदिवासियों को काफी प्रभावित किया था। वे अपनी एकता की जबर्दस्त ताकत के बारे में जान गए थे। अब किसान सभा ने अगला प्रश्न उठाया – लगान का प्रश्न। उसने लगान में कटौती और जमींदारों द्वारा सभी जबरन वसूलियों पर प्रतिबंध लगाने के लिए कई जायज मांगों को उठाया। इन मांगों को भी स्वीकार किया जाना चाहिए था।

महालक्ष्मी रैली ने कम्युनिस्ट पार्टी के संघर्ष कोष के लिए प्रत्येक परिवार से एक रुपया के संग्रह के लिए भी आह्वान किया। सभी ने उत्साहपूर्वक साथ दिया और लाल झंडे के लोगों के लिए नियमित फंड संग्रह की परंपरा शुरू हुई।

ठाणे ज़िले में आदिवासी विद्रोह के पहले शहीदों का खून 10 अक्टूबर 1945 को बहाया गया था। जेठ्या गांगड और चार अन्य को ब्रिटिश राज ने गोलियों से भून दिया था। इसके बाद उत्तरोत्तर कांग्रेस सरकारों ने भी कई बार पुलिस गोलीबारी का सहारा लिया। शिवसेना-बीजेपी राज्य सरकार ने 1997 में इसका अनुकरण किया और उसकी पुलिस ने लक्ष्या बीज और बाबू खरपड़े की गोली मारकर हत्या कर दी। 2012 में इस क्षेत्र की पहली महिला शहीद, मथी ओझरे, जब रात में अपने घर लौट रहीं थीं, भाजपा के गुंडों ने उनके सिर पर पत्थर मार-मार कर केवल इसलिए उनकी हत्या कर दी कि उन्होंने ज़िला परिषद/पंचायत समिति में सीपीआई (एम) के लिए अथक चुनाव अभियान चलाया था। ठाणे ज़िले में अब तक लाल झंडे के 60 ऐसे शहीद हुए हैं। नियमित रूप से हर साल 10 अक्टूबर को उनकी स्मृति को ताजा करने, उन्हें श्रद्धांजलि देने और उनके संघर्ष को आगे बढ़ाने की शपथ लेने के लिए शहीद दिवस मनाया जाता है।

कांग्रेस प्रशासन ने दमन के लिए ब्रिटिश सेना को बुलाया

नौ महीने बाद एक और बड़ा संघर्ष अक्टूबर 1946 में घास कटाई और जंगल में काम की बढ़ी हुई मजदूरी के लिए शुरू हुआ। मांगें मान ली गईं और 10 नवंबर 1946 को जमींदारों के साथ समझौता किया गया। असल में इस मामले का यहीं अंत हो जाना चाहिए था। लेकिन बिना किसी कारण के कांग्रेस शासन ने 14 नवंबर को पूरे आदिवासी इलाके में एक आपातकाल की घोषणा कर दी। 21 नवंबर को शामराव और गोदावरी को ठाणे ज़िले से बाहर निकाल दिया गया और 200 से अधिक प्रमुख आदिवासी कार्यकर्ताओं को तुरंत गिरफ्तार कर लिया गया। 'गुंडा एक्ट' लगाया गया। बर्बर दमन चक्र चलाया गया।

लेकिन इस बार यह ब्रिटिश सरकार नहीं थी, बल्कि अपराधी थी मुख्यमंत्री बी. जी. खेर और गृह मंत्री मोरारजी देसाई के नेतृत्व वाली अंतरिम कांग्रेस सरकार। उन्होंने भी आदिवासी विद्रोह को खून में डुबोने की कोशिश की। अपने सच्चे वर्गीय रंग को प्रदर्शित करते हुए, कांग्रेस सरकार ने 13 दिसंबर 1946 को जारी एक घोर कम्युनिस्ट विरोधी प्रेस विज्ञप्ति में आरोप लगाया कि आदिवासी विद्रोह 'उन लोगों की अवांछनीय गतिविधियों की परिणति है जिन्होंने राजनीतिक बदलाव लाने यानी भारत में एक कम्युनिस्ट राज्य की स्थापना करने के लिए हिंसा की वकालत की थी।' मोरारजी देसाई ने एक प्रेस कॉन्फ्रेंस में घोषणा की कि 'कम्युनिस्टों के साथ संपन्न किसी समझौते में उनकी कोई रुचि नहीं है। ऐसी किसी भी चीज को सहन नहीं किया जाएगा जो कम्युनिस्टों की उनके विनाशकारी गतिविधियों में मदद करती हो।' इस आतंक राज के उत्तर में 20,000 से ज्यादा आदिवासियों ने उंबरगाँव, डहाणू और पालघर तहसीलों में काम बंद कर दिया।

नया अंतरिम कांग्रेस शासन अब आदिवासी किसानों को कुचलने के लिए ब्रिटिश सेना को भेजने की हद तक चला गया। लेकिन जनता के भारी जनमत ने बेहद शोषित, निरस्त्र आदिवासियों के ख़िलाफ़, जो सिर्फ़ अपनी पूरी तरह से जायज मांगों के लिए संघर्ष कर रहे थे, सरकार और उसकी अनुचित कार्रवाई की निंदा की। राष्ट्रवादी प्रेस के हिस्सों ने भी सरकार को आड़े हाथों लिया। कम्युनिस्ट पार्टी और मुंबई तथा ठाणे जिलों के मज़दूर वर्ग ने, सरकार को आदिवासी किसानों को कुचलने के लिए ब्रिटिश

सेना को भेजने से बाज आने की चेतावनी दी और सेना भेजे जाने की स्थिति में एक आम हड़ताल शुरू करने की चेतावनी दी। यह मज़दूर-किसान एकता का एक उत्कृष्ट उदाहरण था।

इससे कुछ महीने पहले ही फरवरी 1946 में कम्युनिस्ट पार्टी के नेतृत्व में मुंबई का श्रमिक वर्ग भारतीय ब्रिटिश नौसेना के ऐतिहासिक विद्रोह के समर्थन में हजारों की संख्या में सड़कों पर आ गया था। घृणित ब्रिटिश शासन द्वारा किए गए अभूतपूर्व दमन में सैकड़ों मज़दूर मारे गए थे। कम्युनिस्ट पार्टी की एक युवा महिला साथी कमल दोंदे, बड़े पैमाने पर की गई पुलिस गोलीबारी में मारे गए लोगों में से एक थीं।

हालांकि सेना पहले ही कल्याण पहुंच चुकी थी, सरकार को सिर्फ़ चार दिनों के भीतर इसे आदिवासी पट्टी में भेज देने के अपने फैसले को बदलना पड़ा! सरकार ने फिर एक और चाल चलने की कोशिश की। इस विद्रोह को दबाने के लिए कुख्यात ब्रिटिश पुलिस अधिकारी मूर गिल्बर्ट को बुलाया गया। मूर गिल्बर्ट ने क्रांतिसिंह नाना पाटिल के नेतृत्व में सातारा ज़िले में 1943-46 के दौरान कायम हुई समानांतर सरकार को कुचलने की कोशिश करते हुए बहुत ही क्रूर भूमिका निभाई थी। इसके कारण एक बार फिर जनता के बीच बहुत शोर हुआ और सरकार को उसे तीन दिनों के भीतर वापस बुलाना पड़ा!

अंत में सरकार ने एक हजार सशस्त्र पुलिस के दल को भेजा। पुलिस क्रूरता और जमींदारों के दमन ने नई गहराइयों को छू लिया। विद्रोह के इस तीसरे चरण में हजारों आदिवासियों को जेल भेजा गया। सैकड़ों को यातनाएं दी गईं। उनकी महिलाओं के साथ ज़ोर-जबर्दस्ती की गईं। नानिवली और अन्य स्थानों पर पुलिस की गोलीबारी में कई और आदिवासी शहीद हुए।

कांग्रेस प्रशासन द्वारा कम्युनिस्ट विरोध का यह नग्न प्रदर्शन जमींदारों और साहूकारों के लिए उसके पूर्ण समर्थन का एक स्वाभाविक परिणाम था। इस प्रकार आजादी प्राप्त होने से पहले ही कांग्रेस अपने सच्चे रंगों में शोषक वर्गों के राजनीतिक एजेंट के रूप में, जो कि जल्द ही भारत पर शासन करने वाले थे, सामने आ गई थी। आज के दौर में बीजेपी ने भी उसी रास्ते को चुना है।

लेकिन अब आदिवासियों ने, जिन्होंने तब तक संघर्ष में अनुकरणीय संयम दिखाया था, आत्मरक्षा में और ताकत के साथ पलटवार किया। उन्होंने जमींदारों

और साहूकारों के महलनुमा फार्म-हाउसों को जलाने का एक अभियान छेड़ा। ये उनके अपमान के प्रतीक थे, जिन स्थानों पर उन्हें यातनाएं दी गई थीं। जहाँ उनकी महिलाओं के साथ एक सदी से ज्यादा से बलात्कार होता आया था। अपने दिलों की असमाप्य नफरत के साथ उन्होंने इन आवासों को खाक कर दिया।

इसके साथ ही बढ़ते शासकीय दमन का विरोध करने के लिए हजारों आदिवासी युवाओं ने जुझारू टीमें गठित कीं, जो गाँव-गाँव गईं ताकि अपनी जनता का मनोबल बढ़ाया जा सके और उन्हें कठिनाइयों का सामना करने के लिए साहस दिया जा सके। आदिवासी पट्टी में वर्ग चेतना पर आधारित एक नई जागृति पैदा हुई थी। यह किसान सभा और कम्युनिस्ट पार्टी का ही योगदान था, जिन्होंने जनता को उनके संघर्षों में और भी आगे बढ़ाया।

सरकार और जमींदारों को पूरी तरह हराया गया। 5 अप्रैल 1947 को मुख्यमंत्री को आदिवासियों से सुलह-समझौते की नीति घोषित करनी पड़ी और अपनी नेकनीयती के सबूत के तौर पर सभी दमनकारी कदमों को वापस लेना पड़ा। संघर्ष की फौरी मांगों को, जिनमें न्यूनतम मज़दूरी व अन्य मांगें भी शामिल थीं, स्वीकार कर लिया गया।

बाद के संघर्षों के परिणामस्वरूप भूमि के स्वामित्व से संबंधित कई दीर्घकालीन मांगों को स्वीकार किया गया और 1957 में काश्तकारी क़ानून तथा दूसरे भूमि क़ानून लाए गए। हजारों एकड़ भूमि को आदिवासियों के नाम में चढ़ाया गया, जो उसे पीढ़ियों से जोत रहे थे। यह बाद के वर्षों में आदिवासी संघर्ष की एक और ऐतिहासिक जीत थी।

विद्रोह की एक उल्लेखनीय विशेषता

आदिवासी विद्रोह की एक उल्लेखनीय विशेषता यह थी कि शामराव और गोदावरी परुलेकर, दोनों को 21 नवंबर 1946 से 14 जनवरी 1953 तक, पूरे संघर्ष के दौरान ठाणे ज़िले में खुले तौर पर पैर रखने की अनुमति नहीं थी। 1946-48 में वे निर्वासित रहे, 1948-51 में भूमिगत थे और 1951-53 में उन्हें हिरासत में रखा गया था।

फिर भी 1945-46 में उन्होंने संघर्ष को ऐसी स्पष्ट दिशा दी थी व ऐसी दृढ़ नींव

डाली थी, इस छोटी सी अवधि में कम्युनिस्ट पार्टी और किसान सभा का इतना मजबूत आधार निर्मित किया था और इस संघर्ष की भट्ठी में स्वयं आदिवासियों के बीच तैयार हुआ नेतृत्व इतना मजबूत था कि उनकी शारीरिक अनुपस्थिति के बावजूद आदिवासी विद्रोह निरंतर जारी रहा। गोदावरी अपनी वापसी के बारे में मार्मिक रूप से लिखती हैं :

> हम फरवरी 1953 में ही ठाणे लौट पाए। महालक्ष्मी में हजारों वारली हमारे वापस आने का स्वागत करने के लिए इकट्ठे हुए थे। हम उनके प्यार, वफादारी और उत्साह के उनके प्रदर्शन से प्रभावित थे। मुझे आश्चर्य था कि क्या हम वास्तव में इसके हकदार थे। यह परुलेकर की आदत थी कि जब भी वे अधिक भावुक होते थे तो मौन हो जाते थे। उन्होंने ऐसा ही किया, कुछ मिनटों तक एकदम शांत बैठे रहे। फिर उन्होंने कहा, इन उमड़ते लोगों के बीच आप और मैं कितने बौने व्यक्ति हैं! ये कैसे समर्पित, प्यारे और जीवन से भरे हैं। यह उनकी अपनी ताकत थी जिसने दासता की जंजीरों को काटने में उनकी मदद की। हमने तो केवल उत्प्रेरक का काम किया है।

यह विनम्रता ही सच्ची महानता की पहचान है।

बहुविध उपलब्धियां, समृद्ध विरासत

यही सबसे उपयुक्त होगा कि आदिवासी विद्रोह के बहुविध लाभों और समृद्ध विरासत को स्वयं इस संघर्ष के नेताओं के शब्दों में अभिव्यक्त किया जाए। शामराव परुलेकर लिखते हैं :

> एक संक्षिप्त अवधि के भीतर संघर्ष ने यादगार जीतें हासिल कीं। भू-दास व्यवस्था जड़-मूल से उखाड़ फेंकी। जबरन श्रम ख़त्म कर दिया। ऋण दास मुक्त किए। उनकी महिलाओं को बचा लिया गया। हमले और यातनाएं बंद किए गए। आंदोलन ने वारली की समझ और सरल बुद्धि को तेज कर दिया। यह उनकी पांतों से उठाकर ऐसे लोगों को सामने ले आया जो पहल कर सकते थे

और उसका नेतृत्व कर सकते थे . . . कड़वे संघर्ष के अनुभव ने, जिससे होकर वारली को गुजरना पड़ा था, उसे तेजी से बदल दिया। उसका परिवर्तन इतना मूलगामी रहा कि वह एक नया इंसान बन गया। बचपन से सीधे उसने परिपक्वता में कदम रखा।

गोदावरी परुलेकर कहती हैं :

इस संघर्ष में आदिवासी साहस की शानदार ऊंचाइयों तक पहुंचे, जबकि सरकार, जमींदार और साहूकार अपने दमन के राज में अमानवीयता की गहराइयों में डूब गए। जो लोग असीमित शक्तियों और धन के साथ संघर्ष के मैदान में उतरे और सशस्त्र पुलिस और गुंडों से सहायता ली, उन्हें अधनंगे, अधभूखे पुरुषों और महिलाओं के सामने धूल चाटनी पड़ी, जिनके एकमात्र हथियार आत्म-बलिदान की क्षमता और अभेद्य एकता और पूर्ण समर्पण थे। इस संघर्ष से एक वर्ग चेतन किसान पैदा हुआ।

. . . महाराष्ट्र में किसानों को दी गई कुछ रियायतों के लिए सम्मान और श्रेय, बड़े पैमाने पर वारली और उनके संघर्ष को जाना चाहिए। न्यूनतम मज़दूरी क़ानून, मज़दूरी में वृद्धि, काश्तकारी क़ानून, काश्तकारों से वसूले जाने वाले लगानों में कमी – ये कुछ रियायतें हैं जो महाराष्ट्र में अन्य किसानों को भी कानूनी रूप से दी गई हैं। लेकिन उन किसानों के बीच संगठन की कमी के कारण ये रियायतें सिर्फ़ कागज पर किए गए वायदे ही बनी रही हैं। आदिवासियों को केवल तभी महसूस होगा कि उनका संघर्ष वास्तव में सार्थक रहा है, जब महाराष्ट्र के किसान अपने जुझारू संगठन का निर्माण करेंगे और अपनी एकता की ताकत पर आगे बढ़ने के लिए तैयार हो जाएंगे। केवल तभी वे एक वांछित लक्ष्य तक पहुंचने का वास्तविक आनंद उठा सकेंगे।

. . . वारली में मुख्य परिवर्तन एक मानव के रूप में अपने गौरव और आत्म-चेतना की जागृति है। उसके तरीक़े और चाल-ढ़ाल, एक संगठन के सदस्य के रूप में उसकी ताकत के बोध से प्राप्त हुए और उसके आत्मविश्वास को दर्शाते हैं। उसने अपने डर और हीन मनोदशा को छोड़ दिया है। वह महत्वाकांक्षी बन गया

है। उसमें दुनिया की राजनीति को समझने की इच्छा समा गई है। आदिवासी, जो अन्याय के ख़िलाफ़ मजबूती से खड़ा रहा है, वहीं नहीं रुकेगा जहाँ वह है। वह आगे बढ़ेगा। उसे वर्षों से अच्छी तरह तैयार किया गया है और विशेष रूप से संघर्ष के दौरान, और यही तैयारी है, यही परिपक्वता है, जो हमारे लिए और उसके लिए, वास्तविक उपलब्धि है।

महाराष्ट्र राज्य किसान सभा और वारली आदिवासी विद्रोह की नींव निस्संदेह शामराव और गोदावरी द्वारा आजादी-पूर्व के युग में चलाए गए साम्राज्यवाद विरोधी और सामंतवाद विरोधी संघर्ष की परिणति थी। लेकिन उनके बाद के वर्ष भी कोई कम महत्वपूर्ण नहीं थे और उनके समृद्ध जीवन की तस्वीर को पूरा करने के लिए उनका संक्षेप में वर्णन किया जा सकता है।

स्वतंत्रता, दमन और चुनाव

15 अगस्त 1947 को भारत आखिरकार आजाद हुआ। लेकिन उस दिन ठाणे ज़िले के 600 से अधिक आदिवासियों ने भोर में कांग्रेस की जेलों में आंखें खोलीं, जैसा कि पूरे देश में हजारों कम्युनिस्टों ने किया। उनमें से सबसे प्रमुख, निश्चित रूप से भारत की जनता और किसानों के एक महान नेता ए. के. गोपालन थे।

1948-51 में कम्युनिस्टों के ख़िलाफ़ दमन का एक और दौर चला, जो फरवरी 1948 में कोलकाता में दूसरी पार्टी कांग्रेस के बाद छेड़ा गया था। तेलंगाना, तेभागा और अन्य किसान संघर्ष तब भी हजारों जुझारू कार्यकर्ताओं को लामबंद कर रहे थे। शामराव और गोदावरी इस अवधि के दौरान भूमिगत रहे और शामराव ने इस मुश्किल अवधि के दौरान पार्टी के महाराष्ट्र राज्य सचिव की ज़िम्मेदारी निभाई।

1951-52 में जब पहली बार आम चुनाव हुए, तब परुलेकर जेल में ही थे। लोकसभा में कम्युनिस्ट पार्टी मुख्य विपक्षी पार्टी बन गई थी। अंतःपार्टी संघर्ष शुरू हो गया था और डांगे ने शामराव और गोदावरी को पार्टी टिकट देने से इनकार कर दिया था। लेकिन रणदिवे और सुंदरैया की सलाह से दोनों ने विधानसभा चुनाव जेल से लड़े। वे कम वोटों से हारे, मुख्य रूप से इसलिए क्योंकि हजारों अशिक्षित आदिवासियों के

वोटों को अवैध घोषित कर दिया गया था। हालांकि कांग्रेस के उम्मीदवार चुने गए लेकिन लाल झंडे ने अपना शौर्य दिखाया।

1950 के दशक के शक्तिशाली संघर्ष

1950 के दशक में आदिवासी संघर्ष व्यापक होने और गहराने लगा था, जिसमें भूमि स्वामित्व और वन भूखंड जैसे नए और महत्वपूर्ण मुद्दे शामिल थे। ठाणे ज़िले में पार्टी और किसान सभा का एक साथ सुदृढ़ीकरण और विस्तार शुरू किया गया। शामराव और गोदावरी ने हमेशा आदिवासी साथियों की राजनीतिक शिक्षा पर बहुत ध्यान दिया, जिनमें से ज्यादातर उस समय तक पूरी तरह निरक्षर थे। नियमित राजनीतिक कक्षाएं आयोजित की गईं, जहाँ प्राथमिक अवधारणाओं को सरल तरीक़े से समझाया गया। मार्क्सवाद का सार और कम्युनिस्ट पार्टी के सिद्धांतों को पढ़ाया गया। गोदावरी ने इस पहलू पर अपनी पुस्तक में एक पूरा अध्याय लिखा है जो इसे बहुत ही दिलचस्प बनाता है।

कम्युनिस्ट पार्टी के सशस्त्र नेतृत्व के तहत 24 जुलाई से 3 अगस्त 1954 तक पुर्तगाली शासन से दादरा और नगरहवेली के बड़े हिस्से की मुक्ति, एक और महत्वपूर्ण घटना थी। यह संघर्ष सीधे शामराव और गोदावरी के नेतृत्व में लड़ा गया था। एल. बी. धनगर, रूपजी कडू और हजारों आदिवासी साथियों ने इस मुक्ति संग्राम में भाग लिया।

सरकार के हर तरह के दमन और बाधाओं का बहादुरी से सामना करते हुए 19-22 मई 1955 को डहाणू में तेरहवें अखिल भारतीय किसान सभा (एआईकेएस) सम्मेलन का आयोजन एक और महत्वपूर्ण घटना थी, जिसने आंदोलन को मजबूत करने में मदद दी। एआईकेएस के बड़े नेता, जैसे पी. सुंदरैया, ए.के. गोपालन, ई.एम. एस. नंबूदिरीपाद, हरे कृष्ण कोनार, एन प्रसाद राव, एम अब्दुल्ला रसूल, बंकिम मुखर्जी, हरकिशन सिंह सुरजीत और अन्य सम्मेलन में उपस्थित थे। इसके बाद एक विशाल रैली आयोजित की गई। इस सम्मेलन के आयोजन के पीछे शामराव और गोदावरी की मूल भावना थी। 1940 के दशक के मध्य में ब्रिटिश शासन के ख़िलाफ़ सातारा में तीन वर्षीय समानांतर सरकार (प्रति सरकार) की अगुआई करने वाले एक

और महान नेता क्रांतिसिंह नाना पाटील को इस सम्मेलन में एआईकेएस का राष्ट्रीय अध्यक्ष चुना गया।

भाषाई राज्यों के गठन के लिए लोकतांत्रिक संघर्ष के हिस्से के रूप में संयुक्त महाराष्ट्र की मांग के लिए बड़े आंदोलन ने 1956 से 1960 तक राज्य को हिलाकर रख दिया। इस संघर्ष के दौरान मुंबई में और अन्य जगहों पर पुलिस गोलीबारी में 106 अभूतपूर्व शहीदों की मौत हुई। आंदोलन पूरे राज्य में फैल गया और ठाणे ज़िला इसका अपवाद नहीं था। पार्टी द्वारा शिरगाँव में संयुक्त महाराष्ट्र के लिए एक बड़ा सम्मेलन आयोजित किया गया। 1,200 से अधिक आदिवासी कॉमरेडों को गिरफ्तार कर लिया गया और उनमें से कई को यातनाएं दी गईं। यह इसी आंदोलन का परिणाम था कि एक मार्च 1960 को उंबरगाँव तहसील के कई मराठी बोलने वाले गांवों को महाराष्ट्र के नए बने राज्य में शामिल किया गया। इस तरह तलासरी नयी तहसील बन गई, जो ठाणे ज़िला में लंबे समय से पार्टी का सबसे मजबूत आधार है।

यह इसी आंदोलन के कारण था कि कई कम्युनिस्ट और समाजवादी 1957 के चुनाव में संसद और विधानसभा के लिए चुने गए थे। शामराव परुलेकर ठाणे ज़िले के सामान्य विधानसभा क्षेत्र से लोकसभा के लिए चुने गये और अगले पांच वर्षों में उन्होंने मज़दूर वर्ग के एक निडर चैंपियन के रूप में संसद में अपनी छाप छोड़ी। इसी तरह एक आदिवासी कॉमरेड लक्ष्मण मातेरा भी ठाणे ज़िले के आदिवासी आरक्षित निर्वाचन क्षेत्र से लोकसभा के लिए चुने गए।

1958 में महाराष्ट्र में भूमि के लिए एक बड़ा संयुक्त राज्यव्यापी संघर्ष शुरू किया गया। इस संघर्ष का एक महत्वपूर्ण पहलू डॉ. बाबासाहेब आंबेडकर के असली अनुयायियों में से एक कर्मवीर दादासाहेब गायकवाड़ के नेतृत्व में रिपब्लिकन पार्टी के नीले झंडे और शामराव, गोदावरी, नाना पाटिल, आर. बी. मोरे और अन्य के नेतृत्व में कम्युनिस्ट पार्टी के लाल झंडे का एक साथ आना था। हजारों दलितों, आदिवासियों और भूमिहीनों ने सत्याग्रहों में भाग लिया और जेलें भरीं। सरकार रियायतें देने के लिए मजबूर हो गई।

1960 में शामराव और गोदावरी की अगुआई में किसान सभा ने जंगल के भूखंडों को उन आदिवासियों के नाम करने की ज़रूरी मांग को उठाया, जो दशकों से वहाँ खेती कर रहे थे। संघर्ष के परिणामस्वरूप हजारों एकड़ ज़मीन आदिवासियों के

नाम की गई जब तक कि 1980 के दशक में कड़े वन संरक्षण क़ानून ने इस पूरी प्रक्रिया को रोक नहीं दिया। तभी से सीपीआई (एम), एआईकेएस और एआईएडब्ल्यूयू ने इस मांग पर ज़ोर डालने के लिए महाराष्ट्र के कई जिलों में आदिवासियों के बड़े संघर्षों का नेतृत्व किया है। दिसंबर 2006 में संसद द्वारा पारित वन अधिकार अधिनियम (एफआरए) आशा की किरण था, लेकिन इसके कार्यान्वयन में कई खामियां हैं। हाल के वर्षों में एआईकेएस ने इसके लिए महाराष्ट्र में सफलतापूर्वक संघर्ष किए हैं।

पार्टी का आंतरिक संघर्ष

1950 के दशक के आखिर में और 1960 के दशक की शुरुआत में सीपीआई में आंतरिक संघर्ष गहरे हो रहे थे। लेकिन इससे पहले ही ठाणे ज़िले में पार्टी और आंदोलन डांगे नेतृत्व की संशोधनवादी नीतियों का लगातार शिकार होने लगे थे। यह 1954 में आदिवासी साथियों की पार्टी सदस्यता की वास्तविकता को जांचने के लिए आयोग की नियुक्ति की सीमा तक चला गया था। इस आयोग में शामराव परुलेकर, कृष्णा खोपकर और रमाकांत गुप्ते शामिल थे और ठाणे ज़िले में आदिवासी पार्टी के सदस्यों से मुलाकात के बाद सर्वसम्मति से उनकी वास्तविकता के साथ ही उनकी उच्च गुणवत्ता की भी गवाही दी गई।

जब 1964 में पार्टी का विभाजन हुआ, ठाणे ज़िले में लगभग पूरी पार्टी परुलेकरों की अगुआई में सीधे तौर पर सीपीआई (एम) में आ गई थी। महाराष्ट्र में सीपीआई (एम) का पहला राज्य सम्मेलन ठाणे ज़िले में तलासरी में ही आयोजित किया गया था। लेकिन शामराव और गोदावरी दोनों महाराष्ट्र में पार्टी के उन 163 नेताओं में शामिल थे, जो उस समय जेल में थे। एस. वाई. कोल्हटकर को सीपीआई (एम) का पहला राज्य सचिव चुना गया और शामराव और गोदावरी दोनों राज्य सचिवमंडल के लिए चुने गए थे।

भारत-चीन सीमा विवाद के मद्देनजर देश के कई प्रमुख कम्युनिस्टों को 7 नवंबर 1962 को डिफेंस ऑफ़ इंडिया रूल्स के तहत गिरफ्तार कर लिया गया। इनमें बी.टी. रणदिवे, परुलेकर, रांगणेकर और कई अन्य नेता थे, जिन्होंने बाद में सीपीआई (एम) का गठन किया। कलकत्ता में नवंबर 1964 में सातवीं पार्टी कांग्रेस में बी.टी. रणदिवे

पार्टी के पहले पोलित ब्यूरो के नौ सदस्यों में शामिल थे और एस.वाई. कोल्हटकर व शामराव परुलेकर, जो तब हिरासत में थे, पार्टी की पहली केंद्रीय समिति के लिए चुने गए थे।

त्रासदी हुई

लेकिन इस घटना के कुछ महीनों के भीतर एक त्रासदी हुई, जब शामराव की अचानक 3 अगस्त 1965 को मुंबई में आर्थर रोड जेल में दिल का भारी दौरा पड़ने से मृत्यु हो गई। यह गोदावरी के लिए एक बड़ा धक्का था, जो उस समय उसी जेल में थीं। इस सदमे से उबरने में उन्हें कई महीने लग गए। एक मायने में, यह कहना सही होगा कि वह इस नुकसान से कभी पूरी तरह से उबर नहीं पाईं। उसके बाद हर साल 3 अगस्त को वे हमेशा उस दिन अपनी यादों के साथ घर पर अकेले रहने लगीं।

जब शामराव का निधन हुआ, तो महाराष्ट्र में पार्टी के अधिकांश नेता हिरासत में थे। ऐसे समय में तत्कालीन सीपीआई (एम) महासचिव सुंदरैया और उनकी पत्नी लीला सुंदरैया के अलावा और कोई बाहर नहीं था। उन्होंने विशेष रूप से मुंबई आकर गोदावरी के साथ रहने के लिए एक सप्ताह से अधिक का समय निकाला ताकि वह सदमे से उबर सकें। यह साम्यवादी मैत्री का एक उल्लेखनीय उदाहरण था। चूँकि शामराव और गोदावरी ने अपने पूरे समय को पार्टी को समर्पित किया था, इसलिए उन्होंने निःसंतान रहना चुना था।

एक अनूठी साझेदारी समाप्त हो गई थी। एक विशाल शोक सभा में शामराव को भावपूर्ण श्रद्धांजलि अर्पित करते हुए एआईकेएस के पूर्व अध्यक्ष क्रांतिसिंह नाना पाटील ने टिप्पणी की थी, 'इस डबल बैरल बंदूक का एक बैरल हमेशा के लिए चुप हो गया है।' 4 अगस्त 1965 को प्रतिष्ठित विधायकों जैसे प्रल्हाद केशव अत्रे, कृष्णराव धुलुप, एसजी पाटकर और अन्य ने राज्य विधानसभा में शामराव को हार्दिक और भावपूर्ण श्रद्धांजलि अर्पित की।

महाराष्ट्र में सीपीआई (एम) पोलित ब्यूरो, एआईकेएस सेंटर, पार्टी और जन संगठनों ने कम्युनिस्ट और किसान आंदोलन के लिए शामराव के शानदार योगदान को याद किया। शामराव की 63 साल की उम्र में अकाल मृत्यु ने पार्टी में और महाराष्ट्र

के किसान आंदोलन में एक बड़ा शून्य उत्पन्न कर दिया, जो कि भरना मुश्किल साबित हुआ।

अखिल भारतीय किसान सभा की अध्यक्ष

शामराव के निधन के बाद जेल में गोदावरी ने छह महीने में अपनी किताब 'आदिवासी रिवोल्ट' पूरी की। उन्होंने इसे शामराव की स्मृति को समर्पित किया। 30 अप्रैल 1966 को जेल से रिहा होने के बाद गोदावरी ने फिर से अपनी पार्टी और किसान सभा के लिए काम शुरू किया। वह जल्द ही सीपीआई (एम) की केंद्रीय समिति के लिए चुनी गईं और जनवरी 1992 में चेन्नै में चौदहवीं पार्टी कांग्रेस में 25 वर्ष तक इस पद पर बने रहने के बाद उम्र और स्वास्थ्य के कारणों से उन्होंने विनम्रतापूर्वक पद छोड़ दिया। वह शुरुआत से ही सीपीआई (एम) महाराष्ट्र राज्य सचिवमंडल की सदस्य थीं और उन्होंने जनवरी 1991 में नाशिक में राज्य संगठनात्मक अधिवेशन में स्वेच्छा से यह पद भी छोड़ दिया।

1968 में एआईकेएस भी विभाजित हो गई और 1969 में बीड ज़िले के मोहा में गंगाधर अप्पा बुरांडे की पहल पर महाराष्ट्र राज्य किसान सभा का सातवां राज्य सम्मेलन आयोजित किया गया। एआईकेएस के महासचिव हरे कृष्ण कोनार ने इस सम्मेलन में भाग लिया, जिसमें महाराष्ट्र में किसान सभा के भावी कामों का रास्ता निर्धारित किया गया। गोदावरी राज्य अध्यक्ष चुनी गईं और इस पद पर दो दशकों से अधिक समय तक बनी रहीं।

1972-73 में महाराष्ट्र में अत्यंत गंभीर सूखा पड़ा और किसान सभा ने गोदावरी परुलेकर, गंगाधर अप्पा बुरांडे, नरेंद्र मालुसरे, रामचंद्र घंघारे, विठ्ठलराव नाइक, एल.बी. धनगर, लहानू कोम और अन्य के नेतृत्व में सूखा राहत के लिए बड़े किसान संघर्ष चलाए। महाराष्ट्र में सीटू ने बहुमूल्य भाईचारे से मदद की और इसने संघर्ष में मज़दूर-किसान एकता की अवधारणा को स्पष्ट किया। पीडब्ल्यूपी और सीपीआई जैसे वाम दलों के नेतृत्व वाले किसान संगठनों के साथ इस मुद्दे पर संयुक्त संघर्ष भी शुरू किया गया। यह इन संघर्षों का ही परिणाम था कि राज्य सरकार को दो महत्वपूर्ण

योजनाएं – रोजगार गारंटी योजना और एकाधिकार कपास प्रोक्योरमेंट योजना शुरू करने के लिए मजबूर होना पड़ा।

1975-77 में आपातकाल से विचलित हुए बग़ैर गोदावरी ने ठाणे ज़िले की वाडा तहसील में एक सफल संघर्ष का नेतृत्व किया और उस क्षेत्र में 1000 से अधिक ऋण दासों की रिहाई कराई। इससे पार्टी और किसान सभा का वाडा और शहापुर तहसील तक प्रसार हुआ। पहाड़ी और पिछड़ी जाव्हर और विक्रमगड तहसीलों में काम इससे पहले ही फैल चुका था। आपातकाल के दौरान और उसके फ़ौरन बाद वह दृढतापूर्वक ज़िले में पार्टी के विघटन के गंभीर प्रयासों के ख़िलाफ़ संघर्ष करती रहीं और उन पर विजय प्राप्त की।

गोदावरी कई वर्षों से अखिल भारतीय किसान सभा की उपाध्यक्ष थीं। 1986 में पटना में इसके स्वर्ण जयंती सम्मेलन में वह अखिल भारतीय किसान सभा की राष्ट्रीय अध्यक्ष चुनी गईं। वह अब तक की इस पद को संभालने वाली एकमात्र महिला थीं। हालांकि उस समय वह 80 वर्ष की थीं, फिर भी उन्होंने देश का व्यापक रूप से दौरा किया, किसानों के संघर्ष को व्यापक रूप से फैलाने के लिए और एआईकेएस को एक शक्तिशाली संगठन बनाने के लिए युवा साथियों का आह्वान किया।

बाद के वर्षों में गोदावरी को कई अन्य सम्मान दिए गए। इनमें साहित्य अकादमी पुरस्कार, जवाहरलाल नेहरू पुरस्कार और उनकी पुस्तक के लिए सोवियत भूमि पुरस्कार शामिल हैं। दबे-कुचले लोगों की निःस्वार्थ सेवा के लिए समर्पित सार्वजनिक जीवन के लिए लोकमान्य तिलक अवॉर्ड और सामाजिक समानता और महिलाओं की मुक्ति को प्रोत्साहित करने के लिए उन्हें सावित्रीबाई फुले पुरस्कार दिया गया।

बहुमूल्य और प्रेरणादायी विरासत

शामराव और गोदावरी की असली विरासत ठाणे ज़िले में पार्टी और इसका आंदोलन है, जिसने पिछले कुछ दशकों में अपनी ताकत और सामूहिक आधार बनाए रखा और बढ़ाया है। अनगिनत कार्यकर्ता, जिन्हें इतनी मेहनत से प्रशिक्षित किया था, स्वस्थ संगठनात्मक मानदंड, जो उन्होंने स्थापित किए थे और जिन साम्यवादी सिद्धांतों

और नैतिकता को उन्होंने बरकरार रखा है, वे वर्षों में पार्टी के लिए काम के साबित हुए हैं। उन्होंने जो महत्वपूर्ण पाठ सिखाया वह यह था कि वफादारी पार्टी और लाल झंडे के प्रति होनी चाहिए, किसी व्यक्ति के प्रति नहीं।

1962 में धाकट सूतार ठाणे ज़िले में आदिवासी पट्टी से निर्वाचित होने वाले पार्टी के पहले विधायक बने। 1977 में डहाणू निर्वाचन क्षेत्र से लहानू कोम को लोकसभा के लिए पार्टी के उम्मीदवार के रूप में चुना गया था। पार्टी ने जव्हार विधानसभा सीट 1978 से 2014 तक 36 वर्षों तक लगातार जीती और 1978 में डहाणू विधानसभा सीट भी जीती। वह पिछले पांच दशकों से तलासरी तहसील में लगभग सभी ज़िला परिषद और पंचायत समिति सीटें जीत रही है और डहाणू, विक्रमगड, जव्हार और वाडा तहसीलों में कई अन्य ज़िला परिषद/पंचायत समिति सीटें जीतती रही है। उसने कई ग्राम पंचायतों को नियमित रूप से जीता है।

गोदावरी के नेतृत्व और मार्गदर्शन में आदिवासी क्षेत्रों में काम का फैलाव हुआ जो पास के महत्वपूर्ण ज़िला नाशिक में फैला और इसे नरेंद्र मालुसरे, जे.पी. गावीत और के.के. पवार जैसे नेताओं ने आगे बढ़ाया। यहाँ भी पार्टी 1978 से आज तक लगभग लगातार सुरगाणा विधानसभा सीट जीत रही है। मई 1955 में ठाणे ज़िले के एआईकेएस के 13वें राष्ट्रीय सम्मेलन की मेजबानी के इक्यावन साल बाद, यह नाशिक ज़िला ही था, जिसने जनवरी 2006 में एआईकेएस के 31वें राष्ट्रीय सम्मेलन की मेजबानी की, जिसमें एक लाख किसानों ने महाराष्ट्र के 30 जिलों का प्रतिनिधित्व करते हुए अभूतपूर्व रैली की। गोदावरी परुलेकर अगर इसे देखने के लिए जीवित होतीं तो बहुत खुश होतीं।

गौरतलब है कि गोदावरी का सबसे ज्यादा सम्मान 24 मार्च 1995 को ठाणे ज़िले के तलासरी में एक विशाल रैली, जो उनका अंतिम सार्वजनिक समारोह था, के दौरान हुआ। यह सबसे उपयुक्त था। सीपीआई (एम) के पंद्रहवें राज्य सम्मेलन के संबंध में आयोजित रैली में, महाराष्ट्र राज्य किसान सभा की स्थापना और गौरवशाली वारली आदिवासी विद्रोह की नींव की स्वर्ण जयंती को समरण किया गया। दोनों घटनाएं 1945 में लगभग 50 साल पहले हुईं थीं।

इस अवसर पर 88 वर्षीया गोदावरी परुलेकर और उनके एक दर्जन से ज्यादा आदिवासी साथियों को, जिन्होंने आदिवासी विद्रोह के शुरुआती संघर्षों में साहसिक

रूप से भाग लिया था, सीपीआई (एम) के महासचिव और पूर्व एआईकेएस अध्यक्ष हरकिशन सिंह सुरजीत ने गर्मजोशी से सम्मानित किया। रैली में 30,000 से अधिक लोगों ने भाग लिया था, जिनमें से ज्यादातर उनके अपने प्यारे आदिवासी ही थे जिन्होंने पहली बार आधी शताब्दी पहले ईमानदारी से लाल झंडे को हाथ में लिया था और चौथी पीढ़ी तक उसे लगातार लेकर चल रहे हैं। यह अतीत की पुरानी यादों से गुजरने का एक अवसर था और भविष्य की आशा थी।

गोदावरी परुलेकर को अप्रैल 1995 में चंडीगढ़ में पंद्रहवीं पार्टी कांग्रेस में शामिल होने के लिए एक विशेष निमंत्रण दिया गया। उन्होंने कांग्रेस को निम्नलिखित प्रेरणादायक संदेश भेजा :

> अब मैं अपने जीवन के अस्त के निकट आ रही हूं। लेकिन मुझे संतोष और गर्व महसूस हो रहा है कि मैं अपने जीवन के पचास वर्ष से अधिक कम्युनिस्ट पार्टी, किसान सभा और उन मेहनतकश लोगों को समर्पित कर सकी, जो आज भी अपने विदेशी और स्वदेशी शोषकों के ख़िलाफ़ संघर्ष कर रहे हैं। मुझे गहरा विश्वास है कि यह केवल मार्क्सवाद-लेनिनवाद में अपने असीम विश्वास के साथ सीपीआई (एम) है, जो हमारे देश में मेहनतकश जनता की मुक्ति के लिए आशा की एकमात्र किरण है। पार्टी के लिए मेरा क्रांतिकारी अभिवादन!

8 अक्टूबर 1996 को इस महान कम्युनिस्ट नायिका का निधन हुआ, जो अपने पीछे उपलब्धियों के निशान और प्रेरणा के लिए एक समृद्ध विरासत छोड़ गईं हैं। 10 अक्टूबर को, जो कि एक महत्वपूर्ण संयोग से आदिवासी विद्रोह के पहले पांच शहीदों की शहादत की 51 वीं वर्षगांठ भी थी, गोदावरी का हजारों लोगों की सभा द्वारा तलासरी में अंतिम संस्कार किया गया, जिसमें सीपीआई (एम) पोलित ब्यूरो सदस्य और एआईकेएस अध्यक्ष एस. रामचंद्रन पिल्लै तथा कई अन्य प्रमुख नेता मौजूद थे।

सीपीआई (एम) पोलित ब्यूरो ने अपने बयान में उन्हें एक 'आदर्श कम्युनिस्ट नेता' बताया और कहा कि 'पूरी पार्टी और कम्युनिस्ट आंदोलन हमेशा, उनकी याद को संजो कर रखेगा और हमेशा उनके समर्पित जीवन से प्रेरणा लेगा।' इसी तरह की भावनाएं एआईकेएस के केंद्रीय नेतृत्व और महाराष्ट्र में पार्टी और जन संगठनों द्वारा

व्यक्त की गईं। राज्य में हरेक मराठी अखबार ने उत्पीड़ितों के लिए उनके पथप्रदर्शक काम की प्रशंसा करते हुए संपादकीय लिखे।

मृत्यु से तीन साल पहले 16 जनवरी 1994 को गोदावरी परुलेकर ने वसीयत तैयार की थी। हम इस लेख को उसके कुछ प्रेरक अंशों के साथ समाप्त करेंगे। उन्होंने लिखा,

> मेरे पति शामराव परुलेकर और मैंने हमारे पार्टी संगठन के माध्यम से कर्मचारियों, किसानों, आदिवासियों, महिलाओं और समाज के अन्य शोषित वर्गों के अधिकारों के लिए सभी यत्न किए। इस प्रकार हम दोनों पार्टी के साथ पूरी तरह से तदाकार थे। स्वाभाविक रूप से हमारी पार्टी और हमारे हित हमेशा एक और एक ही थे। हमारा कोई अन्य बौद्धिक, राजनीतिक या भावनात्मक जीवन नहीं था, जो हमारी पार्टी से स्वतंत्र या अलग हो।
>
> यह मेरी इच्छा है कि जिस काम के प्रति मेरे पति की और मेरी जिंदगी समर्पित रही वह मेरी मृत्यु के बाद जारी रहना चाहिए और यह केवल भारत की कम्युनिस्ट पार्टी (मार्क्सवादी) के माध्यम से ही किया जा सकता है। यही कारण है कि मैंने अपनी सभी चल-अचल संपत्ति भारत की कम्युनिस्ट पार्टी (मार्क्सवादी) को देने का फैसला किया है।

गोदावरी और शामराव परुलेकर का यह उल्लेखनीय जीवन और क्रांतिकारी कार्य न केवल कम्युनिस्टों की आने वाली पीढ़ियों के लिए बल्कि जनता के सभी देशभक्त वर्गों के लिए प्रेरणा का एक अंतहीन स्रोत था।